日知文丛

为学跬步集

陈红民 著

浙江古籍出版社

图书在版编目（CIP）数据

为学跬步集 / 陈红民著 . -- 杭州：浙江古籍出版社，2022.3
（日知文丛）
ISBN 978-7-5540-2196-5

Ⅰ . ①为… Ⅱ . ①陈… Ⅲ . ①随笔—作品集—中国—当代 Ⅳ . ① I267.1

中国版本图书馆 CIP 数据核字（2022）第 036313 号

日知文丛
为学跬步集
陈红民　著

出版发行	浙江古籍出版社
	（杭州体育场路 347 号　电话：0571-85068292）
网　　址	https://zjgj.zjcbcm.com
责任编辑	周　密
封面设计	吴思璐
责任校对	吴颖胤
责任印务	楼浩凯
照　　排	浙江时代出版服务有限公司
印　　刷	浙江海虹彩色印务有限公司
开　　本	889mm×1194mm　1/32
印　　张	11.625
字　　数	242 千字
版　　次	2022 年 3 月第 1 版
印　　次	2022 年 3 月第 1 次印刷
书　　号	ISBN 978-7-5540-2196-5
定　　价	68.00 元

如发现印装质量问题，影响阅读，请与本社市场营销部联系调换。

目 录

问学之路

两次高考 / 2

大学生活拾零 / 12

早年读书经历与我的书房 / 24

茅先生指导我写论文 / 34

研习历史四十年 / 38

民国档案与我的学术研究 / 61

哈佛燕京图书馆：我学术生涯的加油站 / 66

两次在斯坦福读蒋介石日记 / 77

作别哈佛 / 87

情谊绵长

忆妈妈
——饺子里的母爱 / 94

茅先生的三件小事 / 99

张老师的成功无法复制
　　——恩师80大寿感言 / 102

永远的高贵，永远的傲 / 116

始知相忆深
　　——我与政治大学历史系师生的情缘 / 119

世间再无蒋老师
　　——悼念蒋永敬教授 / 125

痛悼敬爱的胡春惠教授 / 132

豁达的小计
　　——与计秋枫教授交往几件事 / 137

送别蕴茜 / 142

敝帚自珍

《函电里的人际关系与政治——哈佛燕京图书馆藏"胡汉民往来函电稿"研究》后记 / 150

张宪文教授与中华民国史研究的"南京学派"
　　——《中华民国史新论》序言 / 157

《朱培德评传》序言 / 162

《蒋介石的后半生》后记 / 170

《亲历中国革命》译后记 / 174

书写蒋介石研究的学术史
　　——"蒋介石与近代中国研究丛书"总序言 / 179

《中外学者论蒋介石——蒋介石与近代中国国际学术研讨会论文集》导读 / 186

《中国近代思想家文库·胡汉民卷》导言 / 198

费正清如何为哈佛争取"蒋廷黻资料" / 221

《什么是最好的历史学》序言 / 227

《细品蒋介石》序言 / 235

《南京国民政府五院制度研究》前言 / 247

《异同之间：中国近代教会大学个案研究》序言 / 259

他山之玉

传统行业的现代转型
——《移植与超越：民国的中医医政》代序 / 268

民国政治制度史研究的新成果
——《国民政府考试院研究》代序 / 277

《传统、机遇与变迁——南京城市现代化研究（1912—1937）》序言 / 283

《国民政府监察院研究》序言 / 288

《国家与建设：南京国民政府建设委员会研究（1928—1938）》序 / 292

《国民政府时期高校学生就业问题的认识与应对（1934—1949）》序 / 297

《战时国民政府行政机构改革（1937—1945）》序 / 301

《图说老南京》序 / 307

评王奇生《党员、党权与党争：1924—1949年中国国民党的组织形态》 / 310

"以人为本"书写行业史的新成果
　　——《新式交通与社会变迁:以民国浙江为中心》评介 / 315

中华民国史研究的新收获
　　——评四卷本《中华民国史》/ 323

皓首穷经著文章
　　——读杨天石《找寻真实的蒋介石:还原13个历史真相》/ 327

附录

追求开放与有公信力的史学研究境界
　　——陈红民教授访谈录 / 334

后　记 / 361

问学之路

两次高考

2020年，是考入大学42周年。昔日风华正茂青年，已成年逾花甲之老翁。将当年奋力高考与大学生活片断记下，雪泥鸿爪，聊以自慰。

（一）学徒工报考　初战失利

我出生在山东泰安，10岁后全家移居南京，1976年高中毕业。父亲是军人，母亲是工人。我参加高考前不久，刚分配在南京的一家拖拉机配件厂做学徒工。在当时，不用上山下乡，且在一个地方国营性质的工厂上班，在所有中学同学中，属于很幸运的了。

恢复高考的消息，是1977年秋天听一位中学同班同学说的，同学的父亲是南京工人医院的医生。有天神秘地告诉我，他父亲说，要恢复高考了。这个神秘的"小道消息"，并未在我心里发生太大影响，也就是知道了，觉得它和我的关系不那么大。一是我对上大学没有更多的概念，更不会想到自己能上大学；二是我高中毕业不用下农村，也是满足了不少苛刻条件才留在南京的。在分配过程中，父母托关系才分到这家中型地方国有企业，就是比起其他留城而分到街道小作坊工厂的，也不知要好多少倍，我挺知足。

那家工厂已多年未招工，当年一下子就进了300多名中学生。高考消息确实后，很多青工都表示要去参加大考，跃跃欲试。但我最初没有下决心，说一点没有想法，也不真实。主要是对能否考上完全没有底，没自信，怕报名考不上丢人。

一件偶然的事，改变了我的想法，促使我下决心去考试。有天上夜班，工间休息闲聊，一位女工师傅问我，车间里好多青工都要报名考大学了，你打算报名不？我说，我们家里没这种背景，自己也不行，所以就不考了——说没有背景，是指父母文化都不高，且自认为不行，没有自信心，完全是个安于现状的人。那位女工的下一句话，激起了我内心的骚动。她说："我看车间里新来的年轻人里，就你还不错，其他人都敢报，你怎么就不报呢？何况高考报名也不要交钱。你配而不配地去考一次嘛。""配而不配"是南京话，意为不做白不做。人生有时候就是因为他人无意间的一句话，引发自己内心的震动而发生改变的。我也因为这位师傅的激励，鼓足勇气去报了名。

这位女工师傅其实平时没多少接触，她的名字叫张莉，我永远感谢她。后来招了位研究生，也叫张莉。因为与那女工同名，我对她比其他同学要多些关照。

报名之后开始复习，发现一片茫然。不知道怎么去准备，不知道将怎么应考。一方面是无从找资料，什么也没有，连教材都找不到，根本不知道要复习些什么；另一方面，我的中小学教育正好与"文化大革命"重合，完全是混过来的，那时的教材无非都是"文化大革命"背景下的"革命化"知识，如语文主要是毛语录、阶级斗争、革命英雄故事之类内容，化学多是学化肥农药，物理是学"三机一泵"——拖拉机水泵这类东西，要么跟政治运动有关，要么跟工农业生产有关，与基础教育相差很远。没办法，只好找到什么资料就看什么资料，"恶补"一阵子。

我在中学时，数学之类课程考试成绩在班里是顶尖的，曾做过学习委员，原以为自己理科还凑合，起先是准备报考理科，结果一复习才发现自己基础差，加上已高中毕业两年，学校里学到的也忘得差不多了，就决定改考文科。考文科还是考理科，在当时只是为提高录取率的权宜决定，后来却决定了自己一生的职业走向。

复习备考那段时间，白天要上班，干体力活累到死，主要靠晚间那点时间抓紧复习。根本不敢请假，怕考不上，落个"不安心本职工作"的印象。这时，那些下乡的同学都从农村请假回来，全天复习，反倒时间充裕得多。

1977年江苏的高考，因积压了10年的人才，报考人太多，分初考和复考两个阶段。车间里有几位青年工友一同参加初考，他们都考理科。出考场后大家聚在一起对对答案，结果好像就我不行，要么没答出，要么不正确。我觉得自己考砸了，肯定考不上。初试结束，就停止复习，给自己放假休息。大概是一个月后，初考成绩出来，那些觉得考得好的工友都没考过，车间里只有我与另一工友进入复考。这结果有点滑稽，"落榜者"很有些不服气，我也挺纳闷。后来推想，可能我们初试后核对答案，真正有确定答案的是数学，我确实考得不好，但语文等科目是没有标准答案的。

初试结果公布到复试的间隔好像很短,我只能凭着之前复习的东西去应考。一时的误判,让我未能在初试后再接再厉,反而马放南山,耽误了最关键而宝贵的一个多月时间。

复考以后,我确定自己考砸了,因为数学考得太差,除了第一大题里有5小题考基本概念的送分题外(大概做出4小题),其他的我都不会做。不料,过些日子结果公布,又来了通知让我去参加体检。1977年高考,始终未对考生公布考试成绩与录取分数线,能参加体检说明成绩还是不错,车间里一同复试的那位工友就未体检。然而,好运没有伴我到终点。

虽然事先不自信,也知道考得不好,但体检后有点想入非非了,盼望被录取。自知上不了好大学,祈求能有个学校上就好。到录取工作结束,没有等到通知书。1977年是中止高考10年后的首次高考,千军万马过独木桥,录取率极低。

过了一段,又传来好消息,国家极需人才,要从体检过的"落榜生"中再扩招一批。我又产生了幻想,以为或许能柳暗花明,但最后仍未接到录取通知书。

首次高考,三关过了两关,最后还是名落孙山。

(二)落榜生再考　误入历史

首次参加高考虽失利,却让我信心大增,因为我原先不自信,最初都不敢报名,居然可以走到体检这一步,厂里工友们对我有点"刮目相看"——我是厂里最大牌的落榜生。再次备考,信心气势上很不同。

1977年全国高考因是临时决定进行，等录取结束，差不多是1978年2月了，离1978年高考只剩下半年时间。一位工友的母亲是一所中学的领导，他带我参加了那所中学办的夜间高考补习班，每周有几天下班后坐很远的公交车去补习。那是所水平很一般的中学，办补习班其实有收钱"创收"的考虑，补习老师属于"摸着石头过河"，也不知道该教哪些文化知识，该怎么应考。但上一上这样的补习班，还是有用处的，知道了不少信息，至少有基本的复习资料。只是白天上班，晚上补习，人挺辛苦。上大学后，知道许多农村同学，每天干农活，没有复习资料备考。高考很公平，这体现在最后结果上，其实备考过程是不公平的。城里的考生在资料、信息上占了不少便宜。

如果说1977年高考自己完全是懵懵懂懂经历了一番，没有充分准备；那么1978年再考，自己心里就有底了，说是复习，其实是突击学习，掌握了不少中学从未学过的知识。

第一次落榜，使我认识到自己的"短板"与数学成绩的重要性。推算1977年自己的高考数学分大概只有20分左右。那年只考4门，数学、语文、政治，外加历史地理合一张卷子，数学只考了20多分还能进入体检，说明其他科应当考得还不错。因此，再次备考复习时，我就把有限的时间与精力用在数学上了。甚至想，能否成功，就看数学考分了。1978年高考成绩就全部公布透明，我的数学考了55分，加上其他几门的分数，如愿进了南京大学。自己重点突击数学的策略，是成功的。55分，对文科考生的我是个极高的分数，一度很还颇为沾沾自喜。待入学后才发现，我班同学数学普遍考个七八十分，最夸张的是，有位同学竟然是99分！即使在理科考生中，也绝对是高分了。

印象中，1977年江苏省高考语文作文题目是《苦战》，当时叶剑英有一首诗，号召全民向科学进军——"科学有险阻，苦战能过关。世上无难事，只要肯登攀。"这样的题目应景当时的国家形势，是很好写的，至少各种水平都能说上几句。到了1978年改为全国统考，作文题竟然变成了缩写题，将一篇社论《速度问题是个政治问题》压缩成500—600字之内。这种缩写的形式，好像后来再未用过。

我看到作文题目，有点懵——作文怎么可以这么考？那时也不知道主题词、主题句这些，基本上是按比例"压缩"，写了好一会，文章还未压到三分之一，数下字数，已有300多字，心里一惊，肯定要超过600字扣分的。我就将前面的划掉，重新开始压缩。这个过程，既浪费了时间，更重要的是扰乱了心绪，一边写一边自责前面没有考虑好压缩比例，甚至后悔为何要划掉前面的重起炉灶，其实后面多压缩些，也能控制在600字以内的。生怕超过600字，写一会，数一会字数。作文未考好，对其他题目也没时间仔细考虑，整个语文考试乱了方寸。

1978年高考过程中，有两个难忘的细节：一是第二天下午的考试，到达考场时，我突然发现准考证没有带。考场在宁海中学，离我家不远，骑车回去取还来得及。但匆匆赶来赶去，肯定影响情绪。在那紧要关头，我居然做出了一个超出自己智商的决定，很从容地去办公室找到监考老师，说明情况，请求允许在考试结束后再送准考证给她审查。真是谢天谢地，那位女老师竟然很爽快地答应了。这事要搁在现在，门也没有啊！

那位女老师说，没有问题，前面三科考下来，我看这个考场就你考得好。我这才想起，她巡视考场时经常停在我旁边看答卷。这位老师的开恩，不但免了我赶回家取准考证的折腾，她的话，更使我增添了极大的信心。当天下午是考地理，我绝对超水平发挥，个别不会的题懵着答，也都对了，居然考了92.5分，是所有科目中最高的。更巧的是，多年后，我在另外场合下遇到了这位女老师，才发现她竟然是南京大学历史系方之光教授的太太——窦老师。冥冥之中，是师母当年暗助了我考上大学啊。

另一个细节是，同车间的两个工友一同报考，他们报理科，考场离我家较近，每天中午他们就到我家吃饭，省去路上奔波。第三天下午考外语。那年外语是选考，不计入总分（外文专业除外），我们三个都没有选。但上午考试结束时，监考老师宣布，没有报考的考生下午仍可来考。中午吃饭时，他们就说，反正是最后一门了，下午没事，不如去试试。我坚决不去，天这么热，不如休息一会儿。没想到我刚躺下，还没睡着，他们就回来了。我问，怎么没考就回来了？他们说，考完了，打开卷子，什么都不认识。就在选择题上胡乱画勾，10多分钟就交卷了。等英语成绩出来，他们竟然都在15分上下。要知道英语试卷选择题总共是25分，按四分之一的概率，胡乱选应该是在7分左右。最终他们一人考上南京工学院（现东南大学），后来去了美国；一人上南京医学院口腔专科，成了有名的牙医。

1977年填志愿的时候，我什么都不懂，是乱填的。1978年南京的考生是知道成绩再填志愿，各学校的录取分数线也确定了，填志愿比较有把握（到校后，南京之外的同学说，他们只知道自己的分数，并不知各校的录取分数线。）我最想上的是中文系，其次是哲学系，没想到要学历史，因为中学从没学过历史。结果那年政治考了78分，语文78分，历史85分，地理92.5分，数学55分，总分388.5分，超过了南京大学录取线。但南京大学的哲学系和中文系，除了要求总分达到分数线，还要求单科80分以上，所以我上不了南大中文系。如果非要选择中文系的话，可以报考南京师范大学的中文系。现在想不起来到底为什么非要上南大，其实自己也确实对大学各专业都了解很少，也就谈不上对哪个专业有特别的兴趣，想上中文系是以为中文系培养作家，而自己一向作文写得还不错。当时社会上大学生较稀缺，"尊重知识，尊重人才"，大学生被称为"天之骄子"，能成为一名大学生就"升天"了，和留在工厂有天壤之别，因而学什么专业对我而言，是无关紧要的。

后来在改革大潮中，我工作了一年多的那家工厂被兼并，没报考或者没有考上大学的工友们，有些人40多岁就多下岗了，成了时代的牺牲品。当然，我那时并无清醒的认识，只是觉得要有个机会读书，也有点当大学生的虚荣心。没想到其后的人生境遇会与工友们有那么大的差别。

大学录取通知书寄到家庭所在的街道。事先，家里拐弯抹角找到一位在省级机关工作的朋友，他将我的高考分数与南京大学的录取分数线都查清楚，提前告诉，我报南京大学历史系的话，单科分数达到了，总分也超过不少，很有把握。虽然估计被南京大学录取的概率较高，但是，毕竟没有最后确定，等待录取通知书期间，还有点煎熬。那段时间父母好像也有些焦

大学同学（后排右二为作者）

虑，至今也没有问过父母对我考大学的感想，他们的文化不高，在学业上帮不了我，好像也想不起高考那些天对我的生活有特别的关照。这样也好，我没有特别大的压力与负担，考试反而能超水平发挥。

拿到录取通知书那一天，对我们家族也很重要。1978年10月初，嫂子住院待产，当时哥哥远在青海服役，无法回来。7日晚上，家母突然要我骑车带她去医院探望（医院较远，她不会骑车）。到医院后等了很久，也没有嫂子生产的消息，只好回家。到家时，已是半夜，人很累。我决定第二天上午不去上班，请假半天补补觉。没有想到，8日上午8点多钟，就有人到家里通知，让到街道去取录取通知书。因事先有预估，拿到通知书只有心里一块石头落地的感觉,并没有许多同学接到通知书时的狂喜。同时,医院也传来了喜讯,嫂子生了一个儿子。这一天,我们家双喜临门。

那几天,家父逢人就说,他一天之内降了几级工资。意即马上要供养上大学的我和刚降生的长孙,负担重了。但大家都知道,他是正话反说,心里不知道有多美呢。

有个后话是,后来才知道我的导师张宪文是1978年高考的历史命题组成员,也即我们考的历史卷子,是他参与出题的,觉得挺神奇。而1998年至2004年,我也成为教育部考试中心的命题专家,连续7年参与全国高考历史考试的命题工作,这更是作为考生应试时做梦也不敢想的。

(此文主要内容曾刊于朱庆葆《我的高考:南京大学1977、1978级考生口述实录》,江苏凤凰文艺出版社,2018年6月。)

大学生活拾零

4年的大学生活丰富多彩，选择几件记忆最深的事略记。

（一）走读生

一方面是国家建设需要人才，考生众多，另一方面是高校的宿舍、教室等硬件设备严重不足。1978年招生时，有关部门想到了"走读生"的招数，即家庭所在地高校的学生，不能住校，只能住在家里。且规定，如果不同意"走读"，则可能失去录取资格。如此，可在不增加宿舍的情况下，多招生。

我家在南京，报考的是南京大学，录取后，自然就成了走读生。每天骑车去上课，课后回家，似乎与中学时没差别。教室都满负荷排课，南京大学甚至搭建了临时教室，水泥桌凳，冬天上课很冷。唯一的公共空间就是学校图书馆的阅览室，需要一开门就去抢占座位。课余时间，住校的同学尚有宿舍可回（8人一间，也相当拥挤），走读的同学基本上就回家了。我班60多位同学，家住南京的走读生10人，走读生与住校生之间除上课、政治学习外，接触机会不多。南京同学与外地同学之间，似乎有"围城效应"：外地同学羡慕南京同学每天回家，各种生活便利与自由；南京同学羡慕外地同学集体生活，学习便利，节省很多时间读书。开始，个别外地同学还有误解，认为南京同学是因为降低了录取分数，所以只能走读。

走读生不仅丧失了与同学交流的机会，也损失了许多有用的信息。那时学校各系都请了不少学术名家来讲座，走读生往往不知道消息，错失聆听机会。有走读同学开玩笑说，自己就是个"假大学生"。

我的自制力不够，家里的环境学习提不起精神来，再说，自己是大学生了，特别想独立于父母的管束之外，怎么还与工厂学徒时一样吃住在家里呢？所以从入学起就申请，要求住校。大概在大二下半年，终于得到了学校的一个床位，从"走读生"荣升为"住校生"。大部分南京同学4年一直未住校，走读到毕业。

因为南京同学每天往返于学校与家之间，自行车就是必备的交通工具。那时大家收入都不高，有辆自行车与今天有部汽车也相差无几，格外爱惜。外地同学有时要在城里办事，也会向南京同学借车。借与不借，借到与借不到，成了衡量友谊程度的标准。许多年后，有位官至相当级别的同学还当面夸我："你不错，在校时跟你借自行车，基本上不会拒绝。"

（二）选课

刚入大学时，功课很重，多是上专业基础课，差不多每天4课时。老师们也刚刚从牛棚中解放出来，上课热情高涨，非常敬业，下课铃声响后仍拖堂的事，时有发生。我根本不知大学该如何学习，只是跟着上课记笔记，考试背笔记，也还用功，但绝对说不上有多热爱历史专业，所幸每次考试成绩还不错。

上大学后，读到瞿秋白《多余的话》，其中说他成为中共领导人纯粹是"历史的误会"，此话深获我心，时常挂在嘴边，我大学上历史系，也是"历史的误会"。高考时，"伤痕文学"非常流行，哲学的社会影响力也很大，所以我理想的专业选择第一是中文，第二是哲学，没有历史这个选项。但填志愿时，要想在南大读书，就只能选择历史系。有很长一段时间，我都心有不甘。到大三时，可以自由选课了，我就选修了中文系的"文学概论""当代作家作品选"，哲学系的"心理学""形式逻辑"，外文系的"英美作家与作品"等课程（名称记不准确）。都只学了些皮毛，但知识结构方面不至于太狭窄。作为代价，历史专业的课选修的不多，甚至一些名教授的课（主要是中国古代史与世界史方向）都未完整听过，现在想来，也是憾事。

我的中学语文老师1978年考上了南京大学中文系现当代文学专业的研究生，毕业留校。他知道我喜爱文学，就鼓励我历史系毕业后，转而报考中文系的研究生，甚合我意，为此做了不少准备，挺有信心。1982年时各专业研究生招生名额很少，中文系是几个专业轮流招生，我毕业那年，正赶上现当代文学专业停招。人算不如天算，我只能转考本系的中国近现代史专业，"文学梦"至此基本终结。

苏东坡解《周易》"命令"："君之命，曰令；天之令，曰命。"越到老年，越相信冥冥之中，老天自有安排，谁也逃不出"天命"。如果当初真的遂了愿，考上中文系，可能更失望，因为中文系教学的主要目标并不是如我所想象的培养作家。自己的天资与知识结构，做历史研究或许更合适。

南京大学校长匡亚明是位开明的教育家，他在国内首先推行"学分制"。78级与77级实际只差半年。到77级毕业时，我们班也有包括我在内的5位同学修满了毕业所需的学分，我们5人一起去系里找领导，要求兑现学分制，允许提前毕业。系领导研究后同意提前毕业，但要求统一分配，且不能因为分配不满意而反悔。5位同学中，有4位同学希望留在南京工作，他们各方面表现都比我好，年龄我最小。当时我已谈恋爱，想留南京，觉得分配时如果有外地名额，肯定是派给我。临到最后打了退堂鼓，没有提前毕业。这其实是个错误的判断，因为当时77级同学已分配完毕，南京需人的单位很多，根本无需去外地，而提前毕业的4位同学，均各遂所愿，发展得很好。

（三）苏州实习

1979年春夏之交，我们大学一年级的下学期末，任课老师邱树森带着全班同学到苏州实习，调查苏州地区的碑刻史料。

是时，古代史学界正在热烈地讨论江南地区的资本主义萌芽问题，南京大学明清史专业以洪焕椿教授为代表，在该课题研究上全国领先，正好带领我们这班近百名同学，对散布在苏州地区的明清碑刻进行全面的摸底调查。我对到苏州实习感到很兴奋，主要不是能学到什么课堂之外的东西，而是当成一次外出旅游的机会，抱同样想法的同学不在少数。

历史系78级除我们本科班外，还招收了一个40人的专科班，基础课是一起上的。两个班近百位同学先在苏州集中了两天，住在江苏师范学院（现苏州大学）的教室里，学校里蚊子多到令人恐怖的程度，用脸盆在空中挥舞，盆底就有一层蚊子。之后，同学按地区分成若干小组，到苏州下属的各县调查。

我分在昆山那组，与吴晓晴、王琛、蒋晓星、胡友祥、谷建祥等一起，被安排住在昆山教师进修学校。王琛同学是昆山人，他未婚妻就是该校的职员。在昆山，我们去过震泽、同里、黎里等古镇，去图书馆查资料，到田野找明清石碑抄录，并拓成拓片。昆山在明清时期丝织业发达，市镇繁华，但我们看到的这些历史上的名镇，破败潦倒，没有特别的感觉。后来，旅游业发展，江南古镇重新修整开发，再现繁荣。

这次苏州实习搜集到的碑刻，经洪焕椿教授与苏州方面合作，整理出版了《明清苏州工商业碑刻集》。

与吴晓晴、蒋晓星在苏州

苏州实习过程中,我们利用周末去杭州游览两天。实习前,老师们一再强调实习纪律,"不得擅自外出",但我们几位还是合计着到附近的杭州考察一番。大家都未到过杭州,吴晓晴同学年纪长,当过兵,见多识广,我们就跟着他走,纯粹是"穷游",晚上睡在浴室的躺椅,很便宜,大概是5角钱一晚,必须等到浴室的最后客人离开后才能入住。杭州号称"天堂",西湖确实绮丽,目不暇接,但我们所住浴室的老城区,也是破屋残墙。

我们在西湖边逛时,突然发现,本班其他组的两位同学就在前面,显然,他们也是利用周末出来的。他乡遇同学,自然格外亲,我们要赶过去打招呼。但吴晓晴制止了,说大家避过去,不要让他们发现。后来全体回到苏州集合总结时,那两位同学去杭州的事情"败露",老师为了严肃纪律,要他们在全班面前检讨。我们这组去杭州的大队人马,反而侥幸逃过。

苏州实习,我一次就领略苏、杭两座江南名城的风采。更没有想到的是,自己在年过半百时,调动到杭州工作,成为"新杭州人"。人生轨迹,早有因缘。

(四)体育锻炼

读大学时,国家百业待兴,国人奋进,共谋"振兴中华"。体育比赛在凝聚国人,振奋精神方面起了无可替代的作用,特别是中国女排夺冠,掀起了"排球热"。我们课外也积极参加体育活动,强身健体,丰富生活。

我身体条件不佳,笨手笨脚,却不甘人后,自得其乐。有段时间,每天下午课后,借个排球与同学玩起来,大汗淋漓,再穿衣服骑车回家，各种狼狈。

我本是"旱鸭子"，大三时才学会游泳，那年学校不知为何到秋天也未关泳池，但不再换水，也无人值守。我们一帮学生就坚持去游泳，直到12月。秋风秋雨变冷后，在室外游泳确实有点挣扎，但也挺刺激。最冷的时候，大概在水里只能游个3—5分钟，赶紧爬上来。快到年底，学校怕出事，下令放水禁游。除了安全问题外，长期不换水，泳池的水质极差，呈绿色，上面漂浮着青苔。如果是现在，逼我也绝对不会去游的。我们集体到学校请求继续开放，提交书面保证一切后果自负，不会牵连学校。学校不为所动，果断放水，我唯一的一次"冬泳"被迫中断。

与冬泳同时发生了一件趣事，那年我不知犯什么傻，不但冬泳，整个冬天只铺凉席睡，还真不觉得冷。正合了一句东北谚语——傻小子睡凉炕，全凭火力旺。班上换来个新辅导员，他巡视宿舍，一看我的床吓一跳：班上怎么还有这么穷的学生，冬天只能睡凉席，赶紧要给他困难补助。同宿舍的人全笑了——人家是锻炼身体与意志的。

大学期间形成的锻炼习惯，虽然没有练成什么拿得出手的运动特长，但却坚持到现在，身体与工作均受益颇多。

（五）爱情

我的爱情故事开始于上大学时，与校园生活有关，但好像算不上标准的"校园爱情"。

上大学，全方位地改变了我们的命运。有些同学考试前已有了心仪的对象,到了谈婚论嫁的阶段,高考的结果,改变了生活的节奏与轨迹。大家有了新的生活与价值观,对原来的婚恋对象难免要重新审视。

恢复高考与大批知青返城后,不少知青或上大学的人与原先的婚恋对象分手,演成了社会问题,主流舆论一边倒地谴责"新陈世美"。南大77级哲学系有位同学"抛弃"了原来的恋爱对象,分手过程中好像牵到两个家庭,并有肢体冲突。女方告到学校。学校下重手,给予该学生"留校察看"的处分,大有杀鸡儆猴的意味。学生们全都站在同学这边,主张"恋爱自由",校园里贴了不少大字报,抗议学校的决定,酿成轰动一时的全校性"事件"。

有位同学家庭出身不好,在农村被歧视,考上大学金榜题名,村里的书记立即将自己长相不错的千金许配给他,他家人(包括他自己)觉得攀上高枝,到学校报到前,两家热热闹闹喝了订婚酒。同学到校后,眼界大开,觉得跟那"村姑"没有爱情,共同语言越来越少,从第二年起就想退婚。不料,那"村姑"誓死不同意,同学的老父亲也反对儿子的退婚之举。僵持到毕业,孝心颇重的同学只得让步,与"村姑"结婚。但因为双方差距太大,且同学始终觉得这是被迫的婚姻,结婚几年有了孩子后,双方还是以离婚告终。对同学、对他的太太、对孩子都是伤痕累累的悲剧,没有人从这次婚姻中得益。我想,他太太最后肯定后悔,早知如此,还不如最初就放手。

我们入校时,同学年龄最大的30岁,最小的16岁,不少人都处于婚恋期。学校的"学生守则"里,却对在校生谈恋爱严格限制，显然不合理。对于谈恋爱的同学，只要不出格，学校也睁只眼闭只眼。

我恋爱对象同是南大的学生，但首先是邻居。我们的父辈系同在南京某部队机关一个科里的同事。我长她两岁，10岁时从山东老家来到南京，第一个落脚点与她在同一幢楼里。后来，我们都搬离了原先住的院子，又相遇在一个叫作"留守处"的院子里，院子不大，大概二三十户人家。因为有围墙与民房明显区隔，有士兵门卫，还是有人称其为"部队大院"。我家搬到留守处一年后，她家也搬过来。这应该算是最初的缘分了。

我们住同一院，读同一所中学，彼此的父母走得挺近，但好像整个中学四年也没有说过什么话。无论校内校外，那个年代的小孩们有严格的"男女界限"，男生女生各玩各的，互不来往。1977年高考时，我已在工厂做学徒，她是应届生，从小学到中学都是乖学生，成绩不错，当年就考上南京大学的计算数学专业，是院子里当年唯一考上大学的孩子。而我"二进宫"，第二年才考上，但也算是院子里考得最好的男孩子。

我们在复习迎考时有了些接触，后来同在南大，她本是中学低两级的"师妹"，到大学却成了高一级的"师姐"。因为同校的关系，校内校外有了不少接触，有时相约一起骑车上学，逐渐走近。我去她班上听过英语课。那时没有电话，她一直是走读的，我住校后，家母有事情吩咐，就直接让她转达。

我们的恋爱，许多人都觉得顺理成章，院子里的大人们都说"般配"，各个方面都门当户对。我们从最初认识，到进入谈恋爱时已有10多年，家父与岳父同事的时间更长。家长对我们恋爱,可能比我们自己还满意,有点知根知底"亲上加亲"的味道(当然,没有问过他们)。

大学期间的恋爱本是私人事,但其间也与本班同学小有关联:

一是,大家对别人谈恋爱的八卦都好奇,我最先向一交好的同学"交待"过后,该同学沉不住气,立即传播出去。没几天在大礼堂上全校大课"诗词赏析"时,他带着几个同学在礼堂入口,指指点点,从人流中指认出我的女朋友。当然,后来也没有什么可保密的了。毕业前夕,岳父母搬家,我还请了几位同学去出力帮忙。

二是,大三暑假,有两位同学和我相约去黄山游玩,我跟

与孙鸿、王为崧同学及女友在黄山顶

他们商量，带位女性朋友去，但没有交代恋爱关系，只说是邻居，他们同意。四人的黄山之旅圆满愉快，自始至终，他们都认为是我邻居、计算机系的校友。对此，到现在有位同学还常常批评我"不地道"，让他们做了"电灯泡"。

（六）毕业论文

读大学时，基本上就是选课、听课，除了教材外，很少看专业书籍。当时还惦记着考中文系的研究生，课余时间多放在了读小说上，没有接触什么历史名家的著作，在史学研究的门外打转，更没有想到要以历史研究作为自己的终生职业。

与学术研究最接近的事情，就是写毕业论文了。

准备写本科毕业论文时，正好看到张宪文老师发表关于"学衡派"的论文。他在选修课"中国现代史史料学"专门介绍说，"学衡派"起源于南京大学的前身东南大学，学校图书馆有全套的《学衡》杂志。我想既然材料这么集中，写起来一定省劲，便决定以此写论文，请张老师指导。为写论文，有段时间每天去图书馆期刊阅览室的"过刊部"去看《学衡》杂志。两位女管理员对一个本科生天天来看旧杂志，印象挺深刻，照顾有加，后来干脆"违规"，放我自己进库房去取刊物。库房条件很差，大量的旧报刊堆在一起，光线昏暗，进出有一股刺鼻的霉味，多数报刊上蒙罩着历史的灰尘。后来，我读研究生，留校工作，利用期刊阅览室的机会很多，与两位管理员更加熟悉，其中一位还曾托我为其女公子介绍对象。

写论文过程中，我听说"学衡派"成员、南京大学外语系的希腊语教授郭斌龢（郭斌和）教授就住在南园，遂去拜访。已经记不得是如何联系上郭教授的。郭教授那时已年过80，他学识渊博、记忆力惊人，可惜我知识浅薄，提不出什么高深的问题，访问郭教授，好像更多的是满足好奇心。

本科论文的写作虽幼稚，但初步接触了原始资料，知道如何摘录卡片，如何进行访问调查。史学研究的种子大概是在这时埋下的。

我们本科班历史专业的学生是54人，竟然有7位选张宪文老师指导毕业论文，超过全班人数的八分之一。7位分别是：唐立鸣、卜幼凡、刘金田、王虎华、徐冰、杜蒙樨和我。毕业前夕，我们7人请张老师一起去南京最有名的友谊照相馆合影留念。张老师要出合影的费用，我们执意不肯，他就在回校的路上请我们吃了冷饮。

与毕业论文相关的一个后话是，我可能是1949年后南大最早通读过所有《学衡》杂志的大学生，以此写本科毕业论文。但完全是为了应付毕业，加上幼稚，并没有意识到这个研究课题的价值，也没有再做下去。现在，学术界对《学衡》杂志与"学衡派"的高水平研究成果颇多，南京大学也重视"学衡"的价值，专门建立了"学衡研究院"。北方有句俗话，"起个大早，赶个晚集"，我是连晚集都没有赶上啊。

早年读书经历与我的书房

（一）我要读书

"我要读书"，是小说《高玉宝》里的一句，表达了苦孩子想上学的强烈心声。每人都有自己与书的故事，将此人与书的故事连缀起来，亦能从侧面反映其人生。迄今为止，我的生涯与书是密不可分的。

我出生于泰山脚下的乡村，无家学渊源，最早接触的书，除"文化大革命"时期的小学课本之外，只有毛泽东的语录与选集了。

接触到课外书本，是举家迁居南京后。大约小学五年级，班上有同学家原是开"小书摊"的——在中小学校门口摆个摊，将各种适合儿童的书籍（连环画为主）出租，一两分钱一本，供学生现场租看。"文化大革命"开始后，小书摊自然不能摆，他家的书都堆到了一个低矮昏暗的阁楼上。那时上课学东西很少，课后更无作业之类，一帮学生各种疯玩发泄精力。有天在他家玩"躲猫猫"，情急之下，艰难地钻进阁楼，意外发现了"宝藏"，遂放弃游戏，看起小人书来。之后，放学就常到这同学家去看书，不仅免费，还是自助，想看哪本就看哪本，用今天的话，可真是爽。但此事有风险，偷偷摸摸地怕让家长知道。后来，我们想出一法，每天到他家取一本，拿回家看，次日再换，神不知鬼不觉。为了能借到书，我对那位同学百般迎合，小孩子能做的各种阿谀奉承，都做过。小人书看完后，就从他家拿些"大书"（相对于连环画，以文字为主的书）回家看。

书拿回家，又遇到新问题。大书通常较厚，当天读完次日还，以小学生的识字水平"一日一本"，都是囫囵吞枣，挑着看，有时看不完晚上加班加点。家里住房很小，挑灯夜战，影响其他人，家长绝不允许。也有躲在被窝里用手电筒照明看书的事，被家长发现，难免被一顿臭骂。同学家用来出租的书，都浅显地迎合中小学生，所谓"大书"，主要是两类：一是"文化大革命"前出版的小说《林海雪原》《野火春风斗古城》之类，二是前苏联的小说，多是二三流的，没有名著。

上中学是"文化大革命"后期的1972年，"读书无用论"更甚。我们有几个同学私下结成小圈子，互相换书看，逮到什么看什么，基本上是市井小民爱读的，即使文学作品，也没有高大上的经典。"换书"是按市场规律，等价一换一。如果当时没有可借的，就先欠着。我没有自己的书源，就采取"进口替代"，即借到一本书，用最短的时间看完，然后转借给别人。"进口替代"生意运转得不错，但有一次出了大纰漏。同学借我一本挺厚的书，约定5天后还。我用1天看完后，转借给别人，约定3天后还，预算上时间上很充裕。但到第2天晚上，全家已睡下了，突然有人敲门。爬起来一看，那位同学哭丧着脸，边上站着大人，吓坏了我。原来，同学是偷拿了他父亲的书借给我，他父亲又是借别人的，到我这里至少是"第四手"了。家长的上家催着要书，找不着，挨个孩子审问，同学交待了。家长就带着他摸黑找到我家来讨书。可我已转借出去，且不认识下家同学的家。又黑又冷的晚上，再追下去的线索也断了。家长确信书没有丢，我又保证次日归还，无奈地带着同学回去了。我再也不敢做"进口替代"生意了。

高中阶段，我与同桌关系很铁，他特别善良，就是不喜学习。每逢考试，我都想办法帮他过关（各种巧妙地"串通作弊"了）。作为报答，他想方设法去借书给我看（大多数他都没看，只是"二道贩子"）。有天早上，他神秘地拿出一个塑料皮的本子悄悄对我说，这是"手抄本"，中午放学要还，你看不看？那时看"手抄本"是要处分的，甚至有被判刑的，我是班级团支部书记，老师眼里的"好学生"，对江湖上流传的手抄本心仪已久，从未见过，就说：先给我。那天上课时，满脑子只想着找什么机会看"手抄本"。可恨的是，我座位在教室中间的第三排，完全在老师视线之内，没有"犯罪"的机会。说来也巧，那天上午的后两节课突然改开全校大会（好像是传达中央文件）。本来，操场上开会没有课桌遮掩，同学又紧挨着坐，实施"犯罪"的条件更差。但我刚巧坐在第一排的最边上，旁边是同桌（整个过程中，他一直为我掩护，观察周边环境）。当时是一月，操场上天寒地冻，大家穿戴很厚实。我就埋着头，卷曲着身子，紧捂住书，只留着塑料本与眼睛之间一点的空间，在大喇叭里校领导震耳欲聋的声音中，心神不宁地匆匆读完人生第一部"手抄本"。那本"手抄本"字迹潦草，其实不完整，基本上没有故事情节，更像一本粗陋的生理教科书（我们从未上过生理课），估计抄的人要么时间来不及，要么兴趣根本不在故事情节上。在那样的阅读环境下读"黄色手抄本"，危险堪比做"地下工作"，惊心动魄。多年来一直后怕，真是无知无畏，胆大包天，如果被老师发现，直接抓"现行"，提溜到主席台上批斗，都不用另外组织了。

我到现在阅读的"品味"都不高，与朋友交谈，如果说到"国学经典""西方名著"，多数都没有认真读过，有点自卑。我怀疑与最早的阅读是从深巷陋室的"小人书"起步，后来读的大多是市井小民爱看的书籍有关，"阅读基因"不良。

回想个人早期阅读史，非常感谢所有借书给我的同学，特别是那位冒险借手抄本给我的同桌，如果被逮住，他罪名比我更重，首先是"传播"（腐蚀拉拢"好同学"），其次是"共犯"（我看时他掩护），最后，虽然多数书他只是转手给我，但这手抄本他是看了的。

（二）我的书房

自己购书是挺晚的事，原因大抵是囊中羞涩。上大学前我已在工厂做学徒，有微薄的工资。上大学后，是走读生，断了工资，吃住在家，一切靠父母，自尊心已不容再向家里开口要钱买书。基本上是在学校图书馆借书、看书。记得大三暑假，利用假期打工挣了些钱，事先盘算好买一套全国政协文史委员会编的《文史资料选辑》。钱刚到手，有同学约去黄山旅游，虽是穷游，回来时工钱所剩无几，硬着头皮请父母补齐购书款。

通常，读书人之好书，与女生购置衣物相近，多多益善，书橱里总觉得少一本好书。我在购书这件事上，相对理智。平时购书并不多，一是先前没钱买，二是无处存放，三是较早就从阅读经历中悟出，就读书效果而言，"购书不如借书，借书不如借不着"。无论多喜欢的书，只要买到手，就感觉已入囊中，早读晚读都无妨，最后多数束之高阁。倒是借的书，到期归还，限时读完。想借而一时借不到的书，绝对激起阅读的欲望，一旦到手，手不释卷——最好的书都在图书馆或是朋友的手里。

我的许多藏书是朋友赠送的，看到书橱里的书，首先想到的不是书的内容，而是想到赠送者与我之间的学术交谊。

最早的赠书来自读研究生时陪住的一位日本留学生。我们同住一年，成为好友至今。他来中国时，带来了一些日文、英文的专业书，都是国内所没有的。回国时，就将书全留赠给我，其中一本是美国学者易劳逸（Lloyd E. Eastman）教授所著《流产的革命：国民党统治下的中国》（*The Abortive Revolution: China Under Nationalist Rule*, 1927-1937）的复印本。几位年轻朋友看后都说好，我们就以这复印本为母本，将该书再复印，译成中文出版。

所有赠书中，以台湾朋友赠送最多。我去台湾开会、教书10多次，得到朋友赠书不计其数，或是学者个人新作，或者是他们多余的复本书。台北"国史馆"每出新书，免费发两套给研究人员，朋友常会留给我一套。逛书店购书，是在台湾必不可少的活动，"国史馆"的小卖部（专卖其出版品与小礼物）、"中研院"的四分溪书店、台大与台师大附近的旧书店、诚品书店等，均是必访之地。每次从台湾返回前,最发愁的事是如何将一箱箱购买与获赠的书拖到邮局寄回(通常需要朋友开车帮助)。

有些书与人的故事永生难忘。"国史馆"纂修王正华女士,邀我去她府上,只要是她"暂时不用"的书籍,任我挑选取走。那天下午,在新店"国史馆"工作完毕,侯坤宏先生开车载我去选书,大概选了七八箱专业相关的书,装入她事先精心备好的纸箱,再匆忙赶在邮局下班前寄出。前几年,勤勉敬业的王正华在办公室岗位上逝世,睹书思人,不胜怀念。

2000年,受"中正文教基金会"邀请,赴台访问一个月,后来担任国民党党史馆主任的邵铭煌先生带我到原"党史会"书库,以成本价任我挑书,半卖半送:"只要你愿意,随便拿。"那是我第一次装箱打包书,笨手笨脚,基金会的秘书杨小姐见状,直接让我靠边,她人很娇小,但三下五除二,很快就将十几箱书搞定了。"中研院"近史所的朋友赠书也多。郭廷以图书馆的几任馆长对我都有赠送(馆长是由学者兼任,定期轮换),其中最爽快的是谢国兴研究员,所里的出版品,每样赠一本,我出邮费即可。好朋友张力研究员身强力壮,每次来大陆,都背不少书籍来分送,一见面通常就掏出几本书来。

2007年,在政治大学历史系担任客座教授半年,与系里上下从教授到助教都结下友谊。回杭州一年后,助教来电邮问我,她们系图书馆要处理一批复本书,只需出邮费就能寄到杭州,要不要?这等好事,怎能不要?!很快大大小小50箱书就寄来了。又过七八年,助教再次询问,系上又要处理复本书了,要不要?当然还是要。但是这次很不幸,书到杭州被海关扣下,费尽周折，仍被退回台湾。

拥有间书房，一度以为是遥不可及之梦想。长期蜗居，家里除了一个简易的竹书架外，没有可以放书的地方，许多书就装纸箱置于床下。师友赠书是其呕心沥血之作，放在难见天日的床下，实在愧对。条件改善后，先将师友们赠书在书橱中摆放整齐，郑重一拜，总算是对得起它们了。

1998年，内人单位分配给二居室的房子，房间一大一小，大的那间将阳台打通，约有20平方米，光线也好，左邻右舍都选做卧室。内人开明地说，我们家最值钱的就是这堆书了，你在家时间又长，大的做书房吧。我们又买了挺贵的"光明牌"实木书橱，沿两边墙排开，书房挺有点气势。有句名言，"如果人间有天堂，一定就是图书馆"。对我个人来说，这间书房，就是梦寐已久的天堂，满足了阅读、写作、胡思乱想、与师友对话（通过研读他们的论著）的所有需要。有了宽大舒适的书房后，文章未必就写得更多更好，但有了一方净土，无论俗务多么狼狈，只要走进书房，坐在书桌前，心境就能平静下来。

装修完毕，我们邀请导师茅家琦教授、张宪文教授到寒舍小聚。他们进门，就被书房吸引，茅先生夸奖说，这是南大历史系最大的书房！那时南大教师住房条件尚待改善，学校分房不是以面积而是以几室来衡量，大钟亭的教师宿舍，不到80平方米的建筑面积，能隔出三室一厅来。一般教师宿舍最大的房间不过15平方，自然不可能有近20平方的书房（现在，南大许多教授购置了别墅，书房之大与典雅，令人羡慕）。

茅先生的夸奖，让我们很得意，就想，这么好的书房，应该有个"堂""斋""室"之类的雅号（读书人的通病啊）。搜肠刮肚，想到"仿秋斋"三个字，当时还写了段文字，解释理由，大致是秋天里农人收获，天高云淡，从容不迫，是我最向往的季节，为人为学要追求秋天的意境。我在网络上短暂开个专栏，名曰"仿秋斋论史"，现在的微信号，也用"仿秋斋"。

随着住房条件不断改善，书房走入寻常百姓家。南京市举办了一次"书房大奖赛"，"仿秋斋"报名参加了。比赛结果出来，一等奖是位全国知名的女作家，二等奖归了我的朋友、也是作家的叶兆言，"仿秋斋"得了三等奖。坦率讲，开始真不服，那位女作家的书房，是不到10平方的小屋，一个与写字台连在一起的书橱，陈设气势绝对比不上我。但转念又想，书房评比，重要的不是比外在的面积大、陈设好，而是比内在的利用书房创造出的价值与社会影响，这个核心得分点上，自叹弗如。

2006年，调到浙江大学教书，家仍在南京，变成两地通勤生活。书也分在三处存放：南京"仿秋斋"是根据地与老营，杭州办公室与家里，则是近期要用的书或购置、收集的资料。书分两地，自然也有不便之处，有时备课、写文章需查实资料，书却在另一处，着急！好在很少有非要即刻找到不可的程度。有段时间赶写书稿，有部必备参考书，我干脆就将它放在电脑包里，随身携带。书稿难产，那厚厚的书就随我在南京、杭州之间旅行了大概有近一年的时间，高铁坐了不下10趟。

与"仿秋斋"井井有条不同的是，杭州两处的书，极其凌乱，胡乱地放置，尤其是办公室里，办公桌与茶几上，全被书占领。

实在看不下去，就请学生来帮助清理一次，但不久，就凌乱如故。因为承担国家社科重大项目"蒋介石资料数据库建设"，专门搜集资料，除了蒋介石直接相关的书籍可以放入书橱外，许多书因无处放，始终留在纸箱中，箱子堆到书橱前面，开书橱也变得艰难。好在，自己基本记得书在哪个箱子里，堆在哪个角落，临到用时虽需东搬西翻，"众里寻他千百度"，但大抵最后总能找到，自嘲是能"乱中取胜"。

对于书与读书，前面说到最好的书在图书馆这个理念。我另一理念是，书只有共享，用起来，活起来，让需要的人能找到、利用，才能发挥其最大的价值。"学术乃天下公器"。我利用哈佛燕京图书馆的时间不短，每次都找到他们馆藏的宝贝，吴文津馆长、郑炯文馆长非常乐意学者们利用。郑馆长多次说，图书馆不是档案馆与博物馆，它的书是用来读的，不是用来藏的。这对我影响挺大。我获赠的书，多数就交给了历史系的资料室。五年前，浙大蒋研中心与校图书馆共建了"蒋介石文献特藏室"，我把部分个人图书放入该室，供师生阅览。师友相赠的图书，转用于学校师生，正是传播师友的雅意，将学术发扬光大。

2020年，浙江大学人文古籍新馆落成，即将开馆，共建的"蒋介石文献特藏室"就在其中，是集收藏、展示、阅览、上课与小型学术会议诸功能于一体的独立空间，我对此充满了期待。"仿秋斋"的私人书籍，终将全部汇入，那些深藏在办公室箱子里的书，也将重见天日，成为公共资源。换个角度，图书馆也将变成个人日常阅读、写作、交流与胡思乱想的地方，一个扩大版的"仿秋斋"。

浙江大学人文古籍图书馆内的"蒋介石与近代中国文献特藏室"启用

在图书馆里拥有一间书房，对一个读书人，是多么美妙的圆满。人生至此，夫复何求？！

（此文主要内容曾由"南京大学图书馆"微信公众号 2020 年 8 月 14 日以"校友陈红民教授的书房"为题推送。）

茅先生指导我写论文

"茅先生"的尊称是有来历的。刚考上研究生时，我们仍沿用本科时期的称呼"茅老师"。那时崔之清教授已从茅先生门下毕业，对师弟师妹们的"不敬"颇有微词，"开导"我们说："在我的安徽老家，教小学的老师才叫'老师'，教初中的老师就要喊'先生'了，你们怎么还能喊茅先生是'老师'呢？"我们遂改尊称"茅先生"。

茅先生在史学研究方面的成就和对中国近现代史学科建设的贡献已有公论，高山仰止，毋庸学生赘言。近20年来，有幸能在茅先生的直接指导下学习与工作，是他将我引入史学研究的殿堂，他的教诲和指导对我的学术研究影响至深。这里只讲他指导我写硕士研究生学位论文的事，从中也可反映出茅先生教书育人与做学问风格的某些侧面。

20世纪80年代初，茅先生在太平天国方面的研究成果已享誉海内外，但他不满足已有的成绩，常常思考如何拓展中国近现代史学科的研究领域。据说他从70年代中期就曾提议利用南京独特的地缘优势，开展中华民国史研究。当时"文化大革命"尚未结束，深受祸害的历史学界正在"评法批儒"与"批《水浒》"，民国史差不多还是禁区，他的想法当然不能化为现实。随着"文化大革命"结束，思想解放运动的深入，茅先生再次提出开展民国史研究，1982年，南京大学中国近现代史专业在国内高等院校中最早招收中华民国史专业硕士研究生，我则幸运地成为茅先生在中华民国史方向招收的第一位硕士研究生。

我们开始学习时，中华民国史的研究刚刚起步，大到对民国史研究的对象与内容，研究方法，小到对具体事件人物的评价标准等，均有许多的争论，众说纷纭。这是一切都在拨乱反正时期社会科学各领域都有的现象，处于草创阶段的民国史研究更是如此。但在学术研究方面尚未入门的我，面对争论却无所适从，感到困惑。茅先生在授课时常教导我们，做史学研究最重要的是收集史料，研究一定要依据史料立论，不能故作新论，哗众取宠。像民国史这样的新兴学科更应该如此。

当时，我和"小师姐"戴莹琮（后在美国获得博士学位，留美教书）每学期末要去茅先生家汇报学习情况。茅先生说话不多，听我们说，而我们对他十分敬畏，去前商量好的汇报内容很快就讲完了。每次谈话时间不长。记得茅先生问得最多就是："外语学习怎么样？""古汉语学得怎么样？"他言简意赅，指出学好外语与古汉语，才能更广泛地掌握与运用史料，使学问更扎实。在这一点上，他与许多学术前辈是有共识的。

茅先生对我硕士学位论文写作的指导，使我受益终身。我选择的是胡汉民晚年政治思想与活动的研究。在写学位论文前，我几乎没有写过正规学术文章，要完成一篇三万字的论文，难度很大。胡汉民是国民党内的"理论权威"，言论相当多，思想较庞杂。胡汉民晚年的三项政治主张"抗日""反蒋""剿共"

是根据"三民主义"归纳出来的，故论文初稿的结构就按"民族主义""民生主义""民权主义"分成三大块，每块都先叙述胡汉民原先是如何认识的，再论及晚年有何改变，最后结合时代背景进行分析评价。茅先生阅后指出初稿写得较散，读起来不顺。建议将胡汉民原先对"三民主义"的认识归成一块，作为立论的背景，再分别对三项政治主张加以论述。依茅先生的建议改过之后，文章果然条理清晰了很多，做到了重点突出。

论文大致完成后，茅先生又要求对段落、遣词造句多加修改，精雕细琢，以求用词精确，立论公允。他形象地说，好的文章不是写出来的，是改出来的。

论文写作期间，茅先生更重要的指导是告诉我，要坚持实事求是的原则，依据史料得出结论。在此之前，史学界对胡汉民的"基本结论"是，他坚决"反共"，属国民党内的"右派"，是个该完全否定的人物。我阅读的大量资料显示，胡汉民在其晚年三项政治主张"抗日""反蒋""剿共"中，最注重的是宣传抗日，且有支持抗日的行动。因而我提出，在九一八事变后，中华民族同日本军国主义的矛盾已成为中国社会主要矛盾的情况下，不能纯以是否"反共"作为评价民国时期人物的唯一标准，对胡汉民的抗日主张应该予以积极肯定，而对其一生也应有全面的认识。以上的认识，构成了我论文的重要论点。

在论文定稿后，却产生了不同意见，有老师认为论文对胡汉民这样的"右派"评价过高，这样的论文不能答辩。本来我的论文初稿是同届同学中最早完成的，临近毕业，其他同学都打印完毕，有的甚至通过了答辩，而我却拖在那里，十分着急，便去向茅先生报告。茅先生再次问，论文选用的材料是否全面，是否确实可靠。又问，如果答辩时有人提出异议，你能否回答。在得到肯定的答复后，茅先生最后说，只要材料可靠，你认为正确的，就要坚持。结果，我的硕士学位论文《论九一八事变后的胡汉民》不仅顺利通过了答辩，还得到学术界的较高评价。著名的民国史专家李新先生认为论文在民国人物研究方面有重要突破，将其推荐给《历史研究》发表。论文的成功，凝结着茅先生和其他指导老师的心血。而我在写作与修改过程中从茅先生那里学到的很多东西，一直对后来的研究工作有相当的助益。

勤于思考，思路开阔，不拘泥于已有成绩，勇于创新与实践是茅先生做学问的一大特点。而严谨认真，平实公允是他做学问的风格。这都是我们后辈需要向茅先生学习的地方。为了学术传承，我这两年在为南京大学中国近现代史专业的硕士生授课时，专列"茅家琦教授的史学成就"一讲，很受同学们的欢迎。

（刊于崔之清、董国强《焚膏补拙：历史学家茅家琦》，南京大学出版社，2001年9月。）

研习历史四十年

2017年暑假回南京，拜见90岁的业师茅家琦教授，他告诉我刚写完《南京大学读史七十年》，总结自己治学七十年的心得，这是他最后的一篇文章，今后要收笔不再写了。辞别时，他把文章郑重地交给我。

拜读茅先生的文章，感触颇深。我比老师年轻三十岁，没有他那么丰富的人生阅历与治学经验，可自1978年考入南京大学历史系学习迄今，亦有整整四十个年头了，时间不算短，遂起意仿照茅先生，写此小文，对研习历史四十年的经纬与得失，做个小结。

我这四十年，粗略可分为三个阶段：懵懵懂懂进入历史学领域（约十年）；初步领略研究意趣（约二十年）与经营浙江大学蒋介石与近代中国研究中心（约十年）。

（一）懵懵懂懂进入历史学领域

瞿秋白在《多余的话》中说，他担任中共领袖是一场"历史的误会"。套用这句名言，我学习历史，也是"历史的误会"，是许多机缘巧合而成的。

我1965年上小学，1976年中学毕业，正好贯穿了十年"文化大革命",中小学根本就没有历史这门课,只记得初中的政治课上讲过"社会发展史",内容是"从猿到人""劳动创造人"。1977年恢复高考时,我已是工厂的学徒工,利用工余时间复习迎考,当时心中揣的是"文学梦",理想是当作家。第一年高考落榜。1978年再考,总分挺高,达到南京大学的录取线,语文单科成绩离中文系的录取线差两分,历史单科成绩却莫名其妙地高,为了能上南京大学,就选择了历史系。

应了"越得不到的就越觉得珍贵"这句话,在历史系四年中,我并未完全从"文学梦"中醒来,选修了不少外系的课,花挺多时间准备报考南京大学中文系现当代文学专业的研究生。可运气不佳,该专业实行隔年招生,我毕业那年正好停招,报考无门,只得转考中国近现代史专业,内心充满着无奈与纠结。

1982年本科毕业时,南京大学历史系中国近现代史专业有王栻与茅家琦两位老师具备招收硕士生的资格,招生名额只有一位。投考的学生不少,最后是茅老师录取了我,王栻先生当年没有招生,这再次说明我应付考试还是有些功夫的。

茅先生是知名的太平天国史专家,他非常有眼光,意识到南京大学应该开展中华民国史研究,要率先招收研究生。那年他招生目录上有太平天国史与中华民国史两个方向,我选择后者,无意间成了全国高校系统的首位民国史硕士研究生。茅先生自己是近代史方向,我入学后,他就让张宪文、姜平与杨振亚三位现代史方向的老师参与我的培养与指导论文。

三位老师对我很关心、负责,但他们的工作方法与个性各不相同,指导过程中有时难免意见相左。尤其在毕业论文的选题、写作与修改过程中，他们各持己见，让我无所适从。硕士学位论文，听老师们的意见，我共准备三个选题：冯玉祥研究、新生活运动研究与晚年胡汉民研究。最后，老师们达成妥协，让我做晚年胡汉民研究。

之所以选择晚年胡汉民，是因为我看到的书中对胡的记载到"约法之争"就结束了，这么重要的一个人物，最后的结局都没有基本的交代，这引起我的好奇。史书对胡晚年的记载不详，研究资料自然难以寻找。我花了大量时间找资料，甚至去过北京与广州（均是第一次访问）。值得一提的是，我专程去扬州师范学院（现扬州大学）访问过任仲敏教授，去华东师范大学访问过王养冲教授，他们分别在不同时期担任过胡汉民的秘书，后均弃政从学，任先生治唐代文学，王先生治法国史，都卓然而成大家。

搜集资料的过程挺辛苦，有些典藏单位不让查阅，或者以"资料保护"为名，收取高额费用，我一个普通学生，无钱无势，为得到资料就得软磨硬泡。经过一年多的努力，基本上把资料搜集齐全了。我不知该如何下手，便下最笨的功夫，将所有资料编成一个大事长编，然后再按类型进行梳理。硕士论文初稿的结构是，依胡汉民所坚持的"三民主义"为线索，分三条线展开论述，分析其晚年思想的变化。初稿完成后，交各位老师审阅。茅先生提出，初稿中分别按"民族主义""民权主义""民生主义"，三条线又都分为"旧"与"新"两部分，结构显得拖沓、零散，他建议将"旧三民主义"的内容汇成一部分，可以略写，而后再详细分析"新三民主义"，既可以清楚地显示胡思想的发展变化，也更加紧凑。我照此修改，果然，文章顺畅多了。茅先生教导我，要重视文章的修改工作，每次修改，意境与文字都会有进步，"论文不是写出来的，是改出来的"。他的这句教导，我奉为至理名言，并不停地向我的学生灌输。

我硕士论文《论九一八之后的胡汉民》上印有四位指导教师的名字。这与现在一位导师指导多名学生形成了鲜明对比。多位老师们严苛的"挑刺"与不同意见，使论文更严谨，少许多漏洞。论文的主体是评析九一八事变后胡汉民"三民主义"的理论与实践，为完整反映胡那个时期的全貌，充分体现辛勤搜集到的新史料，我又编一份同时期的胡汉民政治活动年表，作为论文的附录。论文正文不到三万字，但附录则超过了六万字，也算是一个奇观。那时硕士生答辩相当严格，我的论文答辩用了整整一个上午。答辩委员们最后给予较好的评价，顺利通过。

开始选这个题目时，只是想将胡汉民的后半生历史弄清楚，没有想到找到的资料显示其后半生的活动与思想如此丰富，这为论文写作提供了较大的空间，也客观上提升了论文的价值。然而，发现该课题更大价值的，却不是我们这些当事人。

1984年我硕士生二年级时，民国史研究的奠基人、李新先生到南京大学讲学，我得到就近请益的机会，李先生关切询问我的论文题目，并给予了些指导意见，嘱咐我写好后给他寄一份。1985年7月论文答辩完后，我依约寄到北京。没想到李先生很快就给张宪文老师来信，说这是一篇好文章，要亲自到南京来主持研讨会。当年的下半年，南京大学联合中国第二历史档案馆，在南京为我的硕士论文组织了一场专题讨论会，除了当地学者外，还有北京、上海与杭州的学者参加。为一篇硕士毕业论文举行讨论会，且规格如此高，实属罕见。

李新先生在会上高度评价我的论文，说他在主持民国史编写时，一直思考"如何评价民国人物"，尤其是一些"反共人物"的问题。虽然提出"具体人物具体分析"的原则，但没有研究的实例，不知如何落实。我的论文具体研究九一八事变后的胡汉民，胡仍然反共，但同时主张抗日，反对蒋介石的独裁统治，在那个时代，有进步性，值得肯定。这解决了民国史研究中的一个难题。

会后，李先生问及我论文的去向，我说投稿给一家刊物，编辑说文章太长，让我截取一部分发表。李先生说这篇论文是一个整体，分割后意义会大减，要我交给他来处理。经他力荐，我的硕士论文，也是学术处女作，很快就全文发表于《历史研究》。论文的附录《胡汉民活动年表（1931—1936）》也分两期发表于新创刊的《民国档案》上。

虽然是懵懵懂懂进入史学领域，起点却不低。

（二）初步领略研究意趣

硕士毕业后，南京大学历史系中国近现代史教研室急需老师，我便留校任教，与老师们成了同事。

相当长的一段时间里，我继续进行胡汉民的相关研究。经王学庄先生牵线，与在暨南大学任教的周聿峨相识，她的硕士论文是研究辛亥革命时期的胡汉民。我们合作研究，将各自的硕士论文补充，完成《胡汉民评传》书稿，由广东人民出版社出版。这是最早出版的"国民党右派"传记,张磊先生作序,对两位"年轻人"的勇气与学识给予很高的评价。后来,该书又修订成《胡汉民》,收入"岭南丛书"。

我还涉足过当代台湾史的研究。20世纪80年代中期,茅家琦先生在历史系倡导研究当代台湾,有老师觉得当代台湾是"政治"而非"学术"问题,无人响应。我留校后担任研究生辅导员工作,茅先生就找到我,让我组织入学不久的硕士研究生共同来做。大家初生牛犊不怕虎,积极性极高,除了中国近现代史专业的,还有些考古和国际关系专业的研究生也加入,大家在茅先生领导下分工合作。我负责"台湾政治"部分的写作,进展非常顺利。

项目进行中,我们在南京大学校园内举办"当代台湾"系列公开讲座,首讲是我的"从蒋介石到蒋经国"。当晚,校园轰动,江苏省广播电台也来现场录音采访。讲座教室内水泄不通,冯致光副校长也来听,只能在讲台上我的旁边放张凳子,周围全是站着的同学。教室外的走廊上、窗户上也站满了听众。茅先生将我们的研究成果,主编成《台湾三十年(1949—1979)》,由河南人民出版社出版。这是中国大陆第一部完整研究当代台湾的学术著作,一炮走红,多次重印,不仅在高校开启了当代台湾研究的先河,而且也配合了两岸关系的发展,引发社会大众对台湾的关注。

当代台湾的研究,研究对象敏感,资料极为缺乏。茅先生教导我,敏感问题要"实事求是",有几分材料说几分话,没有材料的可以先搁置。在《台湾三十年(1949—1979)》中,政治部分的内容较少,到《八十年代的台湾》时,政治的内容大幅增加。有次,与在江苏文艺出版社做编辑的朋友叶兆言聊天,他提议我将《八十年代的台湾》中政治部分抽出,用叙事的方式与文学语言改写,单独成书,他负责出版。我接受了他的建议。在具体编写过程中,我们产生了较大分歧,他要求用文学的方式对史实进行加工,甚至合理想象,吸引读者;而我坚持每段文字都要有出处,最多只能在叙述方式方面下功夫。《台湾政坛风云》在当年江苏文艺出版社的销售榜上排名靠前,成了畅销书。我很开心,没有实现"文学梦",但好歹也在文艺出版社出版过著作。

这个阶段,张宪文老师在南京大学积极推进民国史研究,建立了中华民国史研究中心,我参与了该中心的筹建及其成立后的各项工作。在学术方向上,张老师领导主攻抗日战争史研究,尤其是正面战场的研究,开了学术界的先河。我参加了《抗日战争的正面战场》《中国抗日战争史》的写作,还担任后一部书的副主编,对抗日战争史产生了浓厚兴趣。

我的从教之路起步相当顺利,因教学科研"成绩突出",1992年被南京大学特批为副教授。

差不多同时,高校青年教师中突然兴起攻读在职博士的热潮,历史系还专门进行了动员。那时有指导博士生资格的教授较少,报名的青年教师非常踊跃,许多外系的青年教师也投到历史系来(因本校老师在职读博士不需要考试,有些工农兵大学生与本科生毕业留校的,对此要求十分迫切)。茅家琦先生每年的招生数量有限,他就将所有投考的校内教师按年龄排序,年长者先入学。我年龄算小的，排在后面，等了两年还没有轮到。1994年，张宪文老师获得博士招生资格；茅先生对我说，你的专业是民国史，就转到张老师名下吧。这样，我就成了张老师获得博导资格后独立招收的第一批博士之一。他是我的本科学位论文导师、硕士论文导师之一、博士论文导师。我的三个学位是在同一所大学获得的，接受同一位老师一以贯之的指导，也属难得。

读博士要考虑博士学位论文，限于资料，我对于胡汉民的研究已逐渐停了下来，希望能寻找到另一个有意思、范围稍宽的能进行持续性研究的课题。经过一段时间的思考，终于选定以抗日战争时期某些"经济复古"现象（包括田赋征实、驿运和"军队大生产运动"等）为未来一段时间的研究对象，准备就此撰写博士论文，并着手前期搜集资料工作。1995年夏天赴台湾参加"纪念抗日战争胜利五十周年两岸学术讨论会"，提交的论文是《论抗日战争时期的驿运事业》。当年秋天，赴香港中文大学访问，与中国文化研究所金观涛教授聊起关于"经济复古"现象的研究，他对此表示出极大的兴趣，说这课题可列入他主持的研究计划，希望我尽快完成一部专著，由香港中文大学出版社出版。我用驿运与大生产运动作为素材，写过一篇《国共两党动员能力之比较》的论文，登在《二十一世纪》上。课题最后没有继续下去，那篇文章却是迄今为止最令自己满意的论文之一。

1996年初，我获得哈佛燕京学社（Harvard-Yenching Institute）访问学者的资助，去哈佛大学访问研究一年，这成为我学术生涯的一个重要节点。

在哈佛燕京图书馆（Harvard-Yenching Library），我看到了41册由胡汉民女公子胡木兰捐献的《胡汉民往来函电稿》原件，既震撼又兴奋，这批珍贵资料所载的历史时段与我硕士论文研究的时间是重合的。刚接触《胡汉民往来函电稿》，我只想通过阅读，选出其中"有用的"函电，做些摘录，写几篇论文。但不久就意识到，它的价值绝不限于胡本人，每件函电至少还涉及另一个人，许多人与事是我所不熟悉的，不能妄断其价值为"有用"或"无用"。我决定重拾胡汉民研究，将《胡汉民往来函电稿》中的每件函电都录下来，完整地保存一份史料，带回国内。

去哈佛大学前，我自己有一系列的完善的学术"构想"：学习英语、听几门课、多与美国学者交往、学习西方现代史学理论……做了上述决定后，在哈佛大学的工作重点完全转变。经过8个多月的工作，终于将《胡汉民往来函电稿》一件件地录入电脑。日复一日，我坐在哈佛燕京图书馆提供的固定位置上阅读、录入，工作变得十分枯燥与乏味，眼睛因长期受电脑荧屏刺激，疼痛难忍。当录完最后一册最后一个字后，我伏在图书馆的桌上，泪水从眼底流了出来。

在哈佛大学访学这一年对我影响颇大：一是增加了学识与见识；二是对自己的学术兴趣（喜欢接触第一手史料）与能力（用笨办法、能沉得下来）有了较清晰的认识；三是认真的工作态度得到认可，"用功"的名气由此传开。时任哈佛燕京学社社长杜维明教授、哈佛燕京图书馆吴文津馆长对我每天去图书馆录入函电稿印象深刻，称赞有加。哈佛燕京学社通常只资助学者一次，而我在2002年、2009年又获得该学社的两次资助，赴哈佛大学访问、研究，这在哈佛燕京学社历史上是罕见的。我与哈佛燕京学社、哈佛燕京图书馆的联系能长期维系下来，这都源于早期打下的良好基础。

我以哈佛燕京图书馆的资料为基础，完成了博士学位论文《函电里的人际关系与政治》。论文对函电内容进行了考证、辨析，在方法论上试图有所突破，用量化统计来分析胡汉民晚年的人际网络。博士论文后由北京三联书店出版。

在写作论文的同时，我花时间将所有函电稿整理、注释，编辑成15册的《胡汉民未刊往来函电稿》（"哈佛燕京图书馆学术丛刊"第四种），2005年由广西师范大学出版社出版。有位学界朋友不解，问我为何将自己辛辛苦苦抄来的资料公开，而不是独享。我说辛苦抄录的目的，就是方便国内学者利用海外史料。这套资料在2007年获得浙江省的哲学社会科学优秀成果一等奖。

1998年，我顺利获评教授职称，时年40周岁。2001年获得博士学位，2002年获得博士生导师资格。

2004年，承韩国裴京汉教授举荐，我获得韩国高等教育财团资助，赴延世大学访问、研究一年，合作教授是延世大学的白永瑞。行前，我的韩国知识甚少，韩语更是无知。获得机会后，就想如何利用便利，做些与韩国有关系的研究，在与韩国学者的交流时，特别留意中韩关系的原始史料。功夫不负有心人，我真的在首尔市的韩国国家记录院（国家档案馆）的"日本朝鲜总督府档案"中，找到了晚清与民国时期中国驻汉城总领事馆与总督府外事课的往来档案。我兴奋异常，觉得可以开始一个新的研究方向。我用了大量的生活津贴来复制这批档案（国家记录院的档案复印价格昂贵）。当时的如意盘算是，研究、整理这批韩国档案大概要用十年，正好可以做到退休，再不用为找课题而发愁了。我在韩国的学术会议上报告这一发现，韩国的学者很吃惊，之前韩国学者没有人发现过这批档案，更不用说利用了。我用这批资料写过几篇论文，其中一篇《晚清外交的另一种困境》，论述晚清政府面对朝鲜的"独立"要求的进退失据，刊登在《历史研究》上，这也是我属意的文章之一。

如果不是调到浙江大学转向蒋介石研究，或许我真的会在近现代中韩关系史的研究上走得更远。真是可惜了花大钱复印来的大量档案资料，至今只能躺在书橱中了。

一年的韩国访学生活，竟然改变了我的生活走向，实在意外。在韩国的那一年，完成的论文是往年的几倍。细究原因，是在韩国生活简单，没有多少杂事，可以专心写论文。我就想，如果在国内换个环境，没有多少人认识，没有杂事相扰，自己读书教书，优哉游哉，岂不很好。何况，自己从十岁起就在南京生活、读书、留校工作，在南京大学近三十年，生活与学术交往的圈子有限，内心一直有到外地见世面的冲动。同期在韩国访问的学者中，我与浙江大学历史系的包伟民教授，朝夕相处间成了挚友，时常听他批评浙江大学的"工科治校"，这反而引起我的好奇。经他引介，2006年春，我从南京大学到了浙江大学任教。

（三）经营浙大蒋研中心

刚到浙江大学时，自我定位是"南大退休，浙大返聘"。杭州有西湖，号称要建"休闲之都"，正合我休闲的心态。某日傍晚，与时任浙江大学人文社科部主任的罗卫东教授、历史系主任包伟民教授三人邀约喝茶。闲聊之中，话题引到浙江大学的中国近现代史学科建设上，他们问我有什么前沿的课题可做。我说，在浙江，做蒋介石也许可以吧，但有不确定的风险。他们就鼓动我试试，说做成了，大家开心，做不成好像也没什么损失。我们雷厉风行，2007年1月，酝酿于茶社的"浙江大学人文学院蒋介石与近代中国研究中心"成立（2011年升格为校级研究中心，更名为"浙江大学蒋介石与近代中国研究中心"，简称"蒋研中心"）。

想到要以蒋介石研究为浙江大学中国近现代史学科未来的重点，并非一时心血来潮：一是蒋介石是中华民国史研究的指标性人物。民国史研究经过四十年的发展，从无到有，从"险学"成为"显学"，但蒋介石研究仍属"禁区"，有不少课题值得做。民国史研究的成果可作为蒋介石研究的基础，蒋介石研究又可为民国史研究拓展出更大的空间。二是学术研究的环境较为宽松，两岸关系稳定，学术交流频繁，台湾已开放蒋介石档案（不久之后，斯坦福大学胡佛研究所也开放了蒋介石日记）。三是浙江是蒋介石的故乡，有天时、地利、人和之便，浙江大学的前辈学者曾为此做过努力。四是我接触过蒋介石的课题，参加张宪文老师主编的《蒋介石全传》（河南人民出版社，1996年）

的写作，自己也合作写过一本《蒋家王朝·台湾风雨》（中国青年出版社，2001年），有不错的基础。

该中心虽然成立了，却是一个无人员编制、无办公场所、无经费的"三无中心"。中心人员由中国近现代史研究所的老师兼任，办公场所可以因陋就简，但没有经费，则无法开展工作。我刚到杭州，人地两生，一筹莫展。幸好经人介绍，认识了毕业于杭州大学历史系的校友、恒励集团的张克夫董事长。我们一见如故，他愿意出资共建蒋研中心。由此起步，恒励集团与浙江大学蒋研中心建立了良好的关系，十多年来合作无间。

虽是白手起家，我们的志向却并不低，希望未来蒋研中心能走"国际化"与"学术化"的道路，成为有影响的学术中心、资料中心与人才培养中心。"国际化"，是要与国际上知名的学者与学术单位建立联系，中心采用开放式的结构，聘请了海内外知名学者担任客座教授，请他们来中心参加会议与举办讲座；"学术化"是严格按照史学规范从事蒋介石研究，一切实事求是，不追逐"潮流"，不唯上，不媚俗，不感情用事。坚持这两条，蒋研中心稳步发展，小有所成，但距离最终目标尚远，仍需要继续努力。

蒋介石研究也是千头万绪，从何处入手呢？我最初设想了两个方向：一是做蒋介石研究学术史的回顾，通过对既往研究成果的梳理总结，找到新的课题与方向；二是对台湾时代蒋介石的研究，以前对蒋的研究主要集中于大陆时期，对蒋在台湾26年的历史，缺乏基本的研究，缺少了这一大块，蒋介石研究就不完整，况且，研究蒋的后半生，对评价其在大陆的事功也有益处。实际进行中，蒋介石研究学术史的回顾，曾联合一些博士生分头进行，后来得益于蒋介石档案与蒋介石日记的开放，研究迅速进入一个新阶段，我将之形容为"从蒋介石不在历史现场的蒋介石研究，转到蒋介石在现场的蒋介石研究"，前后两个阶段的关联度没有这么密切，这个计划就暂停了。台湾时期的蒋介石研究，我们出版了《蒋介石的后半生》（浙江大学出版社，2010年）一书，发表了几篇关于蒋介石与胡适、陈诚等人关系的论文，反响都不错。蒋研中心也有学生选择台湾时期的蒋介石作为博士学位论文研究的主题，我坚信这是个大有可为的方向。

为落实"国际化"，2009年时我们筹划开一次蒋介石研究国际学术研讨会。之前有不少学者尝试过召开类似的会议，均未成功。我想，社会在进步，学者总要不断争取，共同推动研究往前走，就抱着试试看的态度提交了举办蒋介石研究国际会议的报告。申请获得教育部批准时，我正在美国访问，当地最大的华文报纸《世界日报》采访我，问是透过什么"高层关系"获准在大陆地区举办首次蒋介石国际学术研讨会的。我说，没有任何"关系"，经过多年改革开放经验积累，中国已有足够的自信与雅量，能公平客观地研究评价历史人物的功过，包括蒋介石。这是肺腑之言。在与台湾学者联系时，他们对大陆能举办此会将信将疑，甚至有人提起以前大陆学者声称要办蒋介石的学术会议，从台湾拿到了经费资助，最后却未办成的旧案。

2010年4月，浙江大学蒋研中心主办的"蒋介石与近代中国"国际学术研讨会在杭州举行，来自中国、美国、日本、韩国的学者参加这一学术盛会。张宪文教授、杨树标教授、蒋永敬教授、陈鹏仁教授、陈三井教授、胡春惠教授等前辈学者均出席，蒋氏家族后人蒋方智怡女士也到会致辞。中外学者对会议的成功举办交口称誉，教育部有个交流主办国际会议经验的刊物，还专门让我们写了总结发表。

2012年、2014年、2017年，浙江大学蒋研中心又成功主办过第二、第三、第四届"蒋介石与近代中国"国际学术研讨会，这成为我们的一个学术品牌。

浙江大学蒋研中心做的工作，还包括：出版了海内外首套"蒋介石与近代中国"学术丛书（2013年）；设立"恒励研究生学位论文奖助"，先后资助了国内各高校的近30位硕士生、博士生完成蒋介石相关的学位论文；与银泰公益基金会合作，举办了两届"蒋氏家族与近现代中国青年学者研习营"，共有30余位来自全球的青年学者参加研习；组织过两次高水平的"蒋介石研究笔谈"，邀集全球各地学者总结蒋介石研究的学术成就，展望未来的发展，笔谈成果在海外学术刊物发表；2015年，我们提出的"蒋介石资料数据库建设"被列入国家社科基金重大招标项目的目录，这是国家层面上首次资助与蒋介石相关的学术研究，更何况此重大招标项目是迄今国内最高的人文社科基金项目之一。我们集中力量，用整整一个暑假的时间精心准备申请书，终于申报成功。经过两年的努力，该项目又顺利通过中期评估，再次获得国家社科基金的滚动资助。这些，均意味着浙江大学蒋研中心的学术地位获得认可。

在成立十周年之际，浙江大学蒋研中心于2017年6月举办了第四届"蒋介石与近代中国"国际学术研讨会。浙江大学主管文科的罗卫东副校长撰文肯定中心的工作:"学术团队建设已初具规模,在研究成果与人才培养方面成果显著,为海内外学界所认可。……十年耕耘,今天结出了硕果,向学术界、向学校交出了一份圆满的答卷。"罗副校长认为,浙江大学蒋研中心不仅在它自身的研究领域产生的影响,而且也为浙大人文社会科学研究机构的建设提供了成功的示范:(1)必须要有一位有理想、有激情、有实干精神、有工作经验,愿意奉献时间和精力去经营,砥砺前行的学术带头人;(2)必须凝练方向,突出特色,有可执行、可积累的学术计划,长期布局、循序渐进、久久为功;(3)团队成员之间团结协作、分工明晰;(4)要能争取学界与社会各界的广泛支持;(5)走国际化发展的道路,每一项活动,都既有国际学者的支持,也产生国际性的影响。

坦率地讲,浙江大学蒋研中心是个较小的学术机构,所作所为,还在夯实基础阶段,别人对中心工作的肯定,是我们未来努力的方向。

(四)几点感想

回望个人四十年研习历史的过程,该如何自我评估呢?

要评估就得有参照,我想到两个参照坐标:一是与优秀的同侪相比,则自己差距不小;二是以自己庸常的天赋与对史学研究的虔诚程度,能走到现在,获得若干荣誉与奖项,担任一些重要的学术评委,有不少的论著发表,与一批有才华的青年人教学相长,以历史研究安身立命,在学界略有薄名,诚属不易,是我年轻时从未想过的。从第二个坐标出发，我是十二分的满意，姑且称为"庸人式满足"吧。

回顾四十年的经历，感慨万千。

一是幸运与感恩。有次学生访谈时，让我用最简单的话来概括自己已走过的学术之路，我脱口而出的是"幸运"二字。

一位学者的成功，除了个人的天分与努力之外，运气也是不可或缺的因素。考上名校读书，遇到名师指教，是一生的幸运。我的硕士导师茅家琦教授、博士导师张宪文教授均是名重海内外的学者，道德、文章双馨，南京大学首批荣誉资深教授只聘了八位，他们都在其列。读书时我得到他们的教诲，毕业后留在他们身边工作，言传身教、耳濡目染，让我获益良多。茅先生深邃的理论功底、敏锐的学术眼光、与时俱进的开拓创新能力，张老师的审时度势、组织大团队与规划大项目的气魄、运营学术机构的技巧等等，均是我一生崇拜与模仿的榜样。他们视史学为生命，学术之树常青。茅先生写文章到90岁，张老师80多岁还在为国际合作研究抗战史而不倦地奔波。我的学术血脉中有他们的遗传基因，这是引以为傲的资本与永不枯竭的动力。

做学问的道路艰辛而又枯燥，但在此过程中结识众多的师友、所得到的教诲、所建立的友谊令人终身受益与难忘。四十年研习历史的学术之路中，我不仅在考取南京大学、海外访学、转到浙江大学教书等重要关节点上，得"贵人相助"而变得异常顺利，而且在日常做课题、发表论著、参与学术活动等小的方面，也每每得到朋友的提点与惠助。不只是师友，年轻的同事与学生对我的帮助也很大，蒋研中心的日常工作有他们支撑，会务组织、新媒体运作做得有声有色。50岁生日时，曾试着将所有帮助过我的老师、朋友列出清单，"贵人相助"的情境一一浮现在眼前，太多了，无法尽列。最后只能分成前辈老师、同辈朋友与海外师友三个系列，每个系列选出十位。写他们的名字时，我仿佛又见到那一双双熟悉而又关切的目光，心中涌起一股暖流，感激之情油然而生。现在，又过了十年，如果再来列相同的名单，肯定会更长。

二是选择正确的研究方向。依据个人经验，史学研究最重要的是研究方向（课题）选择，"好的方向是成功的一半"。这是我很晚才悟出的，最初完全没有这样的意识。考取中华民国史专业的研究生，选胡汉民晚年研究做硕士论文，都有点"瞎猫碰到死老鼠"的意味。民国史是刚兴起的研究领域，空白点多，专家少，非常适合年轻人进入与立足。在选择新研究方向方面，茅先生、张老师都是成功的典范。茅先生本科学的是经济，做太平天国史研究一举成名，后来拓展至研究当代台湾史、近代长江中下游城市现代化、中国国民党史等，成就斐然。不仅自己华丽转身，还带出了一批人才，打造了南京大学中国近现代史的全新格局。我到浙江大学后，转而做蒋介石研究，建立浙江大学蒋介石与近代中国研究中心，很大程度上是受到他们的启发。

虽说学者有选择研究课题的自由，但历史学是门科学，它有研究过去、总结得失、探索人类发展规律、启迪现实、昭示未来的作用。从这一点出发，历史研究课题的价值还是有高下之分的，学者更应该找到具有规律性的、对人有启发意义、学术上有开拓与创见性的课题。这样付出的劳动才更值得，更容易引起学界与社会的共鸣。实际一点讲，年轻学者选择这样的研究方向更容易得到认可，发表论文与找工作的机会也相对多些。学术史上留名的史学家，都是能在研究领域中及在课题、方法论上开风气之先、引领潮流的。

什么是好的史学研究课题呢？每人的标准不同。我认为大致可以用"四性"来衡量，基本上符合"四性"的课题都不会太差。"四性"是指国际性、前沿性、现实性和可持续性。历史研究是人类共同的学科，随着中国史研究日益走向世界，所选择的研究课题应该具有国际性，即有国际化的视野与交流渠道，不能关门做学问。如所研究之课题能在国际学界具有前沿性，这自然也能在国内处于领先地位。课题必须有现实的关照，从历史中找到能供现实发展的参考和回答社会关切问题的依据。课题必须有良好的延展性，便于未来在时间与空间上拓展，不宜过窄过小，更不能只做"一锤子买卖"。年轻学者在确定研究方向之前，应该跳出具体课题，仔细思考对照，看看这个课题是否具有"四性"，至少得符合其中的一两个，如果一个都不具备，就建议放弃。我做胡汉民研究20余年，下了大功夫，是学术前沿，但从整个学术潮流来讲，胡的代表性不强，国际上没有几个学者关注他，也没有多少现实意义。我的成果虽得到学界的认可，但影响有限。蒋介石研究则完全不同，不仅学界注意，而且社会大众也普遍关切。

学者个人选课题时要注意"四性"，研究团队在选课题时更要如此，课题体量要能包容更多的人参与，让每人都有施展才华的空间。茅先生做太平天国研究，是因为农民战争史在20世纪80年代前是史学界热门的"五朵金花"之一。后来，他敏锐地应两岸关系的变化，转做当代台湾研究，开发出学术热点，引导了学术潮流。到浙江大学之前，我对近代中韩关系做了不少的资料积累工作，这是很好的个人研究课题，但很难形成集体合作，所以在确定学科的发展方向时，还是定在了蒋介石与近代中国上。实践证明，这个选择比较正确。无论我个人，还是浙江大学历史学科，都有了一个新的学术增长点。

三是特长与坚守。唐代刘知几在《史通》中提出，史家必须兼具史才、史学与史识，清代章学诚又加了史德。严格说，兼具才、学、识、德四种品质的史学家凤毛麟角。山有山的高度，水有水的深度，没必要模仿、攀比。史学研究者的天分、学术背景、训练与兴趣千差万别，不能强求一致，只要恪守职业道德，认清自己的特长，在研究中扬长避短，发挥优势，按自己的兴趣选择课题，用个人擅长的方法进行研究，坚持不懈，应该能取得不俗的成绩。

历史研究是个既苦又累，且不易出成果的学科，它最大的特征是实证，无论多么玄妙的结论，都需要坚实史料的支撑，容不得投机取巧，也鲜有捷径。夸张一点说，历史学是上帝给天资不聪颖而又肯刻苦努力的人留的一条"生路"。对此，我深有体会。

我非常羡慕那些精于理论的学者，从几个概念出发，演绎古今、勾连中外，就能写出一篇漂亮的文章或者一部著作，真是举重若轻。但自己不具有这样的天赋，只能下死功夫，举轻若重。我的研究方式是标准的"论从史出"：先穷尽史料，梳理出头绪，从中找出问题，写文章。不会问题意识先行，提炼重大问题，再去读史料来对问题进行研究、印证。我撰写论文格式与结构，最初是模仿茅先生的文章（可能只学了点皮毛），史料扎实有余而灵动不足，行文滞拙而欠流畅，真正是"拙文"。不过，久而久之，形成了个人风格，自己难再脱胎换骨，也有学界同人与编辑为之叫好的。

四十年来，我基本上用最笨的办法来做研究，搜集第一手史料、整理史料、从新史料中发现问题，写作论文。第一手珍稀史料的获得，需要耗费大量的时间与精力，甚至也需要运气，真可谓"上穷碧落下黄泉，动手动脚找东西"。写硕士论文时，为搜集胡汉民资料，南下广州，北上北京，当时的交通与住宿条件极为艰苦。在哈佛燕京图书馆，用8个月时间抄录胡汉民资料，又花了近10年时间将其整理成15卷出版。蒋廷黻资料从开始介入到整理成24卷出版，前后也超过10年。正合了前贤们所提出的坐十年冷板凳的要求。目前进行的"蒋介石资料数据库"建设，所需时间会更长。

四是局限与遗憾。人贵有自知之明。在史学研究方面，我现在达到的高度已超过自己的能力，有前文所说的"庸人式满足"，应该没有多大的遗憾。所有的结果，都是一个人秉性、天赋、努力与运气的综合，都是最好的安排。这里说的"遗憾"，是通过对比一些成功的学者，复盘反思：如果从头再来一次，是否可以做得更好一点？

我在才识方面的主要局限是，理论素养较差，问题意识不够，导致史料发掘不深，研究未能提升到整体性、体系性的高度。可能是因为知识结构的偏差，我本科时就疏于对理论性课程的学习，理论性的书籍避之唯恐不及。对此偏差，我早有意识并试图弥补，在个别研究中也引入过政治学、心理学的理论，恶补相关知识，但总体上，研究往往陷入就事论事，史料罗列。自己找到的珍稀史料，宁可花大力气考订、解释，很少去深入发掘内涵，思考史料背后的逻辑，提升分析水平。就像是充当苦力的矿工，千辛万苦将原料从地下挖出，当成原材料出售，而其他人用先进设备加工成精品，获得高额回报。这不是比喻，而是有真实的经历印证。首次在香港中文大学拜访金观涛教授，他说很喜欢看我这类学者写的文章，运用了新史料且考订严谨，引用起来特别放心，省去了许多查找史料的时间。他是诚心的称赞，但我听起来心里却不是滋味。金教授非历史专业出身，但他理论功底好，将史学界的"初级成果"吸收消化升华，自成体系的一家之言，其著作的影响力"超越"了许多历史学家。我等技不如人，奈何？！

回头看，我的遗憾有两个：一是开悟稍迟，未在开始就将史学研究作为终生职业去经营。我的学术起点有个令人羡慕的高度：国内高校系统的首个民国史专业的硕士生，学位论文在《历史研究》发表。李新先生要我报考他的博士生，如若成功，会是民国史专业的第一位博士，经他栽培在北京学术平台上发展，有那样的大格局，我后来的学术之路也许是康庄大道。可惜，我直到40岁左右，真正省悟到自己确实没有从事其他行业的本事与机会了，才死心塌地于史学。

二是没有完整的留学经历，缺乏现代史学系统的理论素养，眼界不够开阔，格局有限。我一度渴望出国留学，但直到37岁时才首次出国参加会议。之后，出国出境访学的次数不少，在外面的时间加起来也不算短，与海外学者交往很多，但因为出国时岁数偏大，在外期间，或专心搜集史料，或零碎地有选择地学些理论，没有系统学习，导致从未用史学理论来规划、构架自己的研究体系。

历史是不能假设的。人生谁能无憾？何况，走了另外的路，前景就如何如何，只是推测。真的走了，或许还不如现在也未可知。所以写出来反思，是提醒自己今后加以改善（当然，可能性微乎其微），也想让能看到此文的年轻学者与学生有所参考，他们或可引以为训，避免重蹈覆辙，能在学术研究的路上起步正，走得顺。

（刊于肖如平主编：《传承与创新（近代中国社会变迁研究论文集第一辑）》，社会科学文献出版社，2018年8月。）

民国档案与我的学术研究

作为《民国档案》的一位忠实读者与作者,很荣幸参加这个规模不大,却热烈的庆典活动,躬逢其盛。大家一同回顾《民国档案》35 年走过的路,分享其成就,祝福它的未来。

我分享的主题是《民国档案与我的学术研究》。先界定"民国档案"的双重含意:第一层,是作为研究史料,典藏于各档案机构的民国时期档案;第二层,是作为学术刊物的《民国档案》。

先说第一层,民国档案史料与我的学术研究。史学研究是一门实证的学问,虽然有学者喜好理论,做概念史、观念史研究,但终究也要史料支撑。在所有史料类型中,档案具有官方典藏的权威性、完整性与连续性,最为重要。史学界说到"民国档案"一词,肯定要与中国第二历史档案馆联系在一起,因为它是典藏民国历届中央政府档案的国家级档案馆。我在南京大学读书、任教多年,利用中国第二历史档案馆,有"天时地利与人和"的便利。我的导师茅家琦、张宪文教授都身体力行,也教导我要注重新史料的发掘与运用。当时茅先生、张老师和二史馆的万仁元、陈鸣钟、方庆秋、陈兴唐等老师有许多合作。有关部门甚至一度要调张宪文老师到二史馆当馆长。

真正利用馆藏档案是在留校工作后。我研究胡汉民,要写胡的传记，二史馆有胡汉民个人全宗，我知道个人全宗一般是不开放的，找到万仁元副馆长，说想查阅下全宗目录，了解到底里面有些什么档案，否则不敢写胡汉民传。万馆长带我到阅览室，交代几句就离开了。我看到目录，认真地抄，心里已有些满足。工作人员过来说，你到底要不要调档案，要调就快点写下来给我。我不敢相信自己的耳朵，大喜过望，迟疑片刻说，马上写，马上写。胡汉民个人全宗对我后来写胡汉民传并没有提供多少核心的资料，但这次查档经历，万馆长的开明、担当与对年轻学人的支持，终生难忘。

我是二史馆常客，在做抗日战争正面战场、交通运输、国民党五全大会、蒋介石等课题研究时，均以二史馆的档案为基础史料撰写论著。我继承老师们的传统，告诫学生珍惜靠近二史馆的优势，多泡档案馆。我承担"国民政府五院制度研究"课题，就要求博士生各选一个院，到档案馆爬梳档案，他们分别就行政院、考试院、监察院写了博士论文，受惠于二史馆，他们成了这方面的专家。我调到浙大后，没有了地利优势，我仍要求博士生至少要来二史馆一段时间，熟悉民国档案。20世纪80至90年代，哈佛大学的柯伟林（William Kirby）教授要求毕业论文涉及民国时期内容的学生，一定要到二史馆查档案。

二史馆的朋友对我们非常支持。马馆长、曹副馆长担任浙大蒋研中心的客座教授，义务为我们工作。2015年，我承担国家社科重大项目"蒋介石资料数据库建设"，马馆长及馆领导大力支持，通过协议方式，向数据库提供了档案。

老师们的教诲与早期利用档案的经历，逐渐塑造了我的研究风格，偏好利用第一手资料选择课题、撰写论文。对档案有异乎寻常的爱好，看到新材料就眼睛发绿。在国外访学期间，档案馆图书馆是我首选地。在美国哈佛大学燕京图书馆，我整理并编辑出版了"胡汉民未刊往来函电稿""哈佛大学哈佛燕京图书馆藏蒋廷黻资料"两大套大型资料。在斯坦福大学胡佛研究所档案馆，查阅了蒋介石日记、宋子文与孔祥熙档案等，浙大蒋研中心应该是抄录蒋介石日记最全的单位之一（尚未抄全）。2012年起，我们在英国国家档案馆查找资料，有了不少积累，肖如平据此争取到了一项国家社科重大项目"抗战时期英国驻华大使馆的资料整理与研究"，已立项公示。在韩国国家记录院，我都有较长时间利用档案馆的经验。我找到了韩国学者也未发现的民国时期中韩关系档案，写过20世纪30年代日本在韩国限制中国教科书的论文，获得日本、韩国学者的好评。

前几天在山东大学的一次会上，我在曹副馆长发言后说了句感言——学者都热爱档案，对档案开放的要求，可以用"贪得无厌"形容。坦率说，虽然档案部门为开放做了大量的工作，服务也不错。但众所周知的原因，档案开放的程度与学界的期望还有不小的距离。当然，许多学者，尤其是青年学者有误解，以为档案馆唯一的工作就是对研究者提供档案。其实，开放档案只是档案馆多重工作中的一项。大家要互相理解。

学术是天下公器，希望国家的档案开放政策，能越来越开明。

再说第二层，《民国档案》杂志与我的学术研究。

我应该是在座馆外学者中最早在《民国档案》上发表文章的，杂志1985年创刊，这一年我在南京大学研究生毕业留校任教。茅先生请《民国档案》首任主编陈鸣钟先生担任我论文答辩委员会主席。当年秋天，李新先生到南京参加为我毕业论文举行的座谈会，陈先生到宾馆拜访，我正巧在场，谈话间他向李新先生约稿，李新先生说没有现成的稿件，并说陈红民论文很好，正文我推荐到《历史研究》了，他论文附录也不错，你们可以用。陈先生说，他论文的附录我们可以用，您还是再给我们一篇稿子。这样，1986年的第一、第二期就连载了我的《胡汉民活动年表》，我明白，陈先生是爱护年轻人，破例发表的，因为那个年表只是1931至1936年间的，并不完整，篇幅还很长，压缩之后超过4万字。

我统计了一下，包括在今年第3期《民国档案》上刚发表的这篇，1986—2020年34年间，共在《民国档案》上发表过16篇文字，包括论文、史料、书评、读史札记等，占我全部发表论文的十分之一，是我发表论文最多的刊物。至于我的同事、学生，受惠于《民国档案》就更多了。毫不夸张地说，从学术研究起步到现在，《民国档案》帮助与伴随我成长。

我20世纪80年代初期读硕士研究生时，民国史研究刚起步，学者们在空旷的学术原野上耕耘。40多年过去，民国史研究已灿然成为全球范围内令人瞩目的学科。在此分享利用民国档案进行学术研究与在《民国档案》发表论文的个人经验，是要说明，中国第二历史档案馆的史料开放与《民国档案》杂志，对于民国史学科的发展所作的贡献，怎么评介都不算高估，其重要的角色，无可替代。

在祝贺已有成绩与辉煌的此刻，衷心期盼民国档案的开放与利用，步子再大一些，希望《民国档案》杂志越办越好，历久弥新，多发表高水平有质量的论文。我个人的愿景是，能多在刊物上发文章。争取在5年后《民国档案》创刊40周年纪念时，以发表20篇论文的成绩，写下一个学人与一本刊物、一个学科发展的圆满故事。

最后，代表浙大蒋研中心，我的学生们，感谢二史馆历任的馆领导、感谢《民国档案》历任社长、主编与各位辛苦的编辑朋友。

（此为2020年11月21日，在"《民国档案》创刊35周年暨民国史研究学术研讨会"上的大会发言，收入时有改写。）

哈佛燕京图书馆：我学术生涯的加油站

与哈佛燕京图书馆（Harvard-Yenching Library）结缘，始于1996年，至今已有20余年，仍在延续。20余年间，我先后4次在哈佛燕京图书馆从事研究工作，持续时间长，研究成果多。毫不夸张地说，哈佛燕京图书馆是我学术生涯中的一个重要加油站，它不断地给我提供新的研究资料，开拓新的研究课题。

对哈佛燕京图书馆有极深的感情，结识的人，过往的事，千头万绪，下笔成文时，竟然有不知从何说起之感。在此只围绕重要的合作成果，择要记之。

（一）胡汉民资料的整理与研究

1996年，我获选为哈佛燕京学社（Harvard-Yenching Institute）的访问学者（Visiting Scholar），有了去哈佛访学一年的机会。

去之前，我有一个研究抗日战争时期某些"经济复古"现象（包括田赋征实、驿运和"军队大生产运动"等）的计划，也打算就此课题撰写博士论文，并着手前期搜集资料工作。

刚到哈佛，我就去拜访哈佛燕京图书馆吴文津馆长，他引导到3楼的善本书室，善本书室的沈津先生从保险柜中取出厚厚 41 册的"胡汉民往来函电稿",我一见到,就有一种无以言状的兴奋。因为我的硕士论文就是研究胡汉民的,完成后颇得好评,全文发表在《历史研究》上,还与人合作完成了大陆第一本的《胡汉民评传》。曾经听说过燕京图书馆有些胡汉民女儿胡木兰女士捐献的珍贵资料,但绝对没有想到数量如此庞大。我当时就下决心,改变在美国的研究计划,先来处理这批资料(当时还未想到要用此撰写博士论文)。吴文津馆长非常支持我的想法,让沈津先生尽力配合。

那时,燕京图书馆还没有专门供人阅览珍稀善本书的空间,阅读胡汉民资料必须在善本书室内书架之间一张狭小的桌子上进行。每天沈津先生帮我从保险柜中取出一册资料,我进入善本书室阅读,被"关"在里面工作,如果要出来去洗手间或者吃饭,必须透过玻璃窗敲击,沈先生再开锁放我出去,极不方便,我戏称是每天"坐阅读监"。善本书室仅沈津先生一人,他比我更不自由。我在里面阅读时,他就不能随便离开,有事时必须告诉我几点回来,免得我有事关在里面出不来。这样有差不多 8 个月的时间,他尽职尽责地为我服务。哈佛燕京图书馆的那段"阅读监",成了我一段美好的回忆。

刚开始接触"往来函电稿",只希望将它用于胡汉民研究,我自信能判断出哪些函电是"有用的",做些摘录也就基本满足需要。如此,可以省时省事。但几天后,我意识到,它的价值绝不限于胡汉民本人,每件函电至少还涉及另一个人,许多人与事是我所不熟悉的,也就不能妄断其价值为"有用"或"无用"。因此,我决定将"往来函电稿"中的每件函电都录下来,完整地保存一份史料，带回国内。下这个决心，就意味着放弃赴美国前制定的其他计划，阅读与录入"往来函电稿"成为我在美国一年最重要的工作。

为便于工作，我用一个多月的生活费，买了台当时还十分稀罕的二手笔记本电脑，黑白的，且屏幕较小。因为是将所有资料逐字录入，函电稿中有大量难以辨识的各种字体，不知其意的代号，工作进行得异常缓慢。从1996年8月20日至1997年4月23日，8个多月的时间，每个工作日都在燕京图书馆，将"往来函电稿"一件件地录入电脑。在过了一段兴奋期后，日复一日，坐在燕京图书馆提供的那固定的位置上阅读、录入，工作变得十分枯燥与乏味，尤其是在美国，在哈佛大学这种热

1997年在哈佛燕京图书馆门口照片

闹的地方。

在录入工作的后期,眼睛因长期受电脑荧屏刺激,疼痛难忍。有段时间,对自己的工作方式产生了怀疑,但凭着惯性,还是将一切都做完了。1997年4月23日下午3：35,录完胡汉民资料最后一册的最后一个字,我伏在图书馆的桌上,泪水从眼底流了出来。

学海无涯苦作舟。比起许多学者发愤苦读,甚至悬梁刺股的奋斗,我的这段经历实不值一提。但确实是我学术生涯中一段特别的时光。

吴文津馆长对中国现代史有很深的造诣,他努力说服胡木兰女士将"胡汉民往来函电稿"捐赠给哈佛燕京图书馆,并无条件地对外开放,允许我阅读并录入。他有时约我共同进餐,询问阅读心得。那次离开燕京图书馆前,我对他与图书馆表示感谢,吴馆长诚恳地说:"陈先生,应该是我感谢您,我以前知道这批胡汉民资料是宝贝,但不知道宝贝在哪里,您发掘了它们的价值,并且告诉我。"吴馆长对我的工作勤勉也相当赞许。他说,在燕京工作这么多年,也看到不少用功的学者,有哈佛的博士生为写论文,3个多月连续不断地来图书馆,但能8个多月每天都来图书馆的人,"您是我见到的第一位"。

我的"用功精神"赢得了不少好名声,哈佛燕京学社社长杜维明教授特意邀请我参加当年的燕京学社董事会,向董事们汇报自己的工作与收获。

在完成全部"胡汉民往来函电稿"的录入后,我一面利用资料,完成了自己的博士论文《函电里的人际关系与政治：哈佛燕京图书馆藏"胡汉民往来函电稿"研究》（2003年由北京三联书店出版）。同时也向吴馆长提出将全部资料整理出版，供学界共享的想法，蒙他首肯。

不久之后，吴文津馆长荣誉退休，哈佛燕京图书馆迎来了第三任馆长郑炯文先生。郑馆长对我的工作依然十分支持，并于2002年邀请我再赴哈佛燕京图书馆访问3个月，完成对胡汉民资料的整理、校对与编辑工作。

2005年，在郑馆长鼎力支持下，15册的《胡汉民未刊往来函电稿》被编为"哈佛燕京图书馆学术丛刊第四种"，由广西师范大学出版社出版。其时，距我接触到这批资料已有10年时间，其间录入、整理与编辑的甘苦，真可用"十年磨一剑"来形容。此书出版后，学界广泛好评，2007年获得了浙江省哲学社会科学优秀成果一等奖。

哈佛燕京图书馆的胡汉民资料，成为我完成博士论文的重要基础，使我得以深化对胡汉民的研究，在此课题的研究上处于领先位置。

（二）蒋廷黻资料的整理与研究

也是机缘，我2002年在哈佛燕京图书馆做胡汉民资料出版前的最后校对编辑工作期间，恰好遇到"蒋廷黻资料"（Archives of Dr. Tsiang Tingfu）进入馆藏。

蒋廷黻是知名的历史学家与外交家，逝于美国。他的资料进入燕京图书馆是个传奇的故事。

20世纪30年代，蒋廷黻在清华大学历史系任教时，有位专程来学习中国历史的美国留学生费正清（John King Fairbank）与其过从甚密。费正清回到美国后，担任哈佛大学教授，建立了东亚研究中心，成为知名汉学家。1949年后蒋廷黻与费正清同在美国，却几无交往。因为后者对国民党政权多有批评，作为国民党政权代表的蒋廷黻自然不便与其联络。1965年蒋廷黻在美国过世后，费正清深知其所藏资料的重要性，一直寻找，却苦无线索。

到了20世纪80年代，费正清从哈佛大学荣誉退休。他偶然发现新招聘的秘书与蒋廷黻是亲戚，且知道蒋廷黻的四公子蒋居仁先生就住在哈佛大学附近。费正清遂动员蒋居仁捐出其父的资料。费正清教授过世后，接受蒋廷黻资料的工作由其关门弟子、时任哈佛大学历史系主任的柯伟林（William C. Kirby）教授继续完成。双方最初商定，蒋廷黻资料全部捐齐后，将存放在哈佛最大的图书馆——瓦德纳图书馆（Widener Library）。柯伟林教授等在移交前与相关学者商量，认为瓦德纳图书馆虽是哈佛图书馆的主馆，但蒋廷黻资料事关中国，又多用中文完成，从使用便利的角度考虑，还是典藏在以东亚文字为主的哈佛燕京图书馆更合适。征得蒋居仁同意后，蒋廷黻资料于2002年9月27日全部移到哈佛燕京图书馆。

这批资料入馆时，保存着蒋家捐出时的原始状态，放在规格不一的纸箱中，每箱里的东西相当凌乱，信件、书籍刊物、手稿等与字画、照片等共存，甚至有烟斗、唱片与旧式的录音带。图书馆随机给每个纸箱编上了号码，共14箱。

我对"蒋廷黻资料"的整理与编辑工作，经历了三个阶段：

初步意向与筹备阶段。我整理与研究胡汉民资料，深得燕京图书馆与郑炯文馆长信任，与该馆建立了良好的合作关系。当郑馆长向我介绍蒋廷黻资料入藏情况时，我当即提出应尽早整理，争取在中国出版。郑馆长说，那就请你来做这件事，希望你在结束胡汉民资料的整理后，抽时间整理"蒋廷黻资料"。在郑馆长安排下，我抽空匆匆浏览了全部的蒋廷黻资料，并将大致内容向他报告。我这次访问期间，还与蒋居仁先生首次见面，听他讲他家族的故事，对资料的背景有了较清晰的了解。

实施阶段。蒋廷黻资料入藏燕京图书馆的消息传出，不少学者去查阅，其间，有清华大学的学者提出可以自费协助整理（因蒋廷黻曾任清华历史系教授），被郑馆长婉言谢绝。他说，已经委托陈红民教授方便时再来整理。2009年下半年，郑馆长邀我第三次访学，编辑整理"蒋廷黻资料"的工作正式启动。

在哈佛半年期间，笔者通读了全部资料，重要的均拍成资料片，准备回国后编辑。与此同时，哈佛燕京图书馆、广西师范大学出版社与我达成了合作出版意向。2011年，"哈佛燕京图书馆藏'蒋廷黻资料'整理与研究"项目，获得国家社科基金重点项目资助（项目号：11AZS001），使得这项工作更具意义。

为使这批藏于美国的珍贵史料早日与研究者见面，造福学术界，我领导的研究团队努力工作，对2009年所拍的照片进行分类整理与编辑，大致完成了出版前期的工作（出版社称照片质量不错，基本达到了出版要求）。2012年11月，我带领团队成员再赴哈佛大学，最初是想在通读原件的基础上，拾遗补阙，重拍达不到出版质量的照片。为保证出版质量，我们购置手动扫描仪，将所有的资料重新扫描。那段时间，我们早出晚归，每天在燕京图书馆善本书阅览室里辛勤而紧张地工作，终于在圣诞节前大功告成。

不料，在与郑馆长沟通时，他否定了我们的设想与前期工作，坚称为保证燕京图书馆的声誉与出版质量，必须要以哈佛大学图书馆技术部门的扫描件为出版底本，否则不同意出版。这意味着我们一个多月的辛苦前功尽弃，还要全部重新来过，从每箱中再挑选出需要扫描的文件，做特殊记号，装箱后留待扫描。我们在沮丧中再拾余勇，时间紧急，善本阅览室又是正常上下班，郑馆长就特批给我们在图书馆3楼的1个房间当成工作室。我们每天加班加点，终于在离开美国的前夜完成了全部工作。

分类编辑阶段。2013年10月，哈佛燕京图书馆将扫描好的电子文档寄至广西师范大学出版社。12月，我们收到了出版社的打印件（由于版权关系，出版社只能向我们提供打印件）。我们借了一间大会议室，将13000多页资料全面铺开，指导研究生重新分类组合，排定顺序，再为每份文件拟定题目，录入编目，最后是校对调整。将如此众多纷杂的资料进行编辑整理，每日从早到晚，工作强度之大，至今思之，仍是难忘。

2015年6月，24册的《美国哈佛大学哈佛燕京图书馆藏蒋廷黻资料》（哈佛燕京图书馆文献丛刊第九种）由广西师范大学出版社出版。收入这套资料的，除去哈佛燕京图书馆的典藏，还补充了几年来我从哥伦比亚大学善本与手稿图书馆、蒋廷黻的女公子蒋寿仁女士处搜集来的蒋廷黻资料。

从我2002年接触到蒋廷黻资料，到整理出版完成，前后13

年的跨度，又是一个"十年磨一剑"。蒋廷黻资料从费正清开始寻找征集，柯伟林接续完成，到我整理编辑与补充，是一场中美学者的接力赛。其中哈佛燕京图书馆扮演了重要的角色。

2017年，蒋廷黻资料获得浙江省哲学社会科学优秀成果的一等奖。我所承担的国家社科重点项目，也以最高等级的"免于鉴定"结项。

因为整理蒋廷黻资料，我涉足于对他的研究，拓宽了自己的研究领域与学术视野，写了相关的几篇论文。我指导的一位研究生则主要依靠蒋廷黻资料，完成了博士学位论文，并申请到国家社科的青年项目。

（三）学术的传承

短期的过访不算，我在哈佛燕京图书馆工作过4次，先后得到吴文津、郑炯文两位馆长的支持与照顾，学术上取得进步的同时，也与图书馆的工作人员结下了深厚的友谊。

前文提到的沈津先生，国学根基深厚，对旧书信体例和书画均有研究，他不仅每天热情地接待我，且在书信体例、字迹辨认等方面给了大量的、直接的帮助。

2002年访问时，租住在马小鹤先生那里，我们平时一起坐车到图书馆，周末一起买菜做饭，相对小酌。杨丽瑄女士不厌其烦地帮我们找资料，她听说我在搜集蒋介石的文物，返回台北探亲之际，特意将家中的一尊雕像找出，捐给浙江大学蒋介石与近代中国研究中心。现在负责善本书室的王希女士，已经退休的胡嘉阳女士，都给过我许多的帮助。

2009年圣诞节，我应邀参加燕京图书馆的联欢会，郑炯文馆长在演讲中，特意提到我在馆里半年的工作，并郑重地赠送礼物。我喜出望外，一时不知所措，只能连连称谢。当晚，郑馆长又带我去查尔斯河边的一家餐厅，在高楼上观赏波士顿夜景，吃海鲜大餐。

2007年，我从南京大学调动到浙江大学工作，浙江大学工科医科等较强，但文科偏弱。我有机会就鼓动郑馆长加强与浙大的联系，将馆员交流计划扩大到浙大。现在，哈佛燕京图书馆与浙大图书馆的联系越来越紧密，尤其是在CADAL项目上的合作，浙大图书馆派出馆员赴燕京交流。郑馆长等频繁地访问浙大，我们有了不少机会一起就餐聊天。这些当然是多种因素促成，相信我不断对郑馆长的游说也有些微的作用。

2015年，我承担了国家社科重大项目"蒋介石资料数据库建设"，目标是要尽可能搜集全球所有与蒋介石相关史料。项目组成员赴美国搜集资料时，得到燕京图书馆的支持，收获颇丰。郑炯文馆长提议，为了解北美的资料情况，更好地建成数据库，可以将北美各重要东亚图书馆的馆长请到杭州，共商数据库建设大计，他可代为约请。在郑馆长的全力支持下，2019年2月浙大蒋研中心与CADAL项目管理中心联合举办了"基于CADAL资源的特藏建设学术研讨会"，邀请到北美地区10余家东亚图书馆馆长参加，在会上分享了各自馆藏的珍贵资料，郑馆长在会上也对蒋介石资料数据库提出了建设性的意见。

近年，浙江大学创建"双一流"，加强与世界高水平大学的联系，浙大蒋研中心的青年教师与博士研究生也有机会去哈佛大学访问，他们首先会到燕京图书馆，为科研课题或学位论文查找资料。郑馆长对年轻人给予了最大的协助与照顾，请研究生们吃饭，令他们十分感动。

燕京图书馆本着"学术是天下公器"的理念，与服务读者的热情，过去对我的学术研究提供助力，我们的合作富有成果，嘉惠学界，为中美学术合作有所贡献。现在我的学生也受惠于此，相信未来也能一代代地传承下去。

（刊于《愿作津梁渡重洋》，国家图书馆出版社，2020年11月。）

两次在斯坦福读蒋介石日记

2010年1月30日,要离开Palo Alto的早晨,突然想起还要去CVS买些东西,就匆忙出门。清晨的天气极好,晴空如洗,蓝天上缀着朵朵白云,朝阳灿烂,尽情洒落在地面,当天为周末,街上人极少,恍然若在梦中。正好有一金色长发美女走来,穿着白色衣服,翩然如仙女下凡。此刻,Palo Alto这种美国西部小镇安静、美丽与舒适的特点显露无遗。脑海里竟然生出些许不舍的感觉。两次到斯坦福大学胡佛研究所读蒋介石日记的经历,许多的细节,一幕幕地映在眼前……

(一) 初读蒋介石日记

蒋介石日记在斯坦福大学胡佛研究所对外开放,在史学界引起的反响很大,这是2007年春天浙江大学建立蒋介石与近代中国研究中心的背景之一。当时我的基本判断是,随着蒋介石档案与日记等一批新资料的开放,蒋介石相关研究必然成为学术热点。我们接触到蒋介石日记的时间相对较晚。2007年底,我去台湾东海大学参加"近代中国国家的型塑:领导人物与领导风格国际学术研讨会",结识了胡佛研究所的马若孟、郭岱君、林孝庭诸教授,去斯坦福大学读蒋介石日记的计划才进入实施阶段。承郭岱君教授热心邀请，并联络安排住宿诸事，我与浙大同仁方新德教授于2008年11月10日到达期盼已久的斯坦福大学。

到达的次日，郭岱君教授就安排斯坦福大学历史系的博士生乔志健接我们去了胡佛研究所档案馆，急不可耐地开始阅读蒋介石日记。我当天记道：

> 9：15到了胡佛研究所，一路上开过去，就喜欢斯坦福大学的校园，安静整洁，不少树树龄很长，非常高大。这里的建筑都不高，红顶黄墙，也非常有特色。照相一定很好看。胡佛研究所在校园挺中间的位置，胡佛塔是其标志。乔志健介绍了学校的一些情况。档案馆在地下一层，简单地凭护照登记即可办证阅览，看蒋介石日记有些特殊规定，不准照相、复印、扫描等。现在提供的是由原件用绿色纸张复印的，单页。查阅时不能带任何东西进去，档案馆提供纸张，出门时要检查（听说原先只能用铅笔，这次可以自己用任何笔）。基本上每年装一盒子，每月一册，每次只能调一册。我的目标先是1931年"约法之争"，全天看了1—5月的，抄了一些。进入了一个新的宝藏。

知道蒋介石日记是个宝藏，但时间有限，不可能通读全部日记，我"功利主义"地将查阅内容限定在两个方面（据我所知，不少学者均采此方法）：一是蒋介石与胡汉民的关系。研究胡汉民多年，蒋胡关系是个大课题，希望能有新收获。二是蒋介石到台湾后的表现，补充那时正在撰写的《蒋介石的后半生》一书。当时日记尚未完全开放，只到1955年。

每天从早到晚在胡佛研究所档案馆奋笔疾书抄日记的情景，去过的学者都记忆深刻。开始很新鲜，到后来就变成了靠体力与耐力支撑的"体力劳动"。好在日记的内容不枯燥，尤其是蒋介石不断有率性骂人与自责的记载，正可"提神"。通过阅读日记，了解蒋的喜怒哀乐与为人处事原则，增加了对他"同情之理解"，也纠正了自己对蒋的一些"误解"。在此举二例：

1. 关于蒋与基督教的关系。以前曾认为蒋信教只是实用主义。2008年秋天，珠海书院联合浙江大学近现代史研究所等6家单位在香港举办"宋美龄及其时代"国际学术研讨会，我担任"宋美龄与基督教"一场的主席，曾无知地说，不能太夸大宗教在宋一生中的作用，还质问报告者："宋美龄是个政治人，还是宗教人？"讨论结束后，蒋方智怡和宋曹琍璇两位女士都上来说我不了解蒋、宋对基督教的感情，劝我去读日记。读到日记后，了解到宗教在蒋介石生活中的重要地位，他是个虔诚的基督教徒。

2. 蒋介石的恒心与毅力。蒋介石从1917年开始记日记，一直坚持了55年，无论政务军事多么繁忙，身体如何不适，每天都写，直到1972年85岁的蒋才因病不能写字而停止。这需要何等毅力。看日记，大概可以判断蒋资质中上，不是那种绝顶聪明的人，生活颇有规律，刻板无趣。毅力坚强，超乎常人，是他能成功的重要因素，所谓成功者必有过人之处。他常以"忍常人所不能忍，方能为常人所不能为"自勉。

12月3日，我结束首次的阅读之旅，从旧金山坐飞机经上海转赴日本参加会议。越临近离开，越觉得时间不够用。20世纪50年代的日记,开始是逐日看,后来就"快速阅读",只看每周的"反省录",了解大概(这是蒋日记的一个好处)。到临行的前一日,正看到蒋处理"孙立人案"的紧要处,急煞人也。好在方新德教授晚我几天走,只好托他代抄部分。方教授的时间也很紧,还是帮我抄了,感谢他。

(二)又到斯坦福

再去斯坦福大学阅读蒋介石日记是在2010年的元旦,我结束在哈佛大学半年的访问,直接从波士顿飞旧金山。前一天,波士顿忽降漫天大雪,还担心飞机能否准时起飞呢。早上出门时,东方出现一片晴天,竟然有又圆又大的日出,鲜亮耀眼。好久未看到如此美丽的日出,后来在飞机上又见到彩虹,心里觉得会是好兆头。到旧金山后,段瑞聪与李玉教授来接,郭岱君教授当晚即宴请,我有宾至如归的感觉。

第二次在斯坦福大学足有一个月,主要看新开放的最后一部分日记(1956—1972年),为修订《蒋介石的后半生》做准备。因有了第一次的经验教训,知道取舍,所以摘抄起来还算顺利。再读日记时有两点很深的感触:

1. 蒋介石写日记的心理宣泄功能。关于蒋为何写日记,学者们分析已较充分,但他通过写日记发泄自己不良情绪的功能似少有人论及。蒋介石性格内向拘谨,绝少知心朋友,所有的苦闷与烦恼均难以通过与别人(包括家人)沟通倾诉来宣泄,所谓"身在高处人孤独",故写日记发泄对人对事的不满成为他的特殊方法。大家都对他在日记中骂人之多,用词之刻薄印象深刻。其实，蒋对于"公"与"私"分得很清楚，很少将日记中的情绪带到公务中。如他到台湾后的日记里，有多处对陈诚不满的记载，但在实际上，他对陈诚十分倚重。再如日记对胡适的记载可用"痛恨"来形容，但他在公开场合对胡十分"尊崇"，时时请教，邀宴祝寿，让胡适有受宠若惊之感。可见，蒋是善于管理个人情绪的高手，一个理智的政治家。

2. 蒋的私心与权术。第一次看日记时对蒋多了些"同情之理解"，认为他对权力的追求有时是其"责任感"与"使命感"所致；但看到台湾时期的日记，则看法有些改变，蒋介石确实私心挺重。一方面是"大陆失败"的教训，一方面是老年人对失去权力的恐惧，他的心胸与格局比大陆时期更小。如1972年他已经85岁，还一心要选"第五届总统"，表面说自己年老体衰要另选贤能，实际上又说没有人才，自己不出则局面无法维持。薛岳投其所好，上"劝进表"要蒋连任，蒋却在日记中大骂薛是"旧军阀思想"，以小人之心揣度他。

第二次在斯坦福看日记时，内人毕纲从南京赶来会合，我的心情、生活与工作效率明显好于第一次。她不仅在生活上给予照顾，每天还与我一起去档案馆，两人同坐一桌，我看到需要抄录的部分，就指给她抄。我们俩小学、中学与大学都曾同校，但这种夫妻"同桌研读"的日子，在我们25年的婚姻生活中并不多见。开始她对蒋的手迹不熟，抄得很慢，不时要停下来问我，熟悉起来后就快多了。蒋介石与她的专业差到十万八千里，抄写是个苦差事，所以她时常抱怨我是将她骗到美国干苦力活的。我说这次到美国不是蜻蜓点水式的旅行，而是在斯坦福大学"深度游",都深到胡佛塔下面看蒋介石日记了,"可不是每个人都有这种机会的哟"。抱怨归抱怨,她还是勤勤恳恳地帮我抄。有她帮忙,我顺利看完了蒋到台湾后的全部日记。回到南京后,她又利用业余时间,将抄录的内容录入电脑。真是"贤内助"。

也听说其他学者的家人帮着抄日记的故事,其中最厉害的要数日本大东文化大学鹿锡俊教授的夫人。她陪夫婿在斯坦福大学一年,独自抄日记而让鹿教授看其他史料,还能在所抄内容中标出"重点",提醒鹿教授运用时注意,对"蒋学"已经相当入门了。

(三)学术交谊

我曾经在《函电里的人际关系与政治》一书的"后记"里写道:"做学问的道路艰辛而又枯燥,但在此过程中所结识的师友,所得到的教诲、所建立的友谊却令人终身受益与难忘。"相信这也是许多史学界同行的共同感受。两次在斯坦福大学读蒋介石日记,遇到了不少新朋与故知。杨天石教授将先后在胡佛读日记的学者称为"同研会"(共同研究之意),大家工作时共同砥砺,分享心得,周末一同郊游、拍照、聚餐,使得每天枯燥的读、抄工作,添了些许情趣。真的难以想象,若没有这些"同研会"的朋友,在斯坦福大学的日子会是什么样子?

可以说,我与每一位在斯坦福大学相遇的"同研会"朋友都有一段学术机缘。

感谢郭岱君教授,不仅是她的努力促成了蒋介石日记的开放,还在于她在协助浙江大学蒋介石与近代中国研究中心同仁们办理赴斯坦福大学的手续时提供的各种便利,及我们到达后无微不至的招待。感谢宋曹琍璇女士(Shirley Soong)对我们的各种关照,她租小客车拉我们去旧金山游览,走遍各个好玩的角落,如数家珍。感谢胡佛研究所资深教授马若孟、副所长兼档案馆馆长苏萨、林孝庭教授与房国颖女士。

第一次去斯坦福大学时,我在南京大学多年的同事董国强教授恰在斯坦福大学人文中心做访问学者,他热情地充当了车夫,去机场接送,并陪同去旧金山游览。我与日本中央大学土田哲夫教授相识于20世纪80年代,当时他在南京大学留学,他的夫人土田青(冯青)女士,也是我多年的朋友。他们是休两年的学术假,前一年在台北"中研院"近代史研究所,正巧我在政治大学任半年的客座教授,我们在台北见过面。后一年他们转到斯坦福大学,我们故友相逢,分外亲切。冯青看我时间紧,主动将她摘抄中我需要的部分相赠,可谓雪中送炭。北京近代史所的罗敏、金以林、黄道炫3位教授与我们几乎同时到达胡佛研究所,金、黄二位还与我们利用感恩节假期同游优胜美地(Yosenmeti)、大峡谷与拉斯维加斯。日本庆应大学段瑞聪教授是知名学者山田辰雄的学生,我们2000年在台北相识。他两年的学术假期都住在斯坦福大学,故我两次都见到了他。我们2009年8月分别从东部与西部出发前往加拿大参加学术会议。之后,他专程到美国东部访问,我陪他去哈佛燕京图书馆,他在馆里看到了自己的著作,很欣喜,我建议他捧着书合影。段教授摄影技术上佳,他用单反机在"哈佛苑"内帮我拍了张很不错的照片。我再次访问斯坦福大学时,他亦照顾很周到。

我们还先后3次同去访问蒋廷黻的女儿蒋寿仁女士,吃饭聊天,他把访问观感都写进了博客。

巧的是,我再次访问斯坦福大学时,另一位南京大学的同事李玉教授正在胡佛研究所做访问学者,事先预订房间等均有他协助。那一个月,我们同住一层楼,每天同进同出,他对学校及周边环境很熟,陪我们走了不少地方。李玉待人极诚恳热心,一同逛店时,他费尽周折帮着我挑选到一件打折的"奥巴马服"(奥巴马访问长城时穿着,厂家以此打广告)。我回国后,请他就近帮助核对过日记的内容。日本大东文化大学鹿锡俊教授是多年的老朋友,我曾邀他到杭州演讲过。他们伉俪在斯坦福大学一年期间,广泛游历,去美国东部时访问过哈佛大学,我们先在那里相会,白天同在燕京图书馆工作,下班后坐地铁去波士顿游览,非常愉快。我到斯坦福大学后,他们给予了极大的帮助,每周末专车去超市买菜。鹿教授伉俪还开车带我们去十七英里海滩(17 Miles Driver)游玩,一路风光秀丽怡人,游者欢声笑语,印象极深。

(四)研究成果

毫无疑问,蒋介石日记是中国近代最有影响的个人日记,对其史料价值的判断,学者们见仁见智。较普遍的看法是,日记内容不可能在总体上改变我们对历史的看法,但它提供了不少重要历史事件的细节。对于研究蒋的人际关系、心理活动与家庭生活,日记有着不可替代的重要作用。笔者也是循这样的理解来运用这份珍贵史料的,两次赴斯坦福大学阅读蒋介石日记,摘录了近20万字,拓展了学术视野,加深了对蒋介石的认识,对个人的研究与浙江大学蒋介石与近代中国研究中心的工作均有助益。可以说是"公私两利"。

先说"公"。作为大陆地区唯一以蒋介石为主要研究对象的学术机构,浙江大学蒋介石与近代中国研究中心先后有4人6次去阅读日记,在这场"蒋介石日记热"中没有缺席。我们2009年1月在杭州与"日本蒋介石研究会"举办了"蒋介石与近代中国"工作坊。2010年4月,更主办了中国大陆首次"蒋介石与近代中国国际学术研讨会",相当多的与会学者曾在胡佛阅读过蒋介石日记并在论文中引用。所有这些,为推动蒋介石相关的学术研究在大陆地区的发展与国际交流尽了绵薄之力。我还将部分抄录完整的日记作为史料,与研究生与青年教师共同研读,使他们掌握最新史料,提高年轻一辈对蒋介石研究的兴趣。迄今为止,在浙江大学已有8位硕士研究生、4位博士生,在南京大学还有3位博士生(笔者指导)选择蒋介石作为其学位论文研究对象。

在"私"的方面。蒋介石日记成为我最近一段时间研究中运用最多的史料。最重要的成果是将1955年前的日记内容运用到《蒋介石的后半生》(浙江大学出版社2010年版)一书中,使之成为大陆地区第一部引用日记的蒋介石传记,出版后获得学界较好的评价。目前正在努力,将1956年后的日记补入,以免遗珠之憾。我利用日记完成的几篇论文,参加了5次国际学术会议,其中已发表有《蒋介石遗嘱知多少》(《近代史研究》2010年第3期)、《蒋介石1950年在台湾之"复职"研究》(《江海学刊》2010年第3期）、《相异何其大——台湾时代蒋介石与胡适对彼此间交往的记录》(《近代史研究》2011年第2期）、《蒋介石与"弹劾俞鸿钧案"的处置》（载《蒋中正日记与民国史研究》，台湾世界大同出版有限公司2011年版）。另有几篇文章，也将陆续刊出。同时，上海《世纪》杂志还以"蒋介石日记解读"为专栏，连载我所写的文章，都是些轻松有趣、侧重于蒋介石个人生活与情感的内容，目前已刊出9篇。另一篇依据蒋介石1972年日记写成的《从最后的日记看蒋介石晚年心态》长达1.5万字，在《南方都市报》分两次刊出，在读者中引起强烈反响。我的设想是未来将这些文章结集，出本轻松有趣的关于蒋介石的书。

（刊于宋曹琍璇、郭岱君主编：《走近蒋介石——蒋介石日记探秘》，中华书局（香港），2016年7月。）

作别哈佛

12月初从东京返波士顿后,陷入心理曲线低潮期。开始以为是时差,睡眠严重不足所致,后来睡眠渐正常,却仍是情绪低落,意志阑珊;走到哪里,都觉得要多看两眼,脑子里想,不知走之前还会来这里否;跟谁说话,都有道别的意味,会闪过不知临行前还能否再见的念头;脑子里不断盘算,还要与谁见面,还有什么地方一定要再去一次……在与Caroline通电话时,她说,陈红民,欢迎你随时回来,我的家就是你的家,那个房间一直为你留着。感动之余,我意识到,是离开哈佛前不舍的心理左右了这段时间的情绪。

第一次离开哈佛时也是难舍难分。记得1997年那次临别前的傍晚,特意和毕纲坐车到查尔斯河,时值夏日,夕阳西下,河上白帆点点,两岸绿树葱葱,风光怡人。我们在剑桥一边河岸的长椅上坐着,遥望对岸波士顿鳞次栉比的高楼大厦,戏说着哪幢房子最好,如果有可能,我们会搬到哪一幢房子去住,结果两人意见还不统一,只好各人选一幢。那时已不算年轻,但也痴人说梦般地相互取乐,冲淡离开前的不舍。当时,我们心底里的想法是:再回哈佛的机会实在是太渺茫了……

2002年,再访哈佛3个月,工作量颇大,离开哈佛后要赶到香港开会，告别非常匆忙，甚至，匆忙到没有告别。已经记不清离开时的心情。

没想到，这次离别的愁绪会如此强烈，而且也来得太早了点，离真要走还有差不多一个月呢。50岁的老男人，怎么会如此地敏感，多愁善感到像个18岁的女生……

每次去学校，都宁愿多走些路，也要从面对约翰·哈佛雕像的正门进去，似乎是要用这带点仪式性的程序中，自我肯定与哈佛大学的关系。12月的波士顿已经很冷，哈佛苑里没有了夏日的蔽天的绿与秋天满树的黄，没有了随意在草坪上读书嬉闹的年轻学子，只有独特的"哈佛红"建筑在没有任何暖意的冬日阳光中依然矗立。时值期末考试，被厚厚冬衣裹得严严实实的师生，行色匆匆地穿过校园。这无疑是一个最佳的告别季节，寒风枯树，无端使人增加几许愁绪。

12月16日中午，在燕京作"哈佛燕京图书馆藏'蒋廷黻资料'及其史料价值"的报告，准备充分，效果相当好。郑馆长主持，裴宜理教授也来听。这是在哈佛最后的一项正式工作，报告的最后，说一堆感谢的话，透着惜别之情。报告结束后，时间尚早，就决定去波士顿Downtown做次告别之旅。从Park Street地铁站下车后，先后到了Boston Common, Public Garden, Boston Public Library, Copley Square, First Science Church，最后过波士顿交响乐团，4：30时达美术馆（Museum of Fine Arts）。这一路的风景我很熟悉，拍过不少照片。当时天冷风大，公园与街上人少，怎么看都觉得景致难以入镜头，寒气煞风景，没拍几张"告别照"（太冷，也不愿轻易出手）。当时气温是零下7度左右，我上面是厚厚的棉衣，下边却只穿一条单裤（山东人称之为"顾头不顾腚"。当然，底裤是有的，大概如同女生穿裙子吧）。波士顿的冷是那种"干冷"，先是寒风透过薄裤，穿越肌肤，直达骨头的那种冷，过一阵冻麻木就没有感觉了。走路过程中，一度冷到实在吃不消，就到 Public Library 里避寒。等周身暖和过来，再走。在寒冷中走了两个多钟头，回来时坐地铁，一数，刚才居然走过了 7 个地铁站。寒冷的步行，似乎是刻意要体验一下波士顿的冷，将其留在记忆中，越冷越深刻。

17 日中午，郑馆长邀我参加燕京图书馆的圣诞节前 Party，本以为是例行的活动，穿着随意。郑馆长宣布开始说，有特别为我与另一位来进修的南大图书馆馆员饯行之意，并代表馆里赠送礼物，大出我意料，只能仓促致谢辞。晚上，收到裴宜理的电子邮件，对我在这段时间的工作高度肯定。这次能和她彼此了解，建立初步的私人友谊，是一大收获。下午，去燕京学社协助 Elaine 布置 Common Room，她买了圣诞树与一大堆装饰，在那里大大咧咧地指挥。我们一帮人干得挺起劲，特别是从韩国来的几个女博士（Fellows），很上心。我一个大男人，放在过去可能不去掺和这种事，但想今生布置圣诞 Party 的机会也不会多，就坚持了挺长时间。

18 日下午 4：00，先去燕京学社参加圣诞 Party，所有学者、Fellows 及相关人都来了，还可以带家属，非常热闹。我前一天参与布置的 Common Room 十分漂亮。我给学社的每位职员准备了贺卡，分别送给了裴宜理、Susan、李若虹、Dr. Nam、Elaine 和 Lindsay，和他们一一道别，感谢关照，并分别合影。

都是老朋友了，他们帮助我很多，Susan居然准确地说出我的中文全名，真不容易。将办公室的钥匙交还给Elaine。本想多待些时候的，但郑馆长已约我晚上另觅吃饭处（他也来Party的），故下午5:00我们一起离开，他选了一家高级饭店吃海鲜自助餐。饭店在MIT附近的查尔斯河边，位置极佳，透过窗户，查尔斯河与波士顿的夜景历历在目，又有轻音乐为背景，颇为浪漫。海鲜是我的最爱，这次专攻生蚝与蟹爪，吃了不少，结果点的正菜——龙虾反而没有吃（打包带回来了）。美景、美酒与美食，愉快的聊天，多少化解了一些离愁。

一个在国内生活还算优裕的50岁老男人，孤身一人在外半年，买菜做饭洗衣样样要自己动手，"蜗居"在与别人分享的公寓房，日常生活之不便甚至苦楚可想而知，但我却不以为苦，反倒"此间乐，不思蜀"。因为，哈佛的经历对我的一生太重要。我之于哈佛，充其量是个匆匆的过客；哈佛之于我，则是强大的精神家园。细想之下，南大与哈佛是学术生涯的两大基点，南京大学给我入门的知识与学问起步的平台，而哈佛则是打开世界的窗户，让自卑的我增强自信。毕纲说我的"哈佛情结"太重，听到"哈佛"二字就会莫名地激动。确实，对一向不自信的我，"哈佛"是一种力量，是供着一座姓"哈"的"佛"的精神殿堂。我爱哈佛，部分是恋旧，怀念一段美好的时光；部分则是自卑，需要名校的光辉来为自己壮行色（学者在哈佛面前，多数均怀敬畏之心，傲视者大概无多）。虚荣之心，人皆有之，不以为耻。

能在哈佛访问研究，是这个地球上多少学者的梦想，而得

与蒋廷黻之子蒋居仁（右3）、燕京图书馆郑炯文馆长（右4）在哈佛合影

偿夙愿之幸运儿并不多（前段时间陪一位来自日本名校的教授参观校园，他在斯坦福大学访问研究两年，还是感叹"哈佛好，是做学问的天堂"，回去后在博客上连发三篇配照片的"哈佛印象"）。已有三次哈佛访学经历的我，此生足矣。

"哈佛虽好，终非我家。"

离别，或许是下次再见的开始。哈佛，我们一定还会再见。以此自励！

（2009年12月20日修改此短文时，窗外漫天飞雪，恰如我那飘忽无定的离别愁绪。）

情谊绵长

忆妈妈

——饺子里的母爱

妈妈过世6年来,总觉得她仍和我们在一起。我打个喷嚏,会马上说"我妈想我了"。看到可口的食物、水果,会说"这个,我妈喜欢吃"。外甥女戏谑她妈一些节俭"抠门"的习惯时,会说"跟姥姥一样一样的"。

写篇缅怀妈妈的文章,是我未了的心愿,6年过去仍不能成稿。一度甚至愧疚到自责:又不是不会写文章,为啥写一起生活了50多年的妈妈,却无从下笔呢?

后来想到,大爱无形,母爱就像是空气与水对于生命一样,融化在我们的生活中,无影无踪,却须臾不可离开。人类受益于空气,文学史上也稀见讴歌空气的篇章。

妈妈的一生极其平凡而琐碎。从山东农村走出来的一位文盲村妇,在现代都市里照顾一大家子的吃喝拉撒,自己还要到工厂上班,其一生的艰难可想而知。但如同天下所有的母亲,她又是最伟大的——维系着一家老小,相夫教子,把儿孙拉扯长大,健康成长。可谓功德圆满。

除夕夜守岁,临近零点,煮上一碗素馅饺子,摆在妈妈照片前,供着。突然想到,妈妈与饺子的故事,是个不错的角度。

饺子,在信奉"好吃不过饺子"的山东人那里,绝对是一种文化，一种信仰，远远超出食品的范畴。当然，妈妈不懂这些，她只知道饺子是个好东西，她要让我们能吃上饭，能吃上好吃的饺子。

因为从小吃妈妈做的饭，连生于南方长于南方的老陈家第三代（均由妈妈带大），都养成了"山东胃"，钟情于饺子为代表的面食。妈妈有个轻易不露的"绝活"——孩子生病了，她会用鸡蛋和面，亲自擀碗鸡蛋面。这面的功效，堪比灵丹妙药，吃了妈妈的面，病就好了大半。

早年，家父在外服役，妈妈在故乡劳作，独自哺育我们兄妹4人，家境虽不至断粮，但也是勉强艰辛度日。记忆中，也只有新麦收割、逢年过节，或者家里来尊贵的客人，才能吃上饺子。"吃饺子"与过年是一种标配。

吃饺子是件稀罕的事，所以记忆特别深刻。只要勤俭持家的妈妈宣布要吃饺子，我们听到消息就开始欢天喜地。说是吃饺子，实际上白面与馅子都有限（多数是素馅），不可能让你敞开肚皮吃的，最后每人能分的饺子是有数的几个，必须卷在煎饼里吃。为了体味饺子的"原味"，通常会留一个到最后，一口吞下，爽。为了张罗能包顿饺子而最忙碌的妈妈，吃到的最少。

物质极匮乏的乡村，包饺子甚至不是一家的事情，而是邻居几家孩子的节日。谁家吃饺子，是瞒不过邻居的。"噼里啪啦"剁菜蔬的声音响起，馅子的香味，早就传到邻家了。妈妈盛好饺子，总让我们先端一碗送隔壁的大爷家，让他家的孩子分享。当然，邻家若包饺子，也会送一碗给我家。

那时，最大的梦想，就是吃上一顿饺子，能是肉馅的，就更美了。

记忆中，全家搬到南京后很长时间，家里极少包饺子，因为妈妈上班没有时间，更重要的应该是房子太小，我们的卧室、餐厅是同一间，吃饭时必须坐在床沿上，餐桌也是我与弟弟写作业的课桌（幸好那时作业不多），局促到根本没有空间进行包饺子的操作。

等搬到五台山后，房子稍宽敞，包饺子的次数多起来。随着我们兄妹先后成家立业，第三代相继长大，最后，老陈家枝繁叶茂，四世同堂，人口翻番，分散而居。临近周末，妈妈会给各家打电话，询问是否来她这里。

大家来，妈妈就高兴。可每次为10多口人准备饭菜，着实是件难事。好在妈妈有包饺子的"杀手锏"，大家不但爱吃饺子，且喜欢包饺子。周末家庭团聚包饺子，就成了全家的欢乐时光。

妈妈不识字，但绝对是个管理子女的高手，她熟知每人的特长，会事先安排各自的角色。通常是她自己一早去购买时令的蔬菜与猪肉，然后安排谁来和面、谁来剁馅调馅，井井有条。

每次包饺子时，会用到从山东老家带来的两个物件：擀面杖与放饺子的盖件儿（一种用高粱秆串联起来的平板，主要用来放生熟食品，如饺子、面条等），很自然地钩联起南京与故乡、现在与过去的关系。

包饺子时，几乎所有到的人都参与，插不上手的，也在一旁站着聊天，过程十分欢乐。家里第三代、第四代幼年的时候，都有围在桌边，跟着大人初学包饺子的经历，歪七扭八的形状，或者馅子撑破皮，引得大人们发笑。

一家人边包饺子，边聊各种八卦，老人的健康、孩子们的学习，邻居熟人的家长里短……一切都在包饺子的过程中无序流转。

有次，话题说到孩子的学习，好习惯是如何养成的。大家都夸她父母教育有方，其他人正面影响什么的，突然，妈妈插话："你们都有功劳，我没有功劳吗？"她的责问中，蕴含着对我们无视她劳动与贡献的不满。大家当然知道孩子从小至大，都是妈妈在操劳饮食，保证孩子的营养与准时吃到可口饭菜，是最好的后勤部长。大家习以为常，很少表达，这会都异口同声地说，当然，奶奶功劳最大，排在第一位。妈妈才释然地笑了。

家人太多，煮饺子要用两个大锅，两至三轮。大家自然也分先后吃。妈妈总说她不饿，让孩子们先吃到热腾腾香喷喷的饺子，她到最后再吃。其实，她有一个大家都知道的小心思，担心饺子不够，要先让我们吃饱吃够（山东人吃饺子时，胃口会突然放大）。我们也都很配合，每次都留足够妈妈吃的，且还能剩下几个。然后夸妈妈事先计划准确，饺子数量刚刚好。

如果有谁因事缺席，妈妈是一定事先嘱咐，留出一碗饺子，让带回去给没来的人分享。

除夕，家里准备年夜饭时，妈妈会操持着包一些素馅饺子。守岁到新旧年交替，煮好放在桌子上，祭供先人，然后再分食。孩子们小时，她会将一枚硬币包在饺子中，谁吃到意味着新年里好运。

"饺子文化"是老陈家文化中特殊的基因。妈妈过世时，姐姐的外孙女才6岁左右，完全是个"小不点"，但家里包饺子的场景却深深刻在她的脑海里，以至小学五年级的她参加题为《××的浪漫》的限时作文大赛时，直接就写了《饺子的浪漫》。起笔就直入饺子主题：

"我爱吃饺子，尤其爱吃太姥姥包的饺子。太姥姥是山东人，好像天生就会包饺子，还会把饺子包出各种形状。周末去太姥姥家吃饺子，是我们孙子辈最期待的美食项目。"

这是老陈家第四代眼中的饺子，把饺子跟"浪漫"联在一起，是我们完全无法想象的。文中她的"太姥姥"，就是我们的妈妈。她也写了一家人包饺子其乐融融的情景，及妈妈对曾孙辈的呵护。她写道，小时曾"夸下海口"，长大了给太姥姥包饺子吃。她现在已会包了。"我相信天上的太姥姥一定看得见，这是我给她的'专属浪漫'。而我家这独有的'饺子的浪漫'，也会一直一直传承下去……"

妈妈过世后，全家人一起包饺子的盛况已难再现。她留下除夕包素饺子的习惯，被姐姐和弟弟继承了下来，也是老陈家的一种传承吧。

每到吃饺子，必定想起妈妈哺育我们成长、支撑一家人的艰辛，和她带着我们养成的勤俭、善良、友爱的家风。

妈妈，您在天堂安息吧。您先慢慢地把饺子馅置办起来，想想该给每人派什么活，等着我们来，和您一起包饺子，吃饺子。

茅先生的三件小事

茅先生在南京大学中国近现代史学科发展中有着里程碑式的贡献。我在给硕士生讲授"中国现代史研究"时，有一讲是"茅家琦教授的学术生涯与成就"，大致有从五个方面讲授：先生的生平、学术贡献、学科建设方面的贡献、人才培养、做学问的特点。目的就是要让学术后辈们通过先生的成就，来了解南京大学中国近现代史学科的学术渊源与传统。

我对先生学术成就的介绍，主要是基于受教多年的体会与作为学生的观察，也参考了其他茅门师兄弟姐妹的文章。在准备教案时发现，学术界对先生学术贡献的归纳，其实非常相近，可见先生的贡献影响之大与特色之鲜明。在先生90华诞之际，只说三件个人印象深刻的小事。

爱思辨。先生是位极富思想性的学者，卓越的思辨性，使他在研究方向与课题的选择方面，总有过人之处。其实，他思考的对象很广泛，有时超越具体的历史课题，是关于人类生存与发展的。在20世纪80年代中期，气象学界对于地球未来的演变有两种对立的观点：一种是说由于人类大量利用燃料，臭氧层遭破坏，气温会越来越高；另一种是说地球气温是有规律循环的，每隔一段时间会进入冰河期，气温会越来越冷。先生注意到科学界的争论,并思考气温变化对人类历史与发展的变化。有次他与我谈起,现在的社会科学理论与发展观,多数是从人类自身的条件——阶级关系、生产力与生产关系、经济增长、社会调节能力等方面立论,前提是人类生存的气温环境不变,故对未来的预测总是乐观的,提出某种社会形态一定能实现之类的口号。而依气象学界的观点,无论是地球变热还是变冷,总有不适合人类生活的一天,即使人类社会朝着预定的方向发展,或许到不了最终目标,就会因气温等环境因素而中止。而预言未来的人,都没有考虑到人类生存的气温条件这一点。他的话,让我茅塞顿开,对历史发展的认识加深了一层。20年后的2006年初,他在南京地方史志学会成立大会上发言,提出一定要重视人类生存环境的研究,地方志要注重水利志、环境志、气象志、地理志等。可见他一直在思考人与自然的关系,似乎是追寻着历代先贤的足迹,继续着对"天人合一"的探索。

爱学习。对新生事物的态度,是人生观与世界观的反映。先生对于新理论、新观点、新方法,始终抱着宽容与学习的态度,这使他的研究总是处于学界的前沿,引领或追踪着学术潮流。也是在20世纪80年代,学术界出现了将自然科学研究中的"三论"(系统论、控制论、信息论)引入社会科学研究的强烈呼声,当时号召提倡者多,而真正在具体研究中运用"三论"的学者少,成功者更是凤毛麟角。先生则身体力行,将"三论"运用到太平天国与洪仁玕的研究中,写成《洪仁玕思想系统诸要素试析》等。学者运用电脑进行研究与写作,是20世纪90年代的事情,最初涉足者多是年轻人,而已年近70的先生却对电脑亦抱有极大的兴趣。1996年夏天南京天气极热,我因出国访学到先生家辞行,只见先生短衣短裤，正在桌前认真地学习用电脑写作，他学的是比较难掌握的五笔字型。那天，他非常有兴致地对我谈电脑的好处，衣衫尽湿而不觉其苦。先生真正地实践着"活到老，学到老"，他退休 10 年所完成的学术成果，无论是数量还是质量，都不逊于在职时。

爱学生。先生的个性沉默寡言，平时不苟言笑，加上年龄上的差距，他又兼着行政工作，我们那几届研究生读书时与他交流不多，都有点怕他（可能是读书不多，特别怕见他）。所谓"不怒而威"，我们都把这种怕转化为学习的动力。其实，先生对学生的学习与生活是非常关心的，是那种发自内心的深厚关怀。我在先生身边读书工作 20 余年，受先生恩惠最多。举凡学术研究、书写序言、申请课题、评奖、出访推荐、晋级之类的事情，均少不了麻烦先生，而先生无不尽力帮助玉成。2005 年年底，我基于个人生涯规划，希望换个生活与研究环境。将调动到浙江大学计划报告先生后，先生替我分析利弊，并不赞成我去。过一段时间，学校洪书记与我谈话，提到先生曾专门就历史系的人才流动问题给他电话，也涉及我的调动。洪书记特别强调，茅先生是很少给他去电话的。我闻言心头一热。以后，我又专门去先生家汇报，说明想法。先生仍不十分赞同，但表示尊重我的选择。这件事更让深切感到先生对学生情深似海的关心。

先生的恩德，山高水长。先生的健康长寿，是学生莫大的幸福。在先生 90 华诞之际，衷心祝愿先生健康如意，寿比南山！

（此为 2016 年茅家琦教授 90 大寿纪念会上的发言稿。）

张老师的成功无法复制
——恩师 80 大寿感言

天下每一对称得上"师生"的,都是有缘人。

我与张老师的缘分绝对与众不同,是兼具天时、地利、人和的"奇缘"。先说天时,我与老师是同一属相,老师大我两轮,老师大学毕业的那年,我来到人世,我们的生日也相差无几;再说地利,我与老师同是山东人,更进一步还是泰安小老乡,平日里听张老师说带着泰安腔的普通话,特别的亲切,尤其是他叫我的名字,同父母唤我的声调一模一样;最后是人和,我一生的 3 篇学位论文:本科、硕士、博士论文都是在老师指导下完成的,"一条龙"管到底。毫不夸张地说,我的治史童子功是"Made By Zhang Xianwen"。2003 年老师 70 大寿时,在天目湖宣布我是硕士生的开门弟子,当时万分荣耀与自豪。以上的"天时""地利"与"人和"加上一起,算不算得上是段独一无二的张门师生"奇缘"呢?

如果从大学三年级听张老师的课算起,到 2007 年离开母校,我在老师身边学习、工作了 26 年,耳濡目染,为人处事深受影响。老师的教诲如春风化雨,点滴在心。与张老师的交往史,几乎等同于个人的学术成长史,全部写来,应该是一部厚厚的书。在此,聊记若干片段,为恩师祝 80 大寿。

（一）初识

已记不清第一次认识张老师是何时了。大概是在大学三年级时，开始有选修课，自己心有旁骛，选修了不少中文系、哲学系的课，诸如文学概论、当代作家作品选读、逻辑学、心理学等，历史系的课只选了几门中国近现代史的课程，其中就有老师的"中国现代史史料学"与"国民党派系史"。那时，老师只是讲师职称，能开两门选修课，真了不起。

准备写本科毕业论文时，正好看到张老师发表关于"学衡派"的论文，知道"学衡派"起源于南京大学的前身东南大学，学校图书馆有全套的《学衡》杂志，我便决定以此写论文，请老师指导。本科论文的写作虽幼稚，但自己初步接触了原始资料，知道如何处理原始资料、摘录卡片，如何进行访问调查。史学研究的种子大概是在这时埋下的。

我们本科班历史专业的学生是54人，竟然有7位选张老师担任毕业论文指导老师，超过全班人数的十分之一，绝对是"大户"。写作过程中，我们7人一起去老师家请教，由此认识了师母。老师那时住在北阴阳营的筒子楼宿舍里，非常拥挤，可收拾得干净清爽。有位来自苏北农村的同学对师母的和蔼与能干极崇拜，一再对我们声称，将来找对象一定以师母为楷模。

毕业前夕，我们7人请张老师一起去南京最有名的友谊照相馆合影留念。张老师要出合影的费用，我们执意不肯，他就在回校的路上请我们吃了冷饮。不知是否老师点化之功，7位同学如今均有所成，5位从政的都是厅局级公务员，1位去了美国，在史学研究领域枯守下来的，唯我一人而已。

（二）引上学术之路

应了"越得不到的就越觉得珍贵"这句话，在历史系学习4年，我并未完全从"文学梦"中醒来，反而花挺多时间准备报考南大中文系现当代文学专业的研究生。可真是没有那个命，该专业实行隔年招生，我毕业那年正好停招。报考无门，只得转考中国近现代史专业，内心充满着无奈与纠结。

当年南大历史系的中国近现代史专业有王栻与茅家琦两位先生具备招收硕士生的资格，但招生名额只有一位。当年投考茅先生的有4人，最后只录取了我。入学后，茅先生让张老师等现代史专业的3位老师给我上课，参与培养和指导论文。那时，民国史学术研究刚起步，"革命史观"还占着绝对优势，对民国史专业的学生如何培养，该开什么课，大家都没有经验，"摸着石头过河"。我记得还修过一门"毛泽东著作选读"课。其实，张老师他们原先长期教党史、革命史（现代史），经历的学术转型之苦，远甚于年轻学生。

硕士学习阶段，张老师对我更关心与爱护。毕业前一年，他与中国第二历史档案馆等单位联合在南京召开了第一次的中华民国史学术研讨会，那是一次学术盛会，李新、孙思白、陈旭麓等大家都来了。我参与会务接待等事，目睹学术大家们的风采。会后，张老师他们又请李新先生到南大给我们讲课。由此我与李新先生与李师母得以认识，李先生关切询问我的研究题目，我据实以报，他提供了些指导意见，并让写好后给他寄一份。

我毕业论文《论九一八之后的胡汉民》答辩虽顺利，但因之前导师们有不同意见，自己也没有多少信心，依约寄给北京李新先生一本。没想到李新先生很快就给张老师来信，说这是一篇好文章，他要亲自到南京来主持一次讨论会。老师便联合中国第二历史档案馆的施宣岑副馆长在南京组织了一场专题讨论会。为一篇硕士毕业论文举行讨论会，且规格如此高，真是罕见。李新先生在会上高度评价我的论文，说是解决了他一直思考的"如何评价民国人物"，尤其是一些过去认为的"反共人物"的问题。会后，李新先生将拙文推荐给《历史研究》全文发表。

如果不是老师将我引进他的学术圈，我很难这么早就认识李新等民国史的大家，学术起步不会如此顺利。

1985年我毕业留校，与老师变成了"同事"。但却与老师在不同"单位"：当年学校为解决编制问题，在历史系外又建了历史研究所，下设民国史研究室，张老师是主任。而我分配在历史系的中国近现代史教研室。好在老师并不嫌弃，许多工作都让我参加，耳提面命。其中最重要的是，他在1993年领导我们建立了中华民国史研究中心，逐渐成为海内外知名的学术重镇。

（三）漫长的博士论文撰写

跟张老师读博士，更是很多偶然凑在一起的幸运。

硕士毕业后，李新先生曾希望我去北京跟他读博士。那时，硕士已经是挺高的学位,自己坐井观天,志向不高,加上刚结婚,不甘让老婆养着"吃软饭",婉拒了他的美意。

不想风潮很快,南大年轻教师的学历越来越高,没过几年,已有"博士满街走,硕士不如狗"的顺口溜。1992年学校开始鼓励青年教师在职攻读博士学位,更流传重点大学将有新政策,日后没有博士学位,不能晋升教授。张老师刚担任历史系系主任,不知是学校的布置,还是他经验不足,低估了大家的积极性,专门给全系青年教师开动员会。此举无异于惹火烧身,几乎所有青年教师都报了名。社会学系、哲学系、高教研究所的教师因本单位缺乏博士生导师,也挤到历史系来凑热闹。中国近现代史学科只有茅家琦等两位博士生导师,根本无法满足需求。张老师只得转而"灭火",反过来劝大家不要急,分批报名,有个先后顺序(因不需要考试)。个别性急的青年教师因无法报名,对张老师采取了过激行为。还有人给校长写信告状。一桩好事,演成了一场风波。不知张老师是否从此发现担任行政工作之繁琐复杂,他把当了4年的系主任极其明智地辞去,专心经营民国史中心了。还有,有关部门要调他去担任中国第二历史档案馆的馆长,他也婉拒了。

还是茅家琦先生老成持重,他对所有想报考的青年教师说,就按年龄大小(注意,不是按学历资历)排队,只要想学,我肯定把你们带出来的。老先生话说到这个份上,大家再不好争。记得他收的第一批校内在职博士生年龄最小的是1952年生,第二批到了1954年,我因年纪稍小,排在挺后面。轮到我的那一批次注册时,茅先生对我们说,张老师已获博导资格,你们又搞民国史，就转过去吧。

这样，我阴差阳错地在硕士毕业近10年后的1994年春天，又有幸成了老师的首批博士生。这师生缘分似乎命中注定一般。

读博士之后，因是在职，日常工作多，没有对写博士论文特别上心，一拖再拖。本是张老师的第一批博士生，可眼见后入门的师弟师妹一批批转眼毕业，变成了师兄师姐。我是起个大早，赶了晚集。1998年，我获聘教授，按理次年即可当博导，可学校规定，在读博士生不能当博导。因不能抓紧时间办大事，得到一个教训。

读博士期间，张老师在学习与论文选题方面，给了我最大的自由。博士论文选题方面，本是选择研究抗日战争时期"经济复古现象"的，做了很多的准备。然而1996年去哈佛燕京学社访问期间，找到一大批的胡汉民未刊往来函电稿，故重拾旧题，继续研究胡汉民。张老师对这批资料也很重视，允许我换题。2001年，终于答辩毕业。

在读博士期间，跟在张老师后面跑腿、举办国际会议、编《民国研究》、合作写书、接待海内外知名学者、分管学会、与各界人士接洽等等。学问之外，所获亦多。

学无止境。好容易熬到博士毕业，又流行起"博士后"来了。大约在2002年前后，我萌发了要到外校进行博士后研究的念头，希望能开阔学术视野。很快就联系好北方的一所大学。张老师闻讯，竭力阻止，理由是博士后研究的合作导师通常要找最知名的学者，至少应该比博士时的导师水平高。他说，你选的合作导师"名气还不如你大，搞什么？"申请交到学校，主管副校长坚决不批，让人事处传话说，陈红民已经做教授几年了，这么做等于是说南京大学教授的水平还不如那所学校的博士后？这时，我才慢慢醒悟，张老师反对的背后，应该有爱惜南大、他与我学术声誉的考虑。最终，博士后计划泡汤。

（四）伴师欧洲行

我与张老师接触距离之近，肯定让许多同门羡慕。我与老师之间曾有同居"零距离"的接触。2007年在港开会期间，我们同受邀去香港中文大学历史系演讲，演讲安排在下午4点。我们抵达后，邀请方安排一间客房让我们稍事休息。老师连续开会很辛苦，说要小憩，可刚躺下，就鼾声四起。我忙去闭门窗拉窗帘。酣睡中的老师既熟悉又陌生，我的情感复杂无以名状，从来没有如此近距离地观察老师，真真切切地感受到了与老师在一起！

1999年与张老师师母的欧洲之行，印象更是深刻。

意大利威尼斯大学的圭德（Guido Samarani）教授邀请张老师与我去参加会议，师母同行。我们都是首次去欧洲，决定先顺道访问法国，老师的朋友在巴黎帮着订了华人家庭旅馆。第一次陪老师出远门，我不谙法语，又听说法国人对说英语的人还特不待见，心理压力挺大，终日提心吊胆，仔细研究地图（现在叫"攻略"），唯恐见识少语言不通，路上出差错，让老师师母受累。托老师师母的福，天遂人愿，那次巴黎之行格外顺利，我们参观了所有的著名景点，没有走错任何的路。老师师母对我照顾有加，当时国内报道欧洲的鸡肉中含有某种毒素，他们就带了不少小包装的熟食，一路上给我吃。记得游览凡尔赛宫那天，我们3人坐在美丽的皇家花园里吃午饭，取出自带的食品，如同家人的野炊，阳光灿烂，空气清新，其乐融融。至今想来，还有些感动。

之后转道罗马，我有位大学同学娶了意大利老婆定居于此，他热情接待我们。同学的精力超好，白天陪同参观，晚上拉着我下围棋，在国外长期找不到人下棋压抑的棋瘾释放出来，两人通常杀到凌晨三、四点钟才小睡一会。在罗马的最后一夜竟然通宵未眠，下棋到天明。可怜的我，刚从在法国的过度紧张中放松神经，却又遭遇无休无眠的下棋车轮战，参观时只迷迷糊糊地跟着，罗马长什么样都没看清。好在同学非常守尊师之道，他虽是意大利的"倒插门女婿"，可坚称自己是"吃软饭，说硬话"，生生把意大利老婆和孩子赶回娘家，家里的主卧留给张老师师母，使他们能够好好休息。

那次在意大利，师母还有特殊的目的，她不久就要去日本参加儿子的婚礼，要挑选给未来儿媳的礼物——意大利手饰。在佛罗伦萨，我们去了著名的老桥，桥上金银首饰店一家连着一家，目不暇接，我有刘姥姥进大观园般的眩晕感：第一次见识到意大利工艺，什么叫金碧辉煌，什么叫美轮美奂，什么叫精雕细琢。师母精挑细选，花很大的一笔钱给儿媳买了极漂亮的饰品。老师师母对孩子之怜爱，其情可感。

从欧洲回国的飞机上，边上坐了一位非常漂亮活泼的葡萄牙姑娘，她主动搭话，我的英语蹩脚，且返程挺累，实不愿搭理。然爱美之心，人皆有之，便一来一往地聊起来，她对中国人很有好感，恭维我英语很棒。那姑娘不知我旁边坐着中国的老师与师母大人，说话很随性，而我就惨了，一边聊天，一边要偷窥老师。老师"善解人意"地闭目养神。可无论如何，老师师母在侧，我同美女聊天说话不敢有丝毫的造次。那时才深切地感到，不是什么时候都需要老师在旁边关照的。

10 年后的 2009 年，圭德教授再次邀请张老师与我去威尼斯开会，我满心欢喜地期盼与老师师母再走 10 年前那条巴黎—罗马—佛罗伦萨—威尼斯线，故地重游，这次还可以带上毕纲，等于是两家同游。老师听我的计划，满口答应。可是，过几天，先是师母说不去了，又过几天，张老师打电话来说，他考虑很久，也决定不去了。电话的这头，落寞的我不知说什么好。

（五）张老师的成功无法复制

这里所说的"成功"，主要指张老师学术生涯与教书育人方面，舍此而外，我觉得他更是位和蔼可亲的长辈。

张老师 70 大寿时，张门弟子曾编辑了两本论文集庆贺。我们在题为《张宪文教授与中华民国史研究的"南京学派"》的前言中，归纳了张老师的学术贡献："独立完成或主编了《中华民国史纲》、《抗日战争的正面战场》、《蒋介石全传》(上、下)、《中国抗日战争史（1931—1945）》、《中华民国史大辞典》等有影响的学术著作""创立南京大学中华民国史研究中心""推动学术交流""培养民国史研究的中青年学者"。那之后的 10 年，是他学术生涯突飞猛进的 10 年，他对民国史研究的贡献，远大于过去的几十年。他获得了无数荣誉，领导南京大学中华民国史研究中心成为南京大学文科的一面旗帜，学校领导将民国史中心的成功归纳为"大师＋团队"模式。

在学术与生活的道路上，我一直把张老师当成楷模：试着把自己观察到的张老师的经验加以总结，当成民国史研究学术史的典型个案讲给学生们听。可总结越认真、越仔细，就越发现：老师的机遇、能力、成就不能复制。他的成功，只能作为一个学术大家成长的经典案例来欣赏，高山仰止，却可能永远也学不会。我在老师身边多年，有幸目睹了他事业成功的过程，但从未听他说过"成功之道"，他似乎也没有刻意地去追求过"成功"。一般成功者的某些特性，如雷厉风行、强势果敢等很难在他身上找到。他为人谦逊和蔼，做事从容不迫，滴水穿石。他的成功看起来是如此顺理成章，浑然天成。

以我之浅见，张老师成功最重要的因素有三：

1.敏锐的学术观察力与开拓进取精神。

张老师能有如此之高的学术成就，与其敏锐的学术观察力与开拓进取精神密不可分。他的学术大局观与方向感出类拔萃。曾听他自述，大学时代正好赶上南京北阴阳营遗址发掘，毕业论文选择了与此相关的考古课题。毕业留校任教，服从分配讲授中国近现代史，主要是革命史的内容。但他认真思考，不走寻常路。在普遍讲大话空话的时候，关注史学研究的基础——史料学，去图书馆故纸堆中爬梳史料，著成《中国现代史史料学》一书。"文化大革命"结束后，他敏锐地感觉到民国史研究将会成为新史学潮流，果断地自我转型，全身心地投入其中。在"革命史观"当道的当时，研究民国史、国民党史有相当的风险，是需要巨大勇气的。

张老师主编的《中华民国史纲》，具有学科开创意义，在学术界首次勾勒出了民国史研究的基本轮廓。之后，他组织民国史研究的国际学术会议，建立了中华民国史研究中心，对推动民国史研究作出了突出的贡献。而在民国史研究的具体领域，老师也有许多拓展，关于抗日战争正面战场、关于蒋介石、关于侵华日军南京大屠杀史的研究，都是引领学术潮流的标志性成果。他致力于推动中华民国史研究的广泛开展，主持两岸四地学者共同进行民国史专题研究。

作为比较，南大原来与他资历相仿的几位同专业教师，相当地用功，成果也不少，但因为固守较为偏狭窄的课题，学术影响力已不能同张老师同日而语。

2. 卓越的学术领导才能。

一般的历史学者都是自选课题，差不多是单兵作战的"个体户"，最多是少数人协同的"互助组"。张老师的情商超高，是天生的学术领袖，他处理事情公平合理，善于团结同行，在学界口碑极佳。

张老师做的都是影响学科发展方向的大研究项目，有时几条线同时作战，他能运筹帷幄，指挥若定。早期，从事民国史研究的人才并不多，南大的人手更有限。他就联合北京、上海的同行一起工作。后来，他将南京地区的学者团结在自己周围，中国第二历史档案馆、省社科院、南京师大的学者都参与了他的项目。南京大屠杀史料整理编辑项目，从分派到各国各地去收集资料，到整理，再到请英文、日文、俄文、意大利语的翻译，参与的中外学者超过百人，老师布置得有条不紊，循序渐进。

其间，张老师培养了大量的研究生，针对每个学生的特点因材施教，知人善任，给他们布置合适的任务，使博士生一开始就得到锻炼，迅速成长。一方面为国家培养了民国史研究的新一代人才，另一方面也打造了一支特别能战斗且机动性强的嫡系"张家军"。

3. 积极乐观的工作态度。

张老师于1958年大学毕业留校，但那是个充满"革命"的火红年代，没有严谨的学术研究。老师的学术生涯是应该从大学毕业20年后才开始，已经年近半百，过了人生精力体力最好的黄金时间。记得1979年南大在"文化大革命"后第一次全面评定职称，红纸喜报贴在南园，老师刚晋升讲师。阅历对于理解历史很重要，历史学家应该是年龄越大越值钱。如果用今天的标准衡量，老师晋升副教授、教授、博导时，都并非一帆风顺，年龄已经偏大。但他一向积极地处事，大处着眼，正面地看问题。对人对事，只选择性地记忆好人好事，用时下的网络语言，他是不停地积蓄"正能量"。我追随这么多年，很少看到他愁眉不展，更无发火失态的时候。他绝对不是事事如意，只是不愿被不如意的事情绊住前进的手脚，耗费精力与时间。

有件小事很能体现张老师之虚怀若谷，待人以善。系里一位教师自本科起就是张老师的学生，那年报名在职博士一时不如意，竟然给校长写告状信，不分皂白地说张老师办事不公（事实上，相关决定是系办公会议集体确定的）。张老师并不计较，反而登门找他沟通说明情况，那位学生辈的同事置之不理，只对张老师重复高玉宝的那句名言，"我要读书"。不久之后，那位教师要晋升副教授，僧多粥少，竞争激烈，便携太太登门拜访张老师，检讨之前"不懂事"，其意不言自明。张老师在系里与学校评审时，都投票支持，使那位教师得以顺利晋升。

张老师年轻时喜爱运动，身体非常健康。一般学者六七十岁已在颐养天年，而他精力充沛，思维活跃，而老师在六十之后的表现绝对是"老当益壮"的注解，如今年近八旬，他的工作节奏与强度，年轻人也难以跟得上。他很善于利用时间，形成了民国史中心独特的工作方式：平时大家教学、行政事务忙，他就利用周末、节假日开会，后来，更发明了利用寒暑假期来组织大家突击大项目的工作方法。有时，为了突击完成任务，他还会在宾馆里为学者包房间，实行"半隔离"，以使其能摆脱俗务，一心写作。南京大学民国史中心高水平成果迭出不穷、优秀中青年学者成长迅速，某种程度上得益于张老师的乐观主义与"张氏工作法"。教育部有关领导对此很欣赏，特意请张老师到部属重点研究基地主任会议上去介绍经验。

以上三项，一般学者或能达到一二，但能全部兼具者实属罕见。因此之故，我斗胆断言，张老师的成功无法复制。

这篇祝寿短文是我迄今所有文章中倾力最多，也自认为得意的文章。初稿的 3000 多字只用一晚便一气呵成，然完稿后甚不合意。于是，不停地增补修改，持续近 5 个月，前后不下 10 多次。我十分享受修改的过程，不以为苦。每改一次，眼前就浮现出老师慈祥的身影与教诲的点滴往事，也借此检点自己学术之路上的得失。情到深处,感慨万端。

写作、修改的过程中,内心始终充满着幸福感:感谢张老师,有幸是您的学生,我平凡的学术生涯才有了与大师级学者联结的机会,有了优良的学术血缘与傲视群侪的资本!纵然意识到百般努力都无法企及您的高度,可有个永远无法超过的老师,又何尝不是人生的一大幸福?!"高山仰止,景行行止。虽不能至,然心向往之。"更何况,您的教诲如春风化雨,学生近水楼台长期受薰陶所学到的一些皮毛功夫,实足以受益终生。

恩师80大寿之际,衷心祝愿他健康长寿,学术生命之树常青,带领我们开创民国史研究更辉煌的明天。

(刊于陈谦平、陈红民主编《民国史巨子——张宪文教授学术生涯纪传》,南京大学出版社,2013年9月。)

永远的高贵,永远的傲

自我评价是个"无可救药的悲观主义者",一事当前,先想到的总是最坏的可能是什么。因此之故,平时难得有特别高兴的时候,虽知所作所为均已是勉为其难竭尽全力了(甚至是超能力的发挥),可还是觉得事情本可以做得更漂亮些。低调绝不是做作,而是一种不自信的习惯。

最近,终于有了件令人不能不骄傲的佳音传来:南京大学评出了首批7位荣誉资深教授(限70岁以上文科学者),相当于院士的地位与待遇。我的恩师张宪文(博士导师)、茅家琦(硕士导师)获选。据说,原只拟聘4位,因南大文科有国际影响且学识渊博的资深教授太多,学校实在难割舍,只好扩大到7位(历史系3位、中文系2位、哲学系1位、商学院1位)。在这所文脉源远流长的百年名校里,人才济济,名家辈出,能够入选需何等的学识与人品啊!

南大学子成千上万,各有其师承。能得一名师指教,当属三生有幸。而我的两位导师均列在7位南大名师中,这概率堪比一生只买一次彩票就中大奖,谁敢争锋?怎能让人不感奋,不骄傲?!

在内心中,张、茅二师本就是值得仰望的高山,在人前说起，难掩自豪。只是悲观主义的个性，很少在外面标榜。现在，他们在南大的地位得以权威性确认，那做学生的，自然豪气干云。我在张老师 80 华诞的祝寿文中说，有幸是他的学生，"平凡的学术生涯才有了与大师级学者联结的机会，有了优良的学术血缘与傲视群侪的资本！"一生而成为两位顶级大师的学生，其幸何如？

与张老师的学术渊源，已在《张老师的成功不可复制》中略述，在茅先生处求学的经历，之前也写过两篇短文。他们两位在个性与治学方法均有很大的不同。

跟茅先生读硕士时，对学问尚懵懂无知，对他很敬畏。茅先生当时身体不好，个性又沉思寡言，我和"小师姐"戴莹琮（她虽年龄小一岁，却高我一年级，后留学美国得博士学位，现在美教书）都怕他，每学期末去先生家汇报学习情况前，总先碰头约定说话内容。可一到茅先生家，他说话不多，只听我们说，去前商量好的内容很快就讲完了。每次谈话都匆匆结束，当面聆听他教诲并不多（他那时刚带研究生，好像没有什么经验）。多年之后，我与戴莹琮在美国见面，共忆追随茅先生的岁月，我问她："当年茅先生教的东西，有多少在你现在的研究或教学中用得着的。"她认真地思索一段后说："还真想不起来。"接着，一对师姐弟还说了茅先生不少"书呆子"式的笑话。但我们都认为"我是茅先生的学生"是支撑我们努力的重要信念。我们认真读他的论著，体会其用心，从中学到的东西受益终生。茅先生的一些名言，如"文章不是写出来，是改出来的"等，我常常用来教育学生。

第一次在茅先生家吃饭纯属"意外"。当时我已毕业留校数年,有位外国学者来拜访茅先生,先生让我陪外宾去中山陵,傍晚送回他家。当时大学老师的工资较低,无力到饭店请客,一般只能在家里招待客人。茅先生住的已是南大宿舍中最大的户型,仍很局促,进门就是很小的客厅兼餐厅。我们回到茅先生家时,餐桌上已摆满了菜。我说几句话就要告辞,茅先生大概也没有想到会是这样,就说,那你也一起吃吧。那天,吃什么已经不记得了,但首次在先生家吃饭的幸福与紧张还一直记得。

因为有着学问高深的老师,有着优良的学术血缘,自己在学术上小有成绩,虽远达不到老师的高度,也算是不辱师门。

想起一个故事:说的是古代有个书生,其父、其子均学有所成,考试中举,唯独他学业不精,屡试不中。其父、其子均责备他,当父亲责备他时,他便回:"汝子不如吾子。"当儿子责备他时,他又回复:"汝父不如吾父。"依此逻辑,我已经有资格来回复学生了。希望学生们多努力,让我也有资格来回复老师的批评。

(写于2014年5月,南京大学遴选首批人文社会科学荣誉资深教授之时。)

始知相忆深

——我与政治大学历史系师生的情缘

接到政治大学历史系主任杨瑞松教授的电子邮件:

红民教授道鉴:

为迎接五十周年系庆,本系拟出版纪念专刊,特别邀请您赐稿,请就您个人在政大历史系客座讲学期间的所见、所闻与经历,或对本系未来发展的期许等方面提供三千字左右的文稿。文章主题不拘,文体不拘。您的宝贵分享不仅能使专刊增色不少,也将会是五十年系史的重要见证,因此恳请您抽空撰文共襄盛举。截稿日期为3月底,细节部分若蒙应允,张晓宁助教会和您再联系。端此顺请

道安

政治大学历史学系 系主任 杨瑞松 敬上

我与政治大学历史系渊源颇深,曾在那里任教一学期,指南山下有着美好的回忆,以小文庆祝其50华诞,理所当然。

政治大学历史系的中国近现代史研究师资雄厚,力量强大,在台湾首屈一指。我读书时选胡汉民研究作硕士论文,在大陆尚属研究空白,而从党史会转到政治大学历史系任教的蒋永敬教授是该课题的权威,著有胡汉民年谱。1991年,蒋老师首次访问大陆时,我有缘拜师请教,之后长期得到他悉心指导。我

们成了学术上的"忘年交",蒋老师不仅对我时加教诲,对我的学生也是"诲人不倦"。2001年,蒋老师80华诞之际,政治大学几位曾经追随蒋老师撰写博、硕士论文的毕业生,编辑祝寿论文集《史学的传承——蒋永敬教授八秩荣庆论文集》,本人有幸名列其中,撰写《争斗岂止于国内:1931—1936年间胡汉民与两广对海外华侨的争取》一文。蒋老师90华诞时,历史系为他办祝寿仪式,我恰好在台北开会,还在会上代表大陆学者致祝寿辞。

相续结识了政大历史系的胡春惠、张哲郎、林能士、阎沁恒等教授。胡春惠教授是谦逊温和的君子,张哲郎教授给人的印象是豪气爽快:学问大、个头大、嗓门大,两位老师都曾给我很大的帮助。其后,认识了不少年龄上相仿的政大历史系的研究生,如张力、刘维开、林桶法、彭明辉、吴翎君、李盈慧、许育铭、陈进金、刘文宾等,他们专业精湛,为人热情,均成为我学术上有交流的朋友。

1995年我首次赴台湾,参加"纪念抗日战争胜利五十周年两岸学术讨论会",会务是由张哲郎教授(时任中国近代史学会秘书长)率领政大历史系的博士生承担的,高效而有条不紊。大陆学者从此知道了政大历史系不仅教授厉害,研究生也很能干。

2000年,我赴台访问一个月,承历史系主任周惠民教授协助,住在政大的行政楼9层,既便宜整洁又方便。每天工作之余在政大校园及附近就餐,喜欢政大安静的环境。每天晚上回住处,行政大楼门关灯闭,空无一人,门前卧着几条著名的"政大流浪狗"。行政大楼前白天夜晚截然不同的情况，令我印象十分深刻。

2007年初，系主任唐启华教授邀我去历史系担任一学期的客座教授。从杭州抵达台北时飞机严重延误，学生把我从机场接到历史系办公室时，已临近上课。唐主任与我寒暄几句后问：学生已在教室，你是先去宾馆安顿，日后补课，还是先上课？我把行李箱放在办公室，直接去了教室上课，开始了我在政大一学期的教学生涯。

在政大历史系客座4个月的时间里，我承担了两门课——"20世纪30年代的中国政治研究专题"（研究生课程）、"民国史史料研读"（本科生课程）的教学工作，与历史系学生有了许多直接的接触，对政大学生的生活、学习态度与水平，有较深切的了解。坦率地讲，我的备课与讲课要格外认真些，效果似乎也还不错，学生都能认真听讲与讨论，特别是研究生讨论课，他们谈自己见解时，还会同时提出一些问题，必须"释疑解惑"，与其互动。期末考试结束后，有3位本科生到我的研究室来，送上精致的卡片，感谢老师授课。四年级同学还邀我参加了他们毕业前的"谢师宴"。

客座4个月，可以近距离地观察政大历史系的师资、学术活动、课程设置与管理、师生关系等方面，有了深切体会，获益良多。感受最深的是，系里只有10多位专任老师，规模很小（大陆名牌大学的历史系，通常有40位以上的专任老师），但每位教授都业有专攻，身手不凡，不仅开出古今中外历史的全套课程，还能在课余组织各种读书会，引导学生的研究。相当长的一段时间，政大历史系每年都延聘外校的教授来担任客座，为本系的研究生与本科生授课。这是一个非常好的办法，一方面增加了对外的学术交流，扩大本系老师们的学术交往圈，使同学们在校园内就能够听到来自不同国家与地区、治学方法各异的学者们讲课，另一方面，也弥补了自身专任老师过少的缺憾。

历史系里3位助教，敬业、热心而高效，维持整个系的日常运转，节省了老师们大量时间。他们对外聘的老师非常礼遇，照顾周到。有次我在系里看到海报，日本的森正夫教授到台湾中南部讲座，就随口说与他很熟，想见面。第二天，助教就设法打听到他的联络方式，促成我们在台北相见。

客座政大期间，有不少难忘之事：巧遇政大建校80周年的校庆活动，李素琼助教费心帮我买到一件限量版的"政大80"红色T恤衫，至今还在穿；参加了系里老师的"自强活动"，一同参观朱铭美术馆、邓丽君墓园等；课余在政大新建的游泳馆里锻炼，在泳池中与刘祥光、彭明辉教授赤袒相见（据说，周惠民、唐启华教授也是游泳高手，可惜无缘切磋泳技）；刘季伦教授拨冗载我去阳明山踏青，聊天说地。如果说遗憾的话，就是政大历史系的教授们的海量豪饮，名扬学界，且有"前三强""后三强"的传承，而我不善饮酒，也无缘见到系上诸强豪饮论学的场面。

客座结束后，我与政大历史系的学术联络仍频繁：2007年，政治大学、珠海书院与我服务的浙江大学在杭州共同举办了研究生论文发表会，唐启华、彭明辉教授率台湾的研究生来参加；刘维开教授多次来杭州参加学术会议，举办讲座；我曾在《政大历史学报》上发表拙文。每次去台北，都要去政大校园转转，见见老朋友。

我与政大历史系的学缘，也延续到了下一代的学生与学者。我先后任职于南京大学与浙江大学，在两校指导的博士研究生，都有人赴台查资料，每次都是政大历史系或人文中心作为接待单位，代办赴台手续，相关教授们对他们悉心教诲。政大博士班的同学赴大陆查资料时，我也尽绵力予以帮助。

深以为慰的是，我与政大历史系的学术交谊持续了三代：蒋永敬教授、胡春惠等教授是老师辈，对我爱护指导；周惠民、刘维开、唐启华等教授是同辈，相互砥砺帮助；而我在大陆任教学校的赴台博士生，在政大客座时教过的学生，是更有希望的新一代。我与政大历史系每位师生都有值得记忆的故事。

其中最骄傲的事情是，我在政大教书时的研究生尤淑君，入职浙江大学历史系专任老师，成了我的同事。2011年我与浙大人文学院院长访问台湾，请周惠民教授举荐优秀人才，周教授推荐了尤淑君。当时淑君取得博士学位，尚未找到正式工作，在一所学校里兼课。师生在台北的见面会变成了招聘面试会，院长对淑君很满意，当场敲定聘她来浙大任教。尤淑君秉承了政大历史系博士生能干、踏实与努力的风格，在浙大各方面表现优异，受到师生的好评，获得不少的学术荣誉，是同年入职青年教师中最早晋升副教授的。

政治大学历史系建系50周年来，在学术研究与人才培养方面，取得辉煌成就。我这个曾经在系里短暂工作的人，也感到欢欣鼓舞，与有荣焉。

任教政治大学期间,带领学生参观"国史馆"

50 年光阴不短,但对于一个知名学府的历史系来说,大概只能算少年时代,振翅欲飞,前程不可限量。热切期盼政大历史系能海阔天空,快马加鞭,有着更加辉煌与光明的未来。

(刊于周惠民《舞史风华:政治大学历史学系五十周年纪念专刊》,台北政治大学历史系,2017 年 5 月。)

世间再无蒋老师
——悼念蒋永敬教授

晚上7点半刚进家门，内子就说，你赶快看下手机吧，响好多次了。我一看，有8个未接电话，再看微信，也有几位好友留言，内容是一致的："蒋永敬老师于26日凌晨仙逝。"

最可靠的信息是好友刘维开教授发来的，他是蒋老师的大弟子：

> 红民兄：一个不幸的消息，蒋老师于今天上午2点36分离开了！蒋老师过年期间发现身体状况不好，住了一个月的医院，出院后复原得不错，但是上星期有状况急诊住院，昨天上午我去看他，他知道不行了，没有想到晚上病情急转直下，于凌晨过世，难过！

最后一次见到蒋老师，是去年7月在南京大学中华民国史中心召开的会议上，96岁高龄的他飞越海峡赴会，发言条理清晰，令人感佩，但言谈中也感到他的精神体力明显不济，隐约有些担心。

人终有一死，蒋老师仙逝时96岁，算是高寿人瑞。他著作等身，桃李满天下，笔耕不辍，刚有新书出版，作为学者，此生可谓鞠躬尽瘁，死而无憾了。更何况，他去天堂与师母团聚，也不会孤单。得到讯息，我虽感意外，愣了很久才回过神，难过却不十分悲伤。

晚上，坐在电脑前，寻找蒋老师的照片，回忆与他交往的往事，脑海里闪出：世间再无蒋老师。关心我的那个蒋老师，已渐渐走远。

（一）"不打不相识"的师生

我与蒋老师属于"不打不相识"。

20世纪80年代初，我的硕士毕业论文选择胡汉民研究，当时蒋老师关于胡汉民的研究已名满天下，一方面他的"台湾观点"正可作为大陆新学人批评的参照，另一方面，他在台湾也受限制，研究中确有缺陷。我特意选择了他"刻意回避"的晚年胡汉民来研究，论文得到大陆民国史大家李新先生的好评。1990年，两岸关系解冻，蒋老师与师母返乡探亲路过南京，指名要见我。未出茅庐的我，初见身材魁梧的蒋老师兴奋中带着胆怯，忐忑不安。他开口就说，我们都研究胡汉民，是同行，你的研究有新意。我一下子放松许多。师母随后和善地问我年龄，居然与他们的幼子同年，顿时又多一份亲近感。

蒋老师故乡是安徽，每次返乡要从南京过，南京大学茅家琦教授、张宪文教授都邀他作学术报告。后来，蒋老师干脆在南京买了房子，每年春秋两季来宁小住，见面聆教的机会就更多了。他把我当成编外的弟子，常带些台湾的资料与自己的论著。蒋老师80大寿时，他在政治大学的弟子张力、刘维开等要每位学生写一篇论文，编成《史学的传承》作为贺寿之礼，承他青眼相加，我也写了一篇与胡汉民相关的论文登堂入室，"混

入"蒋门弟子行列。该书体例,每位学生须自述与蒋老师的因缘。我写道:

> 硕士学位论文以晚年胡汉民为题,拜读蒋老师大作,宏论洒脱,钦佩无已,惜无缘聆听教诲。两岸关系冰融雪化,老师还乡之际,约见于南京,由此忝列学生列,耳提面命十余载。传道解惑,指点人生之余,间或宴请,师生情谊,非长篇无以道尽。两岸隔绝已久,史学理念与史料处理稍异,拙文斗胆与老师商榷处,老师不以为忤,时加鼓励,赠以《师说》墨宝,许以"同为研究胡汉民者"。

据说,蒋老师学术眼光与要求很高,参加学术会议或者学生答辩时,常常"修理"人。这在我与他的交往中完全体会不到,他总是鼓励有加,"激励教育"。

蒋老师怎么指导我学术的,一时还真想不起来,记住的都是他各种请客下馆子的情景。蒋老师与师母每次来南京,都会请客,开始是在高档饭店,如金陵饭店、丁山宾馆、钟山宾馆等,我算是见了大场面;慢慢地就改在他家附近的小饭店。一见面,他就会说发现了什么新馆子,菜品如何好,价钱如何公道,带我们去。奇怪的是,他家门口的小饭店总是开不长,基本上是隔年再来时就关张了。我们戏称蒋老师厉害,"吃一家,倒一家"。后来,我们的收入提高了,改为我请他。蒋老师晚年尤嗜荤菜,完全不忌口,大鱼大肉上桌,他旁若无人,筷子直指鱼肉。我每次点菜,内子都要重新查看一遍,唯恐荤菜不够。师母解释说,蒋老师40多岁时,胃大出血住院,几乎丧命,手术切除了三分之二。术后恢复良好,消化吸收特别好。胃口好能吃,身体也好,应该是蒋老师长寿与学术高产的秘诀之一。

（二）蒋老师对我的关照

蒋老师对我不满意的地方，应该是不会打麻将。

蒋老师是雀坛高手，台湾史学江湖上有不少关于他打麻将赢钱的传说，有的相当离谱，属于传奇了。他在南京小住时技痒难熬，邀人到家中雀战，有时三缺一，我在场又不会打，让他失望。有次，我陪他去桂林讲学，飞机严重误点，蒋老师开始还抱怨，听说机场有麻将室，立即来了劲，刚好又是三缺一，蒋老师对我说，今天一定把你教会，输了钱全算我的。几把打下来，他把牌一推："不打了。"对我一脸的嫌弃，似乎是说，这么简单的事都学不会。后来，在政治大学为他办的90华诞祝寿会上，一位老同事也当众说被蒋老师强拉上牌桌的趣事。蒋老师晚年，牌友或年迈，或凋零，打牌机会更少了。功夫不负有心人，他学会了在电脑上打麻将，自得其乐。蒋老师自述，他迷上电脑麻将，一度到了废寝忘食的地步，"好玩"！"带劲"！

蒋老师对南京大学、对南京大学民国史中心的感情，在台湾学者中首屈一指。他多次在民国史中心讲座，使无数学生受惠。他将自己珍藏一生的书籍大部分捐给了南京大学民国史中心。当时我刚调到浙江大学，去台北开会，承张宪文老师之命代为接受。林桶法兄与我带着政大的几位研究生，到蒋府整理、装箱打包，几十箱的书，忙了整整一个下午，衣衫尽湿，腰酸背痛。我跟蒋老师开玩笑说，浙大的台湾书比南大要少很多，是否可以给浙大一点？他正色道：这次全给南大，你的事以后再说。

我到浙大后，蒋老师的关心并未稍减。浙大蒋介石与近代中国研究中心成立后，他受聘担任客座教授，为我们壮声色。蒋老师研究蒋介石的成果很多，在台北人称"永敬蒋公"，有着双重含义：一是他的名字，二是他对那个"蒋公"的态度。

2010年，我们主办大陆首届蒋介石与近代中国国际学术研讨会，蒋老师亲临盛会，作主题发言。2014年，我获悉他到南京变卖房产，恐怕以后来大陆的机会越来越少，就与他商定，在杭州办一个"蒋介石与抗战"的工作坊，请他主讲。当时的担心是，他年事已高，南京与杭州间的交通无人陪护。幸好李继锋教授父子也从南京来杭参会，全程承包陪护任务，免除我后顾之忧。

蒋老师的关心，也惠及下一辈学生。2013年底，我与浙大蒋研中心的几位博士、博士后去台北查资料，应约去老师在淡水的寓所拜访。我以为只是礼节性拜访，没想到在客厅坐定，蒋老师拿出讲稿，正式授课，整整讲了一个小时，后面还有学生提问请教。那次，我的外甥女正在台北旅游，随我们同去，蒋老师见她乖巧伶俐，特意赠给一本刚写好的书法作品，小姑娘很是开心。授课完毕，蒋老师请客，说要带我们去一家好吃的馆子。跟着他东拐西拐走了挺远的小路，终于到一家小店。那家的菜真没有多少特色，口味也普通。一直没弄明白，老师为什么要拄着拐杖，走这么远带我们到这家饭店。

2017年是浙大蒋研中心成立十周年，要做本纪念册，临近开印时，我突然想起蒋老师常年习字，一手小楷十分了得，时常将得意之作赠人，就发电子邮件请他写幅贺词，以增光彩（蒋老师年逾九旬，还能用电子邮件与外界联络，也属罕见）。发出邮件，转而踌躇他是否愿意写，及如何交接。不料他第三天就回复邮件说写好了，交给刘维开教授设法转来。

我邮箱里蒋老师发来的最后一封电子邮件，是他 2017 年 12 月 25 日对前一天我与内子祝贺圣诞与新年的回复：

红民兄：敬谢贺年，并祝新年快乐。蒋永敬

蒋老师的收山之作是《多难兴邦》，原定 4 月 28 日在台北举行新书发布会，老师亲自出席的。他重病时还惦念此事，问世安大哥"今天是不是 28 日"。遗憾的是，就在发布会前两天，蒋老师永远离开了我们，离开了他忘不了的书。

在《多难兴邦》的"自序"里，蒋老师用不短的文字，提到了我们研究的交集，对我 30 年前的"学术批评"仍"耿耿于怀"，也算是他对这段师生情谊的最后小结：

> 陈红民教授对于胡汉民的研究，最为杰出，其所辑注的《胡汉民未刊往来电稿》，珍藏于美国哈佛燕京图书馆，四十二卷、两千多件，经陈教授辑注出版后，分装十五巨册。该书的前言中，陈教授对台湾、大陆、海外其他地区有关研究胡的著作，作了详细的评介。其中很有意思的一段话，是对本人的《民国胡展堂先生汉民年谱》的评语，说是"该年谱存在的瑕疵，是对 1931 年'约法之争'后期的活动记述，相当简略，与此前的内容，不成比例"。此评可谓一语中的。著者有幸，本著第二部分的"约法之争与汤山事件"，算是有了补偿。

世间再无蒋老师。蒋老师虽然离开了，但他治学的严谨态度，提携后进的精神,是我终生的楷模。

　　蒋老师在天堂与师母团聚,从此不再彼此牵挂。祝老师一路走好!

（"澎湃新闻·私家历史"2018年4月27日推送。）

痛悼敬爱的胡春惠教授

2016年3月21日，上午出门前接到友人电话，称香港珠海书院文学院院长、亚洲研究中心主任、台湾政治大学历史研究所前所长、浙江大学蒋介石与近代中国研究中心客座教授胡春惠教授于3月19日病逝。

一时愣住，不敢相信，况且这电话也是听说。为确实起见，一面用微信向在香港的郑会欣兄求证，一面退回桌前，直接给珠海书院亚研中心的秘书发去邮件：

周小姐：好！

间接听说贵中心胡春惠教授病重，甚念。

不知其现状况如何，请告知。

陈红民

之所以以病相询，是不愿接受更坏的结果。但是……

会欣兄回复说，消息确实，珠海书院的网站上已公布。珠海亚研中心也回复邮件：

陈教授：

谢谢您的关心。因周小姐刚好放假两周，本人既是中心之职员，也是胡老师的学生，只好代她回复。告诉您一个很不幸的消息，胡老师已于周六晚（19号）离世。这是一个大家都难以置信的事实。作为学生和职员,我们也只能忍痛接受胡老师突然离去的消息。

亚洲研究中心江燕媚敬覆

白天的时间被几项预定的活动挤得很满,却一直想着胡老师,有点心不在焉,胸口很闷,隐隐作痛。晚上回家,想起老师生前待我各种的好,如今溘然仙逝,从此痛失良师,不禁悲从心底起,潸然泪下,失声痛哭。

心绪稍定,打电话到台北胡老师家中。以往打电话,胡老师马上就能听出来,然后用他特有的河南口音悠悠地说"红民啊"。但这次,再也听不到胡老师的亲切呼唤了。胡老师的女公子告知老师去年底查出癌症,已是晚期。老师走得安详,家人陪伴了他最后一程。我请他们节哀,照顾好师母。

长歌当哭,须在痛定之后。先写与老师交往的一些琐事,哀悼敬爱的老师。

真记不起最早是何时与胡老师见面的。他与我的老师张宪文教授是同辈好朋友,常去南京。当面聆听教诲的机会很多。胡老师特别乐意扶助后辈学者,有口皆碑,我们自然地成为忘年交。

2006年,我从南京大学调到浙江大学,胡老师可能是觉得年轻人(他一直这样看我)到陌生的环境困难,对我格外心生怜爱,并转而鼎力相助。胡老师开创的一个学术品牌是"两岸三地历史学研究生论文发表会",轮流在台北、香港与大陆各地开。之前他们合作的大陆单位,是北大、复旦、南大等史学非常强的名校,但2007年第8届时,老师同意与我任职的浙大近现代史所合办，为我站台撑场子。那次会议非常成功，首次突破了地域的界限，邀请到日本、韩国与新加坡的研究生加入。会议使许多年轻学者得到交流与提升的机会，获益良多。

2008年，胡老师在香港主办"宋美龄及其时代"国际学术研讨会，特意邀请浙江大学蒋介石与近代中国研究中心为合办单位，使这个新学术单位首次在国际会议上闪亮登场。我的几位年轻的同仁，也首次参加国际会议。到会的大牌学者不少，老师却让我在闭幕式上作学术总结。会后编辑出版论文集，老师又拉我与他共同主编，明显是抬爱。

浙大蒋研中心的成长，也离不开胡老师的支持。他欣然受聘中心的客座教授。2009年，我们申报举办"蒋介石与近代中国"国际学术研讨会，获得教育部批准后，我向胡老师报喜。老师非常高兴，说在大陆推动蒋介石研究，也是他的心愿，浙大做成这件事不容易，要全力支持，珠海愿意出钱合办。这样，在中国大陆首次举办的蒋介石国际学术会，是由海峡两岸暨香港、澳门的学术单位（台湾方面是中正文教基金会）联合主办，更多了学术以外的意义。

之后，2012年、2014年，胡老师的珠海书院亚研中心又与我们在杭州合办了第二届、第三届蒋介石与近代中国的国际学术会议。有件小事，可以说明他对我们的事情有多上心。2012年的会议上，胡老师与杨天石教授、山田辰雄教授、张克夫董事长共同商定，每两年由浙大主办一次蒋介石研究国际学术会议，大家支持。2013年底，我在台湾教书，突然接到胡老师的电话，说讲好两年一次的会，2014年要开，你有计划没，我好

胡春惠教授在首届蒋介石国际学术研讨会上致辞

筹钱。我原打算回杭州后再筹办，被老师一催，加快了步伐。

每次与胡老师合作办会，心里都特别踏实，双方合作无间，老师指挥若定，我们背靠大树，具体操办，堪称"天作之合"。

胡老师与师母对我爱护有加。我访问香港，他邀去珠海演讲，晚上设宴招待，并将儿子、儿媳一起叫来作陪。去台湾时，只要他在台北，必定邀我去家里，师母是山东老乡，包饺子招待，当场就有了到家的感觉。老师多次说，到台北如果没处住，可住在他家里（我虽没住，但确有不少大陆朋友住过）。老师、师母到南京，来杭州，我们也设宴招待，欢聚一堂。

20世纪90年代中期我初次访问台湾，羡慕台湾教授有房子车子，胡老师说，你也会有的。我说不知要到猴年马月。这件事后来常被他拿出来调侃，说你现在不但有房子，还有两三套（指南京、杭州两地），早超过台湾教授了。

因为办会的关系，胡老师认识了浙大的领导及协办会议单位的领导，他逢人必夸奖我们，说蒋研中心不容易，在学术界有多大影响等。虽是过誉之词，但以他在学术江湖的地位与辈分，加上"远来和尚"的身份，确实加深了学校领导与兄弟单位的印象，有利于我们打开局面。

胡老师关爱的目光也投射到浙大蒋研中心青年学者与研究生的身上，他邀请中心年青学者赴港开会，在其主办的《亚洲研究》上发表论文。每次开会，他都专心听青年学者（学生）的报告，提出中肯的建议。我们在浙大，也接受过珠海书院学生的参观与考察。

悲痛之中草就，慌不择言，丧师之痛，无以言表……

胡老师，我们永远怀念您，感谢您！

胡老师，您一生辛苦，请在天堂里安息吧！

（"近代中国"网站，2018年12月3日推送。）

豁达的小计
——与计秋枫教授交往几件事

计秋枫教授的学生们要在他辞世周年之际出本纪念文集，计夫人约我写篇小文，并转来了李继锋教授的文章，大概是要我观摩，作为写作范本。

计秋枫辞世后，我就不时有写点什么的念头，但迟迟未落笔。纪念文集出版，是个契机，否则，这篇文字真可能胎死腹中了。

年龄渐长，阅世经事亦多，知道身边的亲人师友终有分别的一天，如今识遍愁滋味，写回忆文字，不会再用"天妒英才"这样感情充沛的词了。其实，即使文章再华丽，再情真意切，逝者是看不见的，更多的是作者对自己感情的梳理与交代。每次回忆，更像是作者照一次镜子，看看自己曾经的过往。

计秋枫生前，我与周边的同事朋友一样，一直叫他"小计"。这样叫也是有资格的，我年长他几岁，上学、入职都比他早，倚老卖老，叫他小计，也不算是占便宜。

小计1979年进入南京大学历史系读本科，晚我一年，1984年再回母系读研究生、毕业留校任教，都晚我两年。我们同事多年，专业不同，他研究国际关系，我研究民国史。外人看，可能是一个单位研究历史的同行，但在历史学科内部，这是天壤之别的两个领域。历史系老师不算多，但我们的交集也不多。

对小计的印象浮浅，大家叫他"小计"，重点在"小"——在南大历史系的圈子里，他人机灵，喜好文体运动。仅此而已。

与他交往多起来，是因为共同的朋友圈。小计的大学同班同学李继锋，是我同专业的师弟、好朋友，而小计的研究生师兄宋黎明，与我大学同班。读继锋忆小计的文章，不少场合我都在，心有戚戚焉。宋黎明漂泊海外，每年回国访学，我们见面的场合，小计基本上都在，如果不在的话，谈话中也多会涉及他。可以用两个关键词来归纳我与小计见面的一般场景：掼蛋（一种扑克游戏）、吃饭。

2006年，我离开南京，去浙江大学谋职，开始了家在南京，工作在杭州的"双城生活"。其间，不断传来小计"高升"的消息：先是历史系副主任，后是南京大学图书馆馆长，还兼着哪一级的"政协委员"。高兴之余，也替他捏把汗，觉得他没有做行政的能力，不要搞砸了。后来听说小计的工作很出色。可见，我对小计的了解，也就止于表面，低估了他的能力。

人，有时连自我都认识不清楚，千万不要拍胸脯打包票说了解他人，即使是挚友。对小计的评价，组织上早有结论。以下片断，仅是个人见闻所及。

小计对我的支持。2016年12月20日，浙江大学蒋介石与近代中国研究中心在杭州召开会议，是我为完成国家社科重大项目"蒋介石资料数据库建设"向档案界与图书馆界的朋友寻求支持。南京大学图书馆馆藏的民国书籍与港台书籍在国内高校名列前茅，我邀请身为馆长的小计参加，他欣然答应，亲自带队来杭州，全程参与这个与他的专业无关的会议。他在会上慷慨表示，只要南京大学图书馆的资料，陈红民需要，一定无条件提供。会场气氛顿时达到高潮，我感到了来自母校与朋友的温暖。晚餐时，他私下对我调侃说，你现在在浙大混得不错嘛。言下之意，他其实挺担心我到浙大的境遇，通过实地观察，放心了。日期写得这么具体，是整整两年后，小计与我们永别。

小计生病。得知小计生病的场合有点戏剧性：2017年上半年，南京大学邀我去给本科生开一门课，每周五晚上开课。偶然一次讲课没有什么，连续讲一学期课，两地奔波，风雨无阻，有点小辛苦。通常我是周五下午从杭州坐高铁到南京，再转坐地铁到仙林，在"蓝湾咖啡"稍坐歇息，吃点东西，径直去教室上课。那天，在咖啡馆意外遇到孙江，他邀我去包间，里面坐着张凤阳、闾小波与小计，4人在掼蛋，谈笑风生。我不多打扰，匆匆点了碗面条，吃完就告辞去上课。路上心里犯嘀咕：南大这几位名教授，周五大好的时光居然在掼蛋？稍后，孙江私下对我解释使真相大白：那天是计秋枫手术后刚出院，几位好友放下手边的工作，陪他散散心。第一次知道小计癌症，再一回想，他在牌桌上的表现，怎么也不像是大病手术过的人啊。

小计也有犯难时。我到浙大不久，李继锋有次约见面，说小计有事。3人见面，原来是南大推荐小计申请韩国高等教育财团资助去韩国访学一年项目，要听听我的意见。我说能去当然好，还夸张地说了自己在韩国一年的种种收获。谈话间，小计面有难色地说，他万事俱备，且太太这一年正好在韩国教书，如能成行，正可二人在异国共同生活一段。但项目的申请规则有变，要求一位韩国教授提供接受进行合作研究的证明，问我能否找韩国朋友帮忙。我犯愁了，是认识些韩国学界的朋友，但他们能否愿意为一位不认识，且专业不同的学者写证明，完全没有把握。小计说，你能介绍就介绍，不能介绍也就不勉强吧。话虽这么说，但完全没有了平时那种看上去什么都不在乎的潇洒神气。我觉得这个忙一定要帮，就试着给首尔大学柳镛泰教授（曾任韩国中国史研究会会长）写邮件，幸运的是，柳教授愿意出具证明。其后，小计如愿去了韩国。夫妻因不同的项目在海外相会，应该是他们人生中难得的一段时光吧。

尴尬的一段地铁。2017年秋天，继锋请我去他供职的单位讲课，晚餐时，继锋巧妙安排，请陪同人员离开，小计与宋黎明随后赶到。4人吃饭、掼蛋、聊天，好不快活。组个牌局掼蛋，是朋友们在小计手术后安慰他的最佳办法，大家度过了一个愉快的晚上。分手各自回家，我与小计同乘一班地铁。这是他病后我们首次独处，刚才4人还欢声笑语，这会我竟不知要说什么，也不敢直视他。谈病情吧，怕加重他负担；说让他保重吧，似乎多余也无力（记得我从未当面问过他病情，也未多关照他，从来都是把他当一切正常的朋友，该调侃调侃，该说笑说笑）；扯点别的，场合气氛又不对。相对无言，突然觉得这几站地铁真是无比漫长，记得后来还是说到他女儿考学的事情，他有兴致，才避免了尴尬。

最后一面。2018年12月9日，我回母校参加民国史中心举办的学术会议。我本拟利用会议日程上2个小时的空档时间去为同学的新书发布会捧场。出门之前，宋黎明打来电话，他说小计癌细胞已转移，病危，且住院的地方离仙林校区不远。我遂改变计划,去探视小计。与宋黎明在地铁站碰面,走到医院。一路上天气阴晦,冷风劲吹。宋黎明告诉我,小计对生死早已看得很开,自己选了墓地,趁精神好时,去拍了照片做未来的遗像(之前,孙江也告诉我小计拍遗像的事。当时还不知那篇后来广为传播的遗言也已写好)。我们到病房门口,陪护的学生说小计刚才睡了。我们进去,计太太唤醒了正闭目养神的他。小计睁眼认出了我,很兴奋。拉着我的手调侃说,陈红民你穿这身很帅(我是从会场去的,一身西装),又说想起我们的许多事情,但不能表达。我让他好好休息,好好养病,出院后我们再掼蛋。他开心地笑了。怕他太累,聊了约10分钟,我即离开。

我见到最后的小计,是笑着的小计,豁达的小计。

小计捐献眼角膜与自己写好告别会答谢遗言的事迹,与"大笑三声,送我上路"的豪气,打动了无数的人。世事沧桑,多少英雄豪杰、贩夫走卒来此走过一遭,如此淡定,从容不迫地看待生老病死,视死如归的,能有几人?!小计,你是我的榜样。

人生是一趟没有回程的列车,熙熙攘攘,有缘坐在同一节车厢里,成了亲人、朋友。有人先下车,有人还要再赶一段路、看一段风景。先走的,安息!还在车上的,珍惜!

(刊于李冠群、王帅《春华秋实:计秋枫先生纪念文集》,南京大学出版社,2019年12月。)

送别蕴茜

最坏的消息传来,与蕴茜的先生简短通话。本是想劝慰他,自己先哽咽起来,两个男人都说不出话来,彼此抽泣……

稍静下来,打开蕴茜的微信,从头到尾看一遍,那个善良、美丽、典雅、细致、认真、才华横溢的陈蕴茜活生生地站在面前。趁着她还在去天堂的路上,忍不住又像往常,给她微信留言:

> 蕴茜:最后一次给您留言,跟您说话了。您看不见听不到,但心里一定知道,大家有多么地不舍,会永远记得您,想念您!

谁会相信她就这样决绝地离去,她一定更舍不得这个世俗的世界和爱她的朋友、学生……

(一)我的学生陈蕴茜

蕴茜读研究生时,我刚毕业留校不久,连续几年奉命充任本专业研究生辅导员。我是典型的"甩手掌柜",基本上任由同学"自治"。到她那一级时,心更大,因为蕴茜担任班长。她是南京一中的才女,高分考上南大,一直担任学生干部,家世好、爱学习、办事周到,一直就是"别人家的孩子",老师们眼里的"乖学生"。在蕴茜等人的领导下,她们那班各方面都很好，"自治"能力极强。我乐得偷懒，只偶然兴起时去男生宿舍侃过几次大山。

有天，我与内人逛街，在店里偶遇蕴茜，她发现我们，有些扭捏不自然。我纳闷间，发现她不时将目光转向边上一个男生，男生尴尬地笑。蕴茜只好红着脸介绍说，是她男朋友。那个时代，读书期间谈恋爱逛马路，被辅导员撞上，还有些难堪。我也是首次遇到这种状况，便故作镇定，问小伙子是哪里的。回答是南大经济系的。小伙子浓眉大眼，文静大方，绝对配得上陈蕴茜。后来，他们组成了幸福的家庭。蕴茜为人处世落落大方，有些难堪的场面善于用玩笑化解，我却永远记得她那天的羞涩。

不久，她毕业留校，成了同事，各自忙碌，日常交往，事过无痕。记得她毕业即担任本科生辅导员，待学生如子弟，婆

南京大学中华民国史研究中心合影（后排右三为陈蕴茜）

婆妈妈各种管理唠叨。有天求我说："陈老师，今年学生分配前景不看好，我要求他们都考研究生，您给辅导一下，敲打敲打。"过几天，真的拉了三四位学生来，我认真地给他们划重点，说要领。不知是辅导方法不当，还是学生本就不上心，我辅导的那几位当年都没考上，只能对蕴茜抱歉，她唉声叹气地说，都怪学生不争气，"这帮孩子，真没办法"。

前两天见学生回忆说，蕴茜当年找了系里各专业的老师对班上考研同学针对性地考前辅导，看来并非仅找我一个，真是一片苦心。

（二）勤奋的才女

回忆蕴茜的文章，都说到她的才华横溢、美丽知性、淑女风范，她是学生眼中女神般的存在。确实，没有多少人能达到她的境界与水准。大家都看见她在优雅地飞，还飞得高，却很少有人知道她翅膀有多重，飞得有多累。

蕴茜说话语速快，走路步频快，做事风风火火的样子，熟悉的人在远处听到高跟鞋"笃笃笃"的声音，通常就是她来了。

蕴茜的先生因工作长期在外奔波，南京家里的事情靠她一人搞定，特别是有段时间独自带着年幼的孩子，承担着家务、工作、学生，方方面面都要安排好，很难。同事们评论她是位好妈妈、好妻子、好朋友、好老师、好同事、好学者，要把这一切都做好，谈何容易？她做到了。这年头，做一个学者，要承受很大压力，做一个好的女学者，承受的压力就更大。

2001年，蕴茜获选哈佛燕京学社访问学人计划，在哈佛大学访学一年半。她珍惜来之不易的机会,在哈佛期间多看书、多听课、多交流。也就是在哈佛期间,她放弃了原来的构想与大致准备妥当的资料,确定以新接触到的文化人类学的方法来重新构架博士论文,但这等于放弃所有熟悉的史料与方法,重起炉灶,需要多大的勇气。在这个过程中,她也有过彷徨犹豫,甚至后悔……

次年,我有机缘再次去哈佛燕京访学,与蕴茜租住在同一幢房子,楼上楼下,房东是共同的熟人。那3个月里,目睹了她的辛苦:她带着宝贝女儿在美国访学,美国小学下午放学很早,法律又规定小孩子不能独自在家,每天接送孩子是固定的功课(有几次,我还帮着照看过她女儿)。哈佛大学各国的学者人来人往,学术交流活动多,蕴茜爱学习也爱热闹,想参加的活动多,但为了孩子,有时不得不放弃,两头为难,加上改换论文题目的事情,一直拿不定主意,也会着急上火。

她的博士论文写作速度不快。我因有自己博士论文拖拖拉拉误事的教训,时常倚老卖老,善意地提醒她抓紧写论文,早点完成答辩,甚至见面就催。她知道其中利害,虚心接受我的建议,但又因手边其他工作太多,腾不出时间专心写论文。估计她后来都有点怕见到我,因为祥林嫂式的唠叨太烦人了。答辩完成后,她感谢我的催与逼,我也坦然受之,觉得与有荣焉。

好在功夫不负有心人,蕴茜慢工出细活,出好活,写出了一篇为学界称道的博士论文,成为经典。

是的,蕴茜家境比较优裕,从小聪颖过人,酷爱学习,对史料与理论有着特殊的敏感,这是研究历史难得的条件。外人看来，她人生一路开挂：中学、大学一路读到研究生，都是名校，名师指导，毕业即留在系里教书，哈佛访学，年纪轻轻就当教授博导。然而，她也是普通的女生、平凡的女教授，看似平坦的路，背后艰辛的付出，苦恼与困顿，更有谁知？！单说病后7年多的治疗、康复，3次大手术，身体的痛与心里的苦，别说弱女子，就是硬汉子也难撑下来。

蕴茜善良，领导同事朋友甚至学生让做的事，她都不会拒绝；蕴茜要强，样样不甘人后；蕴茜是完美主义者，凡事都想做到尽善尽美。繁忙的工作使人充实而有成就感，但长时间紧绷的工作节奏，会很累。多年前一篇挺轰动的小说《人到中年》，写一位中年眼科医生，超负荷工作，累倒病危的故事，里面有句台词是："金属也会疲劳的，何况人呢？"我一直觉得，蕴茜的故事就是现实版的"人到中年"，她患病，她的英年早逝，与其完美主义的自我要求、长期超负荷的生活与工作节奏有关。

蕴茜苗条纤细的身躯里，迸发出巨大的能量，她做出了远超过55岁自然生命的事情。她是用燃烧生命的残酷方式，成就了才华与美丽。

（三）与病魔斗争

蕴茜助我很多。知道我去浙大，她将在浙大工作的朋友介绍给我，约在一起吃饭。我的学生晋升职称，她给写推荐意见，尤其是她在生病后，还勉为其难地接收我的学生做博士后。有位编辑看到我发蕴茜去世消息，特意告知，是蕴茜最先向她推荐我的。

2013年底，在去台北的飞机上，刘云虹告诉我蕴茜得病的消息。她们是大学同班，毕业后都在南京工作，是"同学+闺蜜"。见我吃惊，云虹宽慰说，发现得早，手术效果很好。待春节回到南京，我们去蕴茜家探视。她家里收拾得清清爽爽，一尘不染，临别，她坚持要送我们下楼、目送上车。

病后的头几年，蕴茜坚持工作，带学生，写论文，参加学术活动。每次她都穿戴整洁，笑容示人，不知内情的人，完全看不出是手术后的病人。有次她来杭州开会，大家见面，既为她能做事情欣慰，也隐隐地为她的健康担忧。微信联系时，我总劝她多休息，有些事情该放下就要放下。

2017年春节，蕴茜的学弟李卫华邀请她与我三家聚餐，蕴茜气色与精神非常好，并说过一段她来请客。我回南京，几乎每次都约，终因她的病情反复，再未聚成。

她一直称内人为"大姐"，我们也将她当成妹妹。自她病后，大家心中十分怜惜。每次见面，我都会轻拍她的肩膀，合影时也手搭在她的肩上，希冀她能感受到亲友们支持的力量。病后，她积极锻炼，学习气功，我有时也发几张运动时的照片，以示鼓励、交流，她积极回应，说要让她先生好好学习。

今年5月，蕴茜病情再次加剧，手术后，我询问病情，她都详细回复，讲病痛的难受与手术痛苦，但对康复充满信心，并相约重游哈佛，再访杭州。6月25日端午节，我们微信互道安康。

7月7日，我见学衡研究院的微信公众号推出《陈蕴茜教授论文微合集》，隐约觉得事出有因，读孙江兄的文字，说明我的预感正确。我当即转发朋友圈并推给蕴茜,迟迟未见回复,这显然不是她的风格,不祥之感加重,赶忙向云虹等人求证,果然……

悲剧,就是将美好的东西毁灭给人看。蕴茜有篇论文的标题是《山歌如火》,她微信的头像是一朵孤傲鲜艳的荷花,这是她生命的隐喻——如火,似花!她是如此热爱生活,她让朋友感到温馨,她把枯燥的学问做得生动,她将日常的生活变成精致。可是,却在55岁的大好年华,离开了她爱的人与爱她的人,怎能不让人难过与感慨,这也是她逝去时学界同悲的原因所在。

一切都由命定。我宁可相信,是上苍不忍看到蕴茜这么忙碌,这么累与痛,给她找个安静而美丽的地方,请她在天堂里好好休憩,远离病痛……

"尽人事以听天命"。不管多么地不舍,我们就接受事实,送别她上路吧。

(2020年7月28日"澎湃新闻·私家历史"推送。)

敝帚自珍

《函电里的人际关系与政治——哈佛燕京图书馆藏"胡汉民往来函电稿"研究》后记

偶然的机遇会对人生历程产生重要的影响。做学问、选择研究课题也是如此。这篇论文的完成，就有偶然性。

受到资料的限制，我对于胡汉民的研究在1989年完成了《胡汉民评传》之后就逐渐停了下来。希望能寻找到另一个有意思、范围稍宽、能进行持续性研究的课题，经过一段徘徊，终于在1995年选定以抗日战争时期的某些"经济复古"现象（包括田赋征实、驿运和"军队大生产运动"等）为未来一段时间的研究对象，那时也有就此课题撰写博士论文的打算，并着手前期搜集资料工作。当年夏天提交给"纪念抗日战争胜利五十周年两岸学术讨论会"（1995年9月，台北）的论文是"论抗日战争时期的驿运事业"。10月，在香港中文大学访问期间，与中国文化研究所教授金观涛、《二十一世纪》编辑刘青峰聊起关于"经济复古"现象的研究，他们表示出极大的兴趣。金观涛教授当即表示，这个课题可列入他主持的研究计划，希望能在次年春节前后将写作提纲给他，尽快完成一本专著由香港中文大学出版社出版。这一提议使我大喜过望，承应了下来。1996年初，我获得哈佛燕京学社访问学者的资助，最初申报的课题就是关于"经济复古"现象的研究。

当我在哈佛燕京图书馆吴文津馆长引导下来到善本书室，善本书室沈津主任从保险柜中取出厚厚41册的"胡汉民往来函电稿"时，我的心情非常复杂，无以言状，但有一种感觉非常清晰，这就是，我在美国的研究计划，甚至未来一段时间的研究计划，都得要改变了。"经济复古"的课题由此搁置。《二十一世纪》1997年2月号曾发表了我一篇以"经济复古"为研究对象的论文。2000年初我赴香港参加会议，金观涛教授在电话中仍催促尽早完成那本书稿。对此盛情，我一直深怀歉疚。

刚开始接触"往来函电稿"，只希望将它用于胡汉民研究，笔者自信能判断出哪些函电是"有用的"，做些摘录也就基本满足需要。如此，可以省时省事。但几天后，我就意识到，它的价值绝不限于胡汉民本人，每件函电至少还涉及另一个人，许多人与事是笔者所不熟悉的，也就不能妄断其价值为"有用"或"无用"。因此，笔者决定将"往来函电稿"中的每件函电都录下来，完整地保存一份史料，带回国内。下这个决心就意味着放弃赴美国前制定的其他计划，阅读与录入"往来函电稿"成为笔者在美国一年最重要的工作。

因为是逐字录入，难以辨识的各种字体，不知其意的代号，使得工作进行得异常缓慢。从1996年8月20日至1997年4月23日，8个多月的时间每个工作日都在燕京图书馆，将"往来函电稿"一件件地录入电脑。在过了一段兴奋期后，日复一日，坐在燕京图书馆提供的固定的位置上阅读、录入，工作变得十分枯燥与乏味，尤其是在美国，在哈佛大学这种热闹的地方。

在录入工作的后期，眼睛因长期受电脑荧屏刺激，疼痛难忍。有段时间，我常自问：自己的工作方式是否正确？有必要将一些"没有价值"的函电也一件件从头到尾地全部录入吗？最后，凭着惯性，还是将一切都做完了（现在回想起来，不能不为当时的"笨"决定与"笨"办法而庆幸）。1997年4月23日下午3：35，录完最后一册的最后一个字，我伏在图书馆的桌上，泪水从眼底流了出来。待心绪平静后，即敲下了如下一段"感言"附在这一册的后面：

> 掩卷而伏案，百感交激，泪已满眶。八个月艰苦的日子，终于告结束。从艳阳普照的丽秋，到桃红柳绿的初春，天天在燕京图书馆。这是我一生中最用功，最专心于"学问"的日子。曾戏言哈佛燕京图书馆，是我在美国的囚室，绝非矫情。
>
> 但愿日后能善用这批资料，不负苦心。

学海无涯苦作舟。比起许多学者发愤苦读，甚至悬梁刺股的奋斗，我的这段经历实不值一提。在此引用，也"绝非矫情"，只是提醒自己要记住那段特别的时光。在"善用"材料方面，做得非常不够，至少没有抓紧时间，这篇论文迟至今日始告完成，真有负当年的"苦心"。每念及此，自责不已。

做学问的道路艰辛而又枯燥，但在此过程中所结识的师友、所得到的教诲、所建立的友谊却令人终身受益与难忘。在我已不能算短的学术生涯中，幸运地不断有"贵人相助"。如果没有师友、亲人们在本论文搜集资料与撰写过程中的指导、帮助与鼓励，很难想象它能完成。

导师张宪文教授是我学术研究道路上最重要的引路人。我的学士、硕士、博士学位论文都是在他指导下完成的，他还是我的同乡前辈。这是难得的学术"奇缘"。长期在他的指导下开展研究工作，获益之多，难以用笔墨形容。感谢他给我选择论文题目的自主权，感谢他对我一再"拖拉"的宽容。他对论文初稿的建设性意见，已融入修改后的定稿之中。

哈佛燕京学社的资助对本课题研究起了至关重要的作用。学社对资助学者的资格考察十分严格，对受资助者的具体研究却不加干涉，以使他们的收获"最大化"。得益于这种灵活的机制，我才能从容改变原先的研究计划，将在美国的绝大部分时间用于"往来函电稿"的阅读与录入上。哈佛燕京学社社长杜维明教授始终关心我的研究工作，勉励有加。他以哲学家的敏锐，肯定"往来函电稿"的价值，并特别提醒要注意从函电研究胡汉民的人际关系网络，研究那个时代个人与社会沟通的方式等，打开了我思路中的"盲点"，论文中相关部分的内容，均源于他的启发。

哈佛燕京图书馆吴文津馆长（现已退休）对中国现代史有很深的造诣，他凭着敬业精神争取到"往来函电稿"的典藏权，并在可能的情况下开放给学者阅读，感谢他的信任，允许我阅读并录入。燕京图书馆善本书室主任沈津先生国学根基深厚，对旧书信体例和书画均有研究，他不仅每天热情地接待我，且在书信体例、字迹辨认等方面给了大量的、直接的帮助。沈津伉俪对我在美期间的生活也多有照顾。另外，燕京图书馆胡嘉阳女士也提供过帮助。

93岁高龄的华东师范大学王养冲教授，早年担任过胡汉民的秘书，数次接受我的访问，释疑解惑，并亲自修改访问记录稿，认真严谨，令人感佩。

台湾中正文教基金会2000年底资助我赴台访问一个月，得以将珍藏于台湾党史馆的胡汉民资料录回，能将当年被分藏于两地的资料互相参照补充，对研究工作大有助益。党史馆邵铭煌主任、刘维开副主任及林宗杰先生、高纯淑小姐均对我在台研究提供过帮助。

加拿大McMaster大学的巴雷特（David P. Barrett）教授是多年挚友，其博士论文是胡汉民研究。他对"往来函电稿"有独特的见解，并对论文写作提纲提供过建设性的意见。

茅家琦教授是我的硕士导师，他在史学研究方面的精邃见解与孜孜不倦的追求精神，给我许多的启示。正是他的引导与支持，我才选择了以胡汉民为研究对象。

台湾政治大学蒋永敬教授开创了对胡汉民进行学术研究的新领域，他扶助后进，奖掖青年，长期关心与指导我的研究工作。

陈谦平教授与我同时在哈佛大学访问研究，提供过许多帮助。谦平兄与我共事多年，惠助绝不止于此。复旦大学谈蓓芳教授是同期的燕京访问学者，多次伸出援助之手。好友贺军伉俪、张益民伉俪对我在美期间的生活照顾尤多。

台湾"中央研究院"近代史研究所吕芳上所长、张玉法研究员、张力研究员、张瑞德研究员、俞敏玲副研究员，台湾"国史馆"侯坤宏纂修，政治大学历史系主任周惠民教授，香港中文大学刘义章教授、叶汉明教授及其研究生何致远先生，美国哈佛大学（Harvard University）柯伟林（William Kirby）教授、美国康奈尔大学（Cornell University）高家龙（Sherman Cochren）教授、美国格林奈尔学院（Grinnell College）谢正光教授、美国湖森学院（Lake Forest College）陈时伟副教授、日本大阪外国语大学西村成雄教授、日本信州大学教授久保亨、日本中央大学土田哲夫副教授、日本爱知县立大学砂山辰雄副教授、日本甲南大学稻田清一副教授、南京大学历史系主任崔之清教授、张生副教授，中国社会科学院近代史研究所杨天石研究员、《近代史研究》曾业英主编、中国第二历史档案馆马振犊研究馆员、上海档案馆邢建榕研究馆员、江苏省委党校李继锋教授、南京师范大学张连红副教授等，或提供研究资料，或提供研究意见，对本论文的完成均有直接的助益。

论文中的一些章节已分别在《近代史研究》、《二十一世纪》（香港）、《近代中国》（台湾）、《近邻》（日本）、《民国档案》、《南京大学学报》、《档案与史学》、《民国春秋》、"Twentieth Century China"（美国）等学术期刊上发表，各刊的编辑在发表时曾提供不少有益的意见。在收入本文时，均又做了较大修订与补充。

论文中的所有缺失与疏漏，系由于本人学识所限造成，当负完全责任。

多年来，妻子毕纲对我支持不遗余力。我在燕京图书馆录入"往来函电稿"期间，她正独自在南京默默承受着巨大的身体创伤。她也曾在燕京图书馆内帮我校对过录入的"往来函电稿"，并参加将全部"往来函电稿"分册登记的工作。论文写作中的一些统计、制表,是在她协助下完成的。

我的父母所从事职业的性质,与做学问相距甚远,但如同天下所有善良慈爱的父母,他们早年尽可能为我创造良好的学习条件,现在则默默地关心与支持着我的事业。

以上所列,仅是部分对论文完成有直接帮助的师友。当一一写下他们的名字时,仿佛又见到那一双双熟悉而又关切的目光,心中涌起一股暖流,感激之情油然而生。他们的帮助,是完成今天工作的基础;他们的关切,又是今后工作的动力。只有不断努力,方能不负师恩,不负友爱,不负亲情。

(《函电里的人际关系与政治——哈佛燕京图书馆藏"胡汉民往来函电稿"研究》,系博士学位论文,修正补充后由生活·新知·读书三联书店,2003年9月出版。)

张宪文教授与中华民国史研究的"南京学派"

——《中华民国史新论》序言

真正学术意义上的中华民国史研究发端于20世纪70年代，伴随着改革开放的春风而成长壮大。诚如中国历史学会会长金冲及教授在第四次中华民国史国际学术讨论会（2000年9月、南京）开幕词中所言，民国史研究是改革开放新时期以来史学界发展最迅速、成果最丰硕的领域。

南京曾是孙中山就任中华民国临时大总统的地方，是中华民国的首都，保存有大量珍贵的历史档案、图书资料、历史遗迹。南京地区（包括南京大学、中国第二历史档案馆、江苏省社会科学院、南京师范大学等学术研究机构）的一大批学者以地利之便，最早涉猎中华民国史学术研究的领域，取得了海内外学术界公认的成果与贡献，他们是民国史研究的一支重要生力军。2002年秋天，台湾政治大学历史研究所前所长林能士教授在学术演讲中明确提出，在中华民国史研究领域有一个"南京学派"。这是对南京地区民国史研究学者多年辛勤努力的肯定与褒奖。

"南京学派"是一个新概念，内涵与外延值得认真探讨。"南京学派"在构成上不仅包括南京地区学术研究机构的学者，也应包括在南京受到过民国史研究专业启蒙与训练的一大批海外中青年学者。"南京学派"在治史上有五个鲜明的特色：其一、勇开风气之先。"南京学派"是大陆地区最早从事中华民国史资料整理开发与学术研究的，在大到民国史研究的体系与对象、北洋政府与国民政府的评价、抗日战争研究等重大问题，小到具体历史事件、历史人物、典章制度研究与史料考订等方面，都勇于开拓探索，走在了学术研究的最前列，填补了一个个的空白。其二、治史严谨。民国史研究很热门也很敏感，一度成为"显学"，但"南京学派"不哗众取宠，坚持实事求是的科学态度，客观公允地评价历史事件与人物。其三、史料扎实。"南京学派"重视史料，尤其是利用档案资料，使研究成果言之有据，基础扎实。中国第二历史档案馆更出版了大量的原始资料，与学术界分享资源。其四、视野开阔。"南京学派"不仅重视政治史、经济史，也注重文化史、社会史等，其研究成果涉及民国时期的每个时段与每个方面。其五、兼收并蓄，团结协作。"南京学派"既注意吸收人文社会科学其他研究领域的新理论与方法，也注意与海外学者的交流互动，积极组织与参与海内外的各种学术交流。同时，"南京学派"摆脱了家庭手工作坊式的学者单打独斗，针对学术上的重大问题，提倡进行集体合作研究，或联合举行研讨会，或共同出版著作，取得了一批具有重要影响的大型研究成果。

民国史研究"南京学派"的出现，是一大批学者筚路蓝缕、玉汝于成的结果。在学术史上，任何一个"学派"的兴起，都需要一批成果卓著的学者，也必然有其代表性的人物。张宪文教授对"南京学派"的形成与发展有着重要的贡献，是该学派的领军人物。

张宪文教授1934年生于山东泰安。1954年进入南京大学历史系学习，毕业后留校从事教学科研工作，先后担任南京大学历史系主任、教育部高等学校历史教学指导委员会委员等职。现任南京大学中华民国史研究中心主任、历史研究所所长、博士生导师，他同时在多个学术团体中担任职务，如中国史学会理事、中国现代史研究会副会长、中国近现代史史料学学会副会长、南京历史学会会长、南京中华民国史研究会会长等。

张教授是最早投身于中华民国史研究的学者之一，学术成就享誉海内外。他在民国史研究领域的重要贡献包括：

一、独立完成或主编了《中华民国史纲》、《抗日战争的正面战场》、《蒋介石全传》（上、下）、《中国抗日战争史（1931—1945）》、《中华民国史大辞典》等有影响的学术著作。其中《中华民国史纲》最早构架了民国史研究的体系，纠正了当时许多"左"观念与认识，在海内外引起了强烈反响。《抗日战争的正面战场》首次全面论述了正面战场的作用，给予合理的历史定位。《蒋介石全传》对民国时期最重要的人物之一蒋介石的活动与思想给予了全面的叙述与分析。《中国抗日战争史（1931—1945）》运用丰富的档案史料，全面反映了抗日战争是中华民族全民族的反侵略战争，提出了"十四年抗日战争"的科学概念。《中华民国史大辞典》共计450万字，是目前规模最大，内容最丰富全面的大型辞书，被誉为是民国时期历史的"百科全书"。张宪文教授主持编纂的一部以"新思路、新观点、新体系"的大型《中华民国史》（200万字）即将于2003年底出版，相信该著作的出版，将是民国史研究的又一项丰硕成果。

二、创立南京大学中华民国史研究中心。张宪文教授于1984年在南京大学历史研究所内设立了高校系统的第一个中华民国史研究室。1993年，经著名史学家李新先生倡议，南京大学中华民国史研究中心正式成立，这是一个开放性的机构，海内外50多位民国史研究的知名学者受聘担任客座教授。研究中心出版《民国研究》，以中、英文发表海内外学者的研究论文，成为该研究领域的一个重要阵地；承担了包括国家社科项目、教育部重大项目在内的多项研究课题；组织了数次国际学术讨论会。南京大学中华民国史研究中心在海内外有着良好的学术声誉，2000年成为教育部人文社会科学重点研究基地。美国哈佛大学文理学院院长、著名汉学家柯伟林（William C. Kirby）教授称赞张宪文先生"使得南京大学成为中华民国史的研究中心"。

三、推动学术交流。张宪文教授是有国际影响的学者，多次赴美国、日本、英国、德国、意大利、澳大利亚、韩国等国及我国的台湾、香港、澳门地区访问讲学，出席学术会议。同时，他接待过大量的海外同行，辅导海外的访问学者与留学生，积极促进海内外学者间的合作与交流。在他的联系和推动下，南京大学中华民国史研究中心与美国哈佛大学、伊利诺伊大学、英国剑桥大学、日本庆应大学、德国柏林自由大学、澳大利亚拉乔比大学等国际汉学研究机构及台湾的"中研院"近代史研究所建立了长期、密切的合作关系。

四、培养民国史研究的中青年学者。张宪文教授是最早招收中华民国史研究方向硕士、博士研究生与博士后的导师之一，多年来已培养了一大批民国史研究的专门人才（其中有不少外国留学生与访问学者），他的学生遍及海内外，可谓桃李满天下。不少学生已经成为有一定知名度的学术骨干与研究机构的负责人，有的学生已经是教授、博士生导师。

张宪文教授有着很强的学术组织能力与亲和力。他胸襟开阔，无门户之见，所承担的重大科研项目与重要著作，有不少是联合"南京学派"的学者们共同完成的，而《中华民国史大辞典》更是联合全国民国史学界共同努力10多年的成果。

适值张宪文教授70华诞，曾受业于他门下，亲聆教诲的中青年学者纷纷提供论文，为恩师祝寿。一方面彰显老师的教诲与功德，一方面显示民国史研究"南京学派"的实力。现将论文结集为《中华民国史新论》，依主题编为"政治·中外关系·人物"与"经济·社会·思想文化"两卷。学生是老师的一面镜子，其论文深受张宪文教授教导的影响。论文在整体上也充分显示了"南京学派"勇于探索、治史严谨、史料扎实、视野开阔、兼收并蓄的治史特点。

（《中华民国史新论》，生活·新知·读书三联书店，2003年9月。）

《朱培德评传》序言

我在大学里开一门"中国现代人物研究"的课程，选择不同类型的人物，分析其在现代历史发展过程中扮演的不同角色，指出各类人物的不同特点与研究他们所需特别关注的地方。所选类型中，有一类是现代中国的军人。

在传统社会里，军队是统治者取得政权与维持政权的工具，只效忠于帝王个人，改朝换代、拓展疆域与维系家族统治完全依赖于军队，军人在国家的政治生活中扮演重要的角色，具有特殊地位。中国古代军事家孙子所说"兵者，国之大事，死生之地，存亡之道"，精辟地概括出军队与王权政治的关系。一部人类的古代历史，也能充分佐证孙子的论断。然而，传统社会里的军人多是被迫服役的，他们背井离乡，或戍边，或征战，地位相当低，故有"好铁不打钉，好男不当兵"的民谚。

伴随人类现代文明的发展，军队的功能有了重要变化，在逐渐建立起来的现代化国家中，军队效忠于国家（宪法），是国家主权的象征，其主要的功能是维护国家安全，在国家危难时负有保民卫国的职责。军事力量（集团）完全受制于宪法，职业军队领导服从于民选的政府。军人只是一种职业，服役是公民对国家尽责。

处于从传统向现代转变的近代中国，各种矛盾交激，冲突不断，皇权统治者的权威丧失，传统社会的调节功能紊乱，现代的制度尚在发育之中。武装斗争成为解决矛盾的主要方式，军事力量（集团）的地位骤然上升，逐渐地脱离了各种控制，而成为控制国家的重要力量。毛泽东的名言"枪杆子里面出政权"，民间社会的顺口溜"乱世英雄起四方，有枪就是草头王"，是不同阶层对当时情势的总结。放眼中国近代史，绝大多数的争端均是用武装斗争的方式解决，而那些看似"和平解决"的争执背后，也能找到武力的背景。因此，军阀的崛起便成了近代历史的一个显著的标志。1912年中国建立了亚洲的第一个民主共和国——中华民国后，政府不仅没有控制军事力量（集团），反而被军事力量（集团）所控制，出现了一个军人主导国家的"军阀时代"——直系、皖系、奉系等各路军阀穷兵黩武，互相争夺，轮流把持中央政权。在1912—1928年的北京政府（北洋政府）时期，政府首脑更换了53人（次），平均4个月就有一次"倒阁"，政局不稳，可见一斑，出任政府主要职位的，不是军人，就是军人的代表。而在地方，也涌现出许多以省为割据主体的军阀派系。军阀征战造成了政治不稳定，社会动荡，生产力惨遭破坏，严重迟滞了中国现代化的进程。

因为中国近代军事力量（集团）的崛起，使得军人的地位也大幅度提高，不仅大的军事集团首领（军阀）可以当总统、国务总理、督军、省长，中级军官能够享受荣华富贵，就是下级军官也能鱼肉乡里，衣食无虞。在剧烈动荡、百业凋零的社会里，军人成了最炙手可热的职业，"当兵吃粮"，可以保证个人温饱，还可以通过战场立功来晋升军官，改变个人与家族的命运。如冯玉祥的父亲就因家贫入淮军，充下级军官，冯玉祥在15岁就投军，从正兵开始，最后成为西北军的首领，叱咤风云。曹锟早年下乡贩布，经营失败后改投军，逐级上升，成了直系军阀头目，当了中华民国的总统。原籍山东的张宗昌家贫而被迫闯关东，仍生活无着，沦为胡匪，投军后发达，成了"不知有多少兵，不知有多少钱，不知有多少老婆"的"三不知将军"。王俯民所著《民国军人志》（中国广播电视出版社，1992年）一书中收入北京政府时期正规军师长、重要混成旅旅长以上的军官履历，细察他们的身世，因家贫而入伍，因升官而富贵的例子不胜枚举。这样成功的效应，自然吸引许多生活无着的青年人去投军。

1925年国民革命军在苏联顾问的协助下建立，军队受制于国民党中央与国民政府，这种仿效苏联，军事力量（集团）与动员型政党或文官政府的体制是相当先进的。国民革命军中设立党代表，中下级军官多受正规军校的训练，黄埔军校的学生不仅学习军事科目，也要学习三民主义等政治课程。1928年国民党依靠国民革命军完成北伐统一，成为全国范围的执政者，其统辖的军事力量号称"国军"。关于国民政府时期军事力量（集团）的地位问题，学术界一直有争议。就职于中国人民解放军军事科学院的田玄其新近完成的长达50余万言的博士学位论文《转型社会权力重构中的国民政府军人角色研究（1927--1949）》（2005年，南京大学），明确提出"南京国民政府是一个军人政权"，"军人干政下的南京国民政府的统治结构是军事威权的独裁政治结构。由军事威权结构的内在规定性所使然，其必然缺乏基本的竞争和参与机制，其政府控制与渗透能力必然低下。又由于军人政权的内在规定性，其必然形成一种中国式的军人统治风格"。田博士的论点是一种极端，尚未得到学术界的认同，我也不苟同。然而，田博士的论点是值得重视的，再证诸南京国民政府时期主要领导人蒋介石的军人背景、其行事方式的军人风格、军事将领们占据政府要津、地方实力派在各地独霸一方等事实，我们可以断定，南京国民政府有着浓厚的军事色彩，军人在政府中拥有支配性的特权。

其实，军人在国家（地区）中占支配地位的情况，并非中国所独有，在世界上也是相当普遍的现象，尤其是在拉丁美洲各国及第二次世界大战后新独立的亚非国家中，军人干政甚至军人政权不断出现。大致上与这些国家从传统向现代的转型，社会出现脱序有关。军人成为某些国家现代化的领导者，也不乏成功的例子。在西方学术界，军人与国家政治的关系（军人干政问题）是学者们关注的焦点之一，有相当多卓越的研究成果，如安德烈斯基（Stanislav Anderski）的《军事组织与社会》（*Military Organization and Society*）（1954年）、亨廷顿（Samuel P. Huntington）的《军人与国家》（*The Soldier and the State*）（1957年）、简诺维兹（Morris Janowitz）的《专业军人》（*The Professional solider*）（1962年）、阿布拉罕森（Bengt Abrahamson）的《军事专业化与政治权力》（*Military Professionalization and Political Power*）（1972年）、小威尔奇（Claude E. Welch, Jr.）与史密斯（Arthur K. Smith）的《军人角色和军事统治》(*Military Role and Rule*)(1977年)、诺德林格(Eric A.Nordlinger)的《政治中的军人：军事政变和政府》(*Soldier in Politics: Military Coup and Government*)(1977年)等等，都从不同角度切入军人在国家（尤其是新兴独立的发展中国家）的角色这一命题。

可惜的是，这些成功的研究范式，基本上没有被引入关于中国近代军事力量（集团）的研究中，或许，中国的情况极其复杂，任何一种理论框架都无法容纳。相对于繁荣的中国近代史研究，关于这一时期军事问题与军人角色的研究成果并不多见，可以列举于此的，包括文公直的《最近三十年中国军事史》（1930年）、刘馥的《中国现代军事史(1924—1949)》(1956年)、冯兆基的《军事近代化与中国革命》（1978年）、陈志让的《军绅政权——近代中国的军阀时期》（中文版，1980年）、姜克夫《民国军事史略稿》（1987年）、齐锡生的《中国的军阀政治(1916—1928)》（中文版，1991年）、刘凤翰的《中国军事史》、张瑞德的《抗战时期的国军人事》（1993年）等。此外，关于民国时期重要军事人物如袁世凯、段祺瑞、蒋介石、李宗仁、冯玉祥、阎锡山等人的传记也有许多版本。这些著作各有其贡献，但多数是过程的描述，事实的分析，具体而微，缺乏宏观的考察，高屋建瓴的分析。

我在思考一个问题，在中国从传统向现代转变的民国时期，中国军人的角色有多大的变化？换言之，中国军队中有没有出现些现代化的因素，中国军人有没有向现代职业军人转变的趋向？从总体上去回答这个问题有些难度，无论答案是肯定还是否定，都会有许多反面的事例。从个案研究入手或许是可行的。从朱培德身上，我们可以得到的答案是，至少在他身上，已经表现出向现代职业军人转变的趋势。

朱培德在清朝末年从军，身上有许多传统军人痕迹，他是讲武堂出身，靠着战功与讲武堂师长的提携渐渐地成为滇军的领袖之一，滇军成为他立身与发展的重要基础。但与当时把军权看成自己命根子的军阀不同，他对军队的控制相对较松，没有强化下级军官对他的个人忠诚，虽然他也抓住机遇扩军，但当国民党（国民政府）收束军权时，如1925年编成国民革命军、1929年编遣等，他都服从命令。可能会有人将此与他和蒋介石的关系联系在一起，然而，他与蒋的关系是后来建立起来的，他对蒋的服从，更多的是把蒋当成是国民党或国民政府的象征，如同他早期服从孙中山一样。朱主动地放弃了军权和割据一方的可能，这在当时是较为少见的例子。到中央后，他也只愿从事幕僚工作，晚年他信奉出世的佛教，有超脱现实的念头。朱培德有着较强的国家观念，促使他入伍的一个重要因素是有感于国家败落，要强国以雪耻。他后来对各种内战没有太大的兴趣，总觉得是伤国家元气，而致力于对外御侮的战争准备。当然，在那个各派力量为争夺国家政权打得不可开交的年代，谁代表国家都是争论不休的问题，我们只能从得到一般国际承认的政府是国家象征这一点来进行论述。朱培德的这种不同之处，代表了民国时期已经有少数的军人意识到服从国家的重要性，具备了转变为现代职业军人的萌芽。我曾经将此一想法就教于台湾的前辈学者蒋永敬教授，得到他的称许。

研究历史的学者，总会强调客观与公允。然而，历史研究总是与历史的真实有差距的，历史研究似乎是一个有选择的镜子，它所反映的是经过筛选、有些失真的历史。首先，"所有历史都是当代史"，历史的叙述往往涉及政权的合法性问题，控制主流意识形态的当权者，总会直接间接地将其引向对自己有利的轨道。其次，是由于职业的不同，军人较少留下文字的记载，军事战略、作战计划都是机密，这给后世主要靠文字档案为基础的史学研究者造成了困难。

将军人与同样是在近代新崛起的另一个群体——近代知识分子相比，就一目了然。思想家和知识界创造着历史，而军阀、土匪、兵痞等也在创造历史。而且在一个动荡的前现代国家里，后者的能量不比前者小，影响更不比前者小。知识分子与军人影响社会的方式是不同的，知识分子用宣传、教化，即所谓"笔杆子"，军人用武器，即所谓"枪杆子"。"笔杆子"是软性的，长效的，即使最激烈的文字，在现实面前也显得无力，所谓"秀才造反，三年不成"，而"枪杆子"则是刚性的，直接的，枪声作响处，人头落地，山河变色。当年，《新青年》风靡海内，销量最多时也不过万余，下层的百姓根本就不知道怎么回事，更别谈能理解了。而军阀的举动，动辄波及数十万的士兵或者上百万的老百姓，让他们过了多少年还记忆犹新。可是在今天的历史记载中，《新青年》被一再强化，加上了无数光环，而军阀的印记除了被夸张成漫画式的无知笑料外，其余都淡化了，成了过眼的云烟。这里面就有军人留存的资料不足的问题。以本书的传主朱培德为例，他文化程度并不高，又是在抗日战争前去世，留下个人资料非常少，对他的研究更少。逝世不到70年，已经没有多少人知道这位当年叱咤风云的将军了。以致当他在南京的墓葬迁移时，地方政府需要找民国史的专家来认证其身份。

在本书写作过程中，搜集资料异常困难。我去美国访问朱培德的后人，去云南、江西及南京的档案馆查阅。所幸，台湾方面新近开放了原视为"极机密"的蒋介石档案，我们专程前往查阅，并在书中较多地引用。虽然我们已经尽力，属于朱培德个人的资料（书信、日记、文章等）仍然稀缺，真是莫大的遗憾，也多少会影响本书的立论。书中的不足之处，敬请读者指正赐教。

将朱培德置于转型时期中国军人的一种代表，为其立传，并试图以此推动民国军事史、军事人物的研究。这是我们的初衷。成功与否，当由读者评论。

（《朱培德评传》，中国青年出版社，2007年6月。）

《蒋介石的后半生》后记

时下书店里各种关于蒋介石的著作已有不少,因此有必要将这本书的特点写出来,供读者阅读时参考。

一、蒋介石88年的生涯可谓曲折复杂,大致可分为大陆时期62年(1887—1949)和台湾时期26年(1949—1975)。蒋介石的"台湾时期",可称为他的"后半生"。若从蒋介石对中国历史的进程有较大影响的20世纪20年代初期算起,他的大陆时期(30年左右)和台湾时期(26年)时间相差不多,两个时期应该在他的历史中占有基本相同的比重。依中国人特别重视晚年历史,强调"盖棺定论"的传统,台湾时期的比重似乎还应大一点。可目前所能见到的各类传记中,两个时期所占的比例差别很大,大陆时期特别详尽,而台湾时期过分单薄。如刘红著《蒋介石大传》(团结出版社,2006年版)上、中、下三册,150万字,1000余页,台湾时期只有150页,不足六分之一。如果说大陆学者的著作有此类缺憾与资料的匮乏有关的话,则难以解释为何台湾与海外学者的书中也有同样的问题。我手边有部旅美学者汪荣祖教授和台湾李敖先生合著的《蒋介石评传》,由台湾商周文化事业股份有限公司1995年4月出版,这部书上下两册共884页,其中大陆时期为772页,台湾时期仅占102页，不足八分之一。我与汪荣祖教授曾在海外的一次学术讨论会上相见，曾当面请教。汪教授的意见是，台湾时期的蒋介石没什么可写的。我钦佩汪教授的学问，但对此一观点不敢苟同。由于时间、空间环境的巨变，台湾时期的蒋介石与大陆时期有了很大差别，应该有不少"可写"的内容。我们的这部书就较详细地揭示了蒋介石在台湾26年的作为。书中内容虽不能说完全是鲜为人知，至少也是以往同类著作中所忽视的。

二、蒋介石的特殊地位，使他在很长时间影响甚至主宰着国民党、国民党政权的政策与行为。目前不少关于蒋介石的传记没能真正区分什么是政党行为，什么是政府行为，什么是个人行为，常常把蒋介石领导下的国民党及其政权行为混同于蒋的个人行为。一本他的传记，与一部国民党史没有多大差别。难免会令那些已经熟知国民党历史而希望更多地了解蒋个人的读者失望。我们努力的目标是，要完全以蒋介石个人的思想、行为与生活为主线，其他的即使很重要也只能作为写蒋的背景，而不能喧宾夺主。如此，或许可以更容易地为蒋在历史上定位。

以上两个特点：以台湾为主，以蒋介石个人为主，就决定了我们所呈献给读者的是一部关于台湾时期蒋介石的著作，而不是通常所见到的那种政权行为与个人行为混淆不清，名为写蒋介石而实际上写的是蒋介石领导下的台湾历史的著作。

一部成功的历史著作有赖于真实可信的历史资料。写作过程中，我们力所能及，广为搜集两岸出版的各类重要史料，尤其是认真批阅了此一时期的台湾报刊，逐日查找蒋介石言论与活动的线索。在蒋介石个人档案完全开放之前，报刊是能提供研究其言行信息量最大的资料。终日查阅旧报刊，是相当枯燥乏味的，况且20世纪70年代之前的台湾报刊是缩印本，须借助放大镜方能阅读。细心的读者或许能以此来区分出本书与同类著作在资料方面的差别。可以不夸张地说，正因为在资料方面下的死功夫，才使我们有自信写出此书，"丑媳妇见公婆"。纵使读者不同意我们的某些论点，他们也能通过书中史料来感受那段历史，体会这个人物。近年来，"蒋介石日记"的开放，为蒋介石的学术研究提供了全新的资料，我去年底曾专程去斯坦福大学胡佛研究所查抄，因此，关于蒋介石20世纪50年代在台情况，均是依据最新资料写成的。

需要特别说明的是，由于众所周知的原因，两岸长期处于分裂敌对状态，对同一客观存在的实体与事物会有不同、甚至完全敌对的理解与称呼。本书在遇到此类情况时，适当做了符合大陆读者阅读习惯的处理。但在整段引用蒋介石文章或谈话（包括引用一些资料或书名）时，则保持了原貌，这是反映历史真实面貌所必需的。读者或许可以通过这些原文，更真切地分析蒋介石的所作所为，了解那个时代的风貌。

本书是集体合作的产物，由陈红民确定写作主旨、风格和提纲。初稿写作的分工为：赵兴胜写第一章至第九章；陈红民写第十章至第十四章、第十七章一节、后记；韩文宁写第十五章至第十八章、第十四章一节；陈红民又对全书做了大量的内容修改补充和文字统一润色工作。

为了让读者通过"读图"来近距离地感受时代气息，直观地了解蒋介石，我们选配了大量珍稀图片。海峡两岸研究民国史与蒋介石的著名学者蒋永敬教授、杨天石教授在百忙中为本书作序,为本书增色;写作过程中,曾参阅了大量的学术成果与资料,书后所列"参考文献"只是最直接的部分;南京大学图书馆港台阅览室、港台报刊阅览室的几位老师在查阅资料方面给了不少的便利;中国青年出版社的潘平先生、常婷女士提供了宝贵建议。浙江大学蒋介石与近代中国研究中心对修订工作予以了支持,将本书列入"蒋介石与近代中国研究丛书"出版。浙江大学出版社黄宝忠博士、陈丽霞博士为本书付出辛勤劳动。在此,谨向他们和所有关心帮助本书的人们表示最诚挚的谢意。

本书所涉及的是一个极其复杂而重要的历史人物,对他的评价长期存在着尖锐对立的两极,由于我们学识有限和搜集资料方面的困难,书中错谬之处在所难免,敬请读者不吝赐教。

(《蒋介石的后半生》,浙江大学出版社,2010年3月。)

《亲历中国革命》译后记

发生于1911年的辛亥革命,距今已经百年。它是20世纪中国最重要与令人激动的事件之一,它结束了两千多年的封建专制统治,建立了中华民国。最近几十年的学术史说明,随着时间的推移,辛亥革命的历史意义越来越受到肯定,我相信,辛亥革命的光辉将照耀着中国人走向民主、自由与现代化的全过程。

中外学者关于辛亥革命的研究,已成为专门的学问,相关的记载与研究成果,不计其数。要推动这样一个相对成熟的研究领域的发展,新资料的发掘显得尤为重要。为此,我们觉得,在纪念辛亥革命百年之际,有必要将英国人埃德温·J·丁格尔(Edwin J. Dingle,中文名丁乐梅)撰写的英文著作 *China's Revolution:1911-1912* 介绍给大家。该书原有一中文名《中国革命记》,为更直观贴切起见,译名改为《亲历中国革命》。这本书,不仅对于研究辛亥革命的历史学者有珍贵的史料价值,一般的读者也可透过作者的记述,感受百年前那场革命的现场。

《亲历中国革命》的价值,至少表现在以下几方面:

第一,这是一个外国人关于辛亥革命的亲身经历。关于辛亥革命,国人有不少事后的回忆录与口述历史,但外国人的亲历记则极罕见。埃德温·J·丁格尔1881年4月6日生于英格兰康沃尔郡，1909年他来到中国，并起了中文名"丁乐梅"。他身兼多职：一位在中国从事传教工作的传教士、新闻工作者、作家、旅行家、心理学家。1917年丁乐梅返回英格兰，将他的在华经历整理成书出版。1921年后丁乐梅定居于美国加利福尼亚州的奥克兰市，1927年创精神意念治疗法，1972年1月27日病逝。作为一个著述颇丰的作家，丁乐梅对中国有很深的感情与了解，特别注意将中国的情况介绍给西文世界，对中外文化交流有所贡献。他出版了不少关于中国社会、中国革命和基督教的著作，其中包括《徒步穿越中国》《亲历中国革命》《我在西藏的生活》等。有一份资料称，丁乐梅曾出任过孙中山的财政顾问，但此说尚找不到其他的史料支持。

武昌起义爆发时，丁格尔作为上海《大陆报》的记者就住在汉口，目睹了革命发生初期的种种情况。他利用特殊的身份，奔赴在汉口、上海和南京等地，周旋于各派政治力量之间，与起义最高领导人及清廷官吏都有过密切接触，探寻政治幕后的消息，撰写了大量独家新闻。他是最早访问武昌起义都督黎元洪的外国记者。

第二，是该书出版的时间距辛亥革命爆发不到半年（作者的出版前言写于1912年4月），是一个普通在华外国人对当时时局的实地观察，真切而又准确地代表了他的想法与感受。在当时，或许有新闻价值，在今天，则变成了珍贵史料。作者对革命党人抱有较多的同情，这不仅体现在全书的字里行间，而且书的扉页上就写着："献给那些献出生命的志士及新兴的群体。"但该书毕竟出自外国人之手,可谓是"第三只眼睛看辛亥革命",比起当时交锋双方所留下的文字,要客观公允些。作者本人在辛亥革命中的经历,及汉口租界里的外国人对革命的反映,更弥补了现有史料在此方面的不足。书中有 80 余幅当时拍摄的照片,亦增加了读者的现场感。

第三,该书的体例较为少见。因为针对的对象是对中国不太了解的外国读者,书中既有对辛亥革命一些重要当事人的采访,又有作者本人对时局的观察与深层思考;同时,也结合中国的历史对辛亥革命产生的原因作了"深层次"的分析,体例上更像是介于新闻报道与学术研究之间的那种"深度报道"。

第四,该书 1912 年初由上海商务印书馆出版,在上海、伦敦、纽约同时发行。从中可以窥得当时的言论尺度及中国与世界文化交流的程度。我虽以研究中国近现代历史为职业,但欠缺出版史的知识,所以对清末民初的商务印书馆能出版如此装帧考究、印制精良、图片清晰的图书,且同时在美英等国发行,较为惊讶。一位日本学者对笔者说,就印刷与排版质量而言,这本书超过同时期日本的出版品。这本出版于近百年前的书,与今天的出版物放在一起,也并不逊色。

《亲历中国革命》原版现已成为珍本。2010 年 8 月,《长江日报》专门报道武汉市档案馆新近觅得一本收藏的消息称:"该书对辛亥革命史研究,特别是对武昌首义和阳夏战争中的相关细节,有主要的研究价值。今朝英文原本在内地已难觅。"著名辛亥革命史研究学者章开沅教授对本书的翻译给予了鼓励。章先生提到,要推动辛亥革命史研究不断创新,基本史料的发掘与整理是必需的，他对《亲历中国革命》的价值给予了充分的肯定。章先生特别嘉许我们的翻译意愿，称在此较为浮躁的环境中，还有心翻译资料性的著作，甘当"铺路石"，实不容易。这就更增强了我们的信心。

在肯定该书价值的同时，我们也注意到作者虽对中国较为友好，但字里行间仍透露出作为大英帝国臣民所特有的"傲慢与偏见"：其对中国民族特性和传统文化的概括，对中国历史事件的解释，在中国边疆与民族问题上的观点，对中外关系的看法，对宗教及其在中国传播问题上的见解等，均有着今天看来非常明显的缺陷。此外，他对当时的形势判断也受其立场所限，如对袁世凯寄予厚望，颇多赞美之词等。为保持完整，我们全部翻译，未做删改。这并不代表认同作者的观点。只要我们采取历史主义的观点，了解到这是一本 90 多年前英国传教士写的旨在向西方人介绍中国情况的著作，也就不会过于苛求。对此书应取的态度应该是，"取其精华，去其糟粕"。

《亲历中国革命》中译本的完成，得到许多师友的支持：

该书的英文原版书是由大学同学宋黎明先生在意大利佛罗伦萨购得后赠我的。

承加拿大 Mcmaster 大学巴雷特（David Barrett）教授、美国 Grand Valley State 大学单富良教授协助提供丁乐梅的个人资料。

曾供职中国青年出版社的潘平先生，对翻译出版海外中国近现代史的高水平学术著作及史料，有重要贡献，为史学界朋友称道。他对本书的出版起过重要作用，曾指出了部分疏漏。

没有他的帮助，很难保证翻译工作能顺利完成。

《亲历中国革命》的翻译是集体合作的产物。具体分工如下：刘丰祥译引言、第一、第二、第三、第四、第五章；邱从强译第六、第七、第八、第九章；邱从强、杨绍滨译第十章；杨绍滨译第十一、第十二、第十三、第十四章；陈书梅译第十五章、结论。全书由陈红民负责统筹、校阅、定稿。

原著成书较仓促，文字上似稍显粗糙，有衍字或脱漏之处（作者自称，他未及审读过校样）。在翻译过程中对原作引用的文字，尽量查找了原文。但一则限于译校者的学识，二则原作引文均未注出处，所用人名地名又是韦氏拼音，故有些引文与人名、地名难以一一考订。译作中谬误之处在所难免，敬请读者指出。

谨以此译作纪念辛亥革命百年！

（《亲历中国革命》，浙江大学出版社，2011年9月。）

书写蒋介石研究的学术史

——"蒋介石与近代中国研究丛书"总序言

一

当从编辑处获知"蒋介石与近代中国研究丛书"第一批书稿已通过程序,可以出版的佳音时,觉得是喜从天降,不能自已。此前漫长而无奈的等待,令人沮丧到快要抓狂。

开始酝酿丛书序言,脑海里突然冒出了一句"书写蒋介石研究的学术史"。继而浮现否定的声音:这个题目太大,太感性,我们做的工作还很少,在蒋介石研究的学术史中充其量只能有个很小的位置,绝对担不起这么个大标题。然而,清理思路的过程中,"书写蒋介石研究的学术史"这几个字却魂牵梦绕般地不停跳出,挥之不去。思量许久,乃定以此为题。虽然尚未做到,但我们有此追求,将愿景写出自励,悬为未来之鹄,亦无不可。

况且,中外史学界研究蒋介石的学术著作与通俗作品虽已相当丰富,精品迭出,然而"蒋介石与近代中国研究丛书"作为首套系统的学术丛书,在蒋介石研究的学术史上,一定会有其应得的地位。

二

蒋介石是在中国近代史上有重要而特殊地位的历史人物，他的影响至今仍在，对其研究的重要性与学术价值不言而喻。但对于蒋介石的研究，却不是个单纯的学术问题，历史与现实、学术与政治纠缠在一起，难解难分，有时现实对学术的影响甚至是更为紧要的。我在《蒋介石研究：六十年学术史的梳理与前瞻》（《学术月刊》2011年第5期）一文中写道，回顾学术史，制衡蒋介石研究的因素很多，包括中国大陆自身的社会发展、执政党的主流意识形态对史学研究的影响、史学界研究观念的变化、两岸关系的演变、学术交流与史料的开放程度等。其中，尤以学者所身处的社会环境为甚。20世纪70年代以来，伴随着大陆地区改革开放的进程，中国社会发生了深刻的变化，中华民国史与蒋介石研究的学术环境总体上朝着越来越好的方向发展。

2010年初，美国的《世界日报》采访我时，对浙江大学能够建立蒋介石与近代中国研究中心并将主办第一届以蒋介石为主题的国际学术会议感到惊讶，反复询问原因。我的答复是，经过多年改革开放的积累，中国已经有足够的自信与雅量，能公平客观地研究评价历史人物的功过，包括蒋介石。这绝非"外交辞令"，而是基于个人经历的真切感受。1982年南京大学在大陆高校系统首次招收一名"中华民国史"专业的硕士研究生，我幸运地被录取，之后的学习与研究过程中，耳闻目睹了前辈学者在民国史与蒋介石研究之路上的艰难跋涉。学术研究的发展，也要有"天时、地利、人和"。今天，蒋介石研究的环境仍有不如人愿之处，然而，却是前所未有的宽松，是最好的时机。就此而论，我们确比前辈学者幸运太多！

近10多年来，随着大量珍贵资料，尤其是蒋介石档案与蒋介石日记开放，相关学术研究已从"险学"变成"显学"，成为海内外史学界引人瞩目的课题，越来越多的学术单位与学者介入其中，海内外史学界已经开过数次关于蒋介石研究的学术会议，国际合作与交流初显规模。

三

作为蒋介石故乡的大学，浙江大学中国近现代史学科在蒋介石研究方面拥有独特的地域优势，前辈学者做了开拓性探索。20世纪60年代，杨树标教授曾参与何干之教授领衔的《蒋介石传》写作组的工作，此项目中途夭折，杨教授却矢志不移，终于在1989年出版了《蒋介石传》，引领大陆史学界风气之先，在海内外影响甚大。

为回应时代变化与学术潮流，推动中国近现代史学科的发展，秉承国际性、前沿性、现实性与可持续性的学术理念，浙江大学于2007年1月建立了蒋介石与近代中国研究中心。此为海内外首个以蒋介石为主要研究对象的学术机构。

中心成立后，致力于推进蒋介石学术研究的学术化与国际化，与海内外知名高校与研究机构建立了良好的合作关系，延聘海内外相关领域的30余位学者为客座教授，其中既有张宪文、杨天石、张玉法、蒋永敬、山田辰雄、西村成雄、马若孟（Ramon H. Myers）等知名的资深学者，又有王建朗、陈谦平、吴景平、杨奎松、马振犊、吕芳上、黄克武、裴京汉、家近亮子、川岛真、柯伟林（William C.Kirby）、裴宜理（Elizabeth J.Perry）、圭德（Guido Samarani）、米德（Rana Mitter）等各国各地的学术领军人物。已有十几位海内外学者先后在中心举办高水平学术讲座。中心研究人员广泛参与学术交流活动，应邀参加在美国、英国、日本、韩国、加拿大、意大利等国家，以及中国台湾、香港、澳门等地区举办的学术会议40余次；应邀在哈佛大学、哥伦比亚大学、香港中文大学、台湾政治大学、南京大学等学术单位举行讲座近20次。

定期举办学术研讨会，是中心推动蒋介石学术研究国际化的又一重要举措。自2007年以来，中心先后共举办2次大型国际性学术会议，3次蒋介石研究工作坊，与海内外研究机构合办国际性学术会议2次。其中，2010年4月主办的"蒋介石与近代中国"国际学术研讨会，为大陆地区首次以蒋介石为主题的国际学术研讨会，在海内外产生了广泛的影响。2012年6月，中心联合"二十世纪中国历史学会"（HSTCC）等单位举办了"全球视野下的中国近代社会暨第二届蒋介石与近代中国（1840—1949）"国际学术研讨会。

中心创办的"蒋介石与近代中国"网站（http://www.ch.zju.edu.cn/jjsandchina/index.php），为蒋介石学术研究与交流提供了一个新的平台，该网站适时发表研究动态，提供学术信息，汇集研究资料，在学界产生了一定影响。

为培养新一辈学者对蒋介石研究的兴趣，扶助年轻学者的成长，中心与恒励集团共同推出"恒励集团研究生论文资助计划",面向海内外,资助以蒋介石为主题的硕博士学位论文。迄今已资助5届,计有南京大学、首都师范大学、南京师范大学、云南大学、华南师范大学及浙江大学等学校的18名硕士博士研究生获得。获此资助的同学有的毕业后继续从事蒋介石相关的学术研究,已经小有成就,收入本丛书的几部著作,就是作者在毕业论文基础上改定的。

浙江大学蒋介石与近代中国研究中心白手起家,经过5年多的辛勤努力,从无到有,已在学界小有声誉。可以自豪地说,中心取得的成绩,远远超过了成立之初的设想。

蒋介石与近代中国研究中心是在浙江大学各级领导的鼎力支持下建立与成长起来的。同时还有社会各界有识之士的大力资助。浙江恒励置业集团有限公司张克夫董事长、张甬江总经理慷慨捐助资金,对中心的各项活动始终予以支持。台湾中正文教基金会对中心的网站曾予以惠助。香港珠海书院亚洲研究中心主任胡春惠教授数次支持中心的学术活动。浙江奉化溪口旅游集团有限公司亦一直对中心的活动鼎力支持,双方已进行了多次富有成效的合作。

浙江大学出版社愿意与蒋介石中心合作,将出版相关研究成果作为重要工作,黄宝忠副总编辑、葛玉丹编辑为丛书的出版投入大量心力与时间。没有他们的惠助,出版进程肯定更加坎坷。

四

出版"蒋介石与近代中国研究丛书",是中心建立之初就确定的目标之一。有无高水平的学术丛书,通常是衡量一个学科、一个课题是否成熟的重要标志。

从1924年出任黄埔军校校长至1975年在台北去世，蒋介石对中国历史产生影响长达50年之久。"蒋介石与近代中国"是一个内涵很丰富的大题目，在此之下，可以做的课题很多。如从大的方向分，可以有蒋介石与近代中国政治、蒋介石与近代中国经济、蒋介石与近代中国外交、蒋介石与近代中国文化、蒋介石与近代中国社会、蒋介石与近代中国军事等；从历史时段上分，可以有蒋介石与北伐战争、蒋介石与国共内战、蒋介石与抗日战争、蒋介石与台湾、蒋介石与重要历史事件等；从蒋介石个人经历与生活分，可以有蒋介石的青少年时代、蒋介石的晚年、蒋介石的读书生活、蒋介石的家庭生活、蒋介石与宗教、蒋介石的人际关系、蒋介石的心理分析等。以上只是简单罗列，每个课题下面都还可以细分出子课题，如"蒋介石与近代中国外交"主题之下，又可分蒋介石的国际观、蒋介石与美国、蒋介石与日本、蒋介石与苏联、蒋介石与英国、蒋介石与亚洲小国等课题。如此众多的题目，需要更多的学者将更多的时间与精力投入其中。

我们的工作尚处在起步阶段。已确定列入丛书的著作，所涉及的内容，大致包括蒋介石研究学术史、蒋介石研究国际学术研讨会论文集、蒋介石与战时经济、蒋介石与战时外交、蒋介石与集权政治、蒋介石与青年、蒋介石与地方实力派、蒋介石与汪精卫关系等。多数作者是年轻学者，他们大多了解些新的史学理论，在具体研究过程中则大量运用扎实的档案资料，做实证研究。这是蒋介石研究中的一个重要趋向。

关于"蒋介石与近代中国研究丛书",我们的设想分两步:首先是在未来三年内出版 8—10 部,构建一个基本的框架;最终是出版 20 部,确立一个研究体系。欢迎学界同仁批评,更欢迎有更多的优秀学者将相关研究成果纳入丛书之中。

五

史学研究的过程艰辛而枯燥,而对涉猎蒋介石相关研究的学者来说,艰辛与枯燥之外,还多了些难与人道的压力与无奈。甘苦自知,点滴在心!

综观学术史,蒋介石相关研究时有曲折。但只要对中华民族有信心,对中国社会一定会进步有信心,就该相信此一研究的价值及前途。南宋诗人杨万里有描写溪水在山间曲折行进的诗句:"到得前头山脚尽,堂堂溪水出前村。"蒋介石相关的学术研究已是千辛万苦流到山脚前的溪水。我们不避艰难。我们毅然前行。我们坚信学术有正道,学者有良心,坚信"梅花香自苦寒来",所有的付出都会有回报。

写作之时,电视里正在重播着《中国好声音》,优美的歌声让人动容,百听不厌。我想,学者们的努力伴随时代的进步,蒋介石研究或许也能成为史学研究中的"好声音"!

"蒋介石与近代中国研究丛书"即将出版,欣喜之余,作此短文,简述丛书主旨、起源与进程,权且为序。

("蒋介石与近代中国研究丛书",浙江大学出版社,2013 年 1 月。)

《中外学者论蒋介石——蒋介石与近代中国国际学术研讨会论文集》导读

展现在大家面前的，是2010年4月9日至12日召开的"蒋介石与近代中国国际学术研讨会"的论文集。编辑此书时，脑海里不断浮现出春暖花开之际的那次学术盛会的情形。

蒋介石是重要的历史人物，他的一生与近代中国有着密切的关系。对蒋介石的学术研究是中国近代史研究的重要内容，也是代表该领域研究水平的标尺之一。多年来，前辈学者们为召开一次以蒋介石为主题的学术会议不断努力，他们的辛勤努力终于获得成果。

中国人做事讲求师法自然，一件事的成功通常被归结于"天时、地利、人和"。首次以蒋介石为主题的国际学术研讨会能顺利举行，确实离不开这3条：天时，首先是指研究大环境的变化，改革开放30多年，使得整个学术研究的环境发生了巨大变化，社会已经有足够的自信与雅量来评价历史上的人与事；其次是经过学者们的艰苦努力，中华民国史研究、蒋介石研究取得巨大成果，国际交流日益增加，已形成了"突破"之势；再次是《蒋介石日记》与档案的相继开放，激发了学者们的研究热情，蒋介石研究俨然成了史学界的"显学"。地利，是指会议在蒋介石的故乡浙江召开。浙江大学于2007年建立了专门的学术机构"蒋介石与近代中国研究中心",致力于推动蒋介石相关研究及交流,召开一次高水平的国际学术会议就是当初的目标之一。人和,是指国内外学者的通力合作,踊跃支持,尤其是台湾中正文教基金会、香港珠海书院亚洲研究中心获悉会议将举行的消息,愿意加盟,参与合办。这样,大陆地区首次以蒋介石为主题的学术会议,由两岸三地的学术单位共同参与,更彰显出非凡的意义。

来自中国、日本、美国和韩国的40余位学者参加了会议,其中既有年逾八旬的学界泰斗,也有刚三十出头的青年学者,更多的则是目前活跃在研究领域的中坚砥柱,老中青三代学者共襄学术盛举,呈现出薪火传递的完美结合。由于与会学者的密切配合与主办者的精心组织,会议圆满成功,达到了推动研究、增加交流的目的,得到各方的好评,教育部主管的《国际学术动态》刊发了会议综述,海外媒体也给予非常正面的评价。《近代史研究》发了会议的学术综述,香港珠海书院的《亚洲研究》也出专刊登载多篇会议论文。

与会学者各就其研究专长精心准备的会议论文,代表了目前史学界对蒋介石研究最新的高水平成果。会议结束后,学者们又进行了认真的修改、润色。现汇集成册出版,把会议成果展示出来,也算是对学术界的一次汇报。

论文集的基本编辑思路是,依提交论文的内容大致分为几个专题,每一专题之中,又以内容所涉时间先后为序。为阅读方便,特将各专题论文大概介绍如下:

第一专题"蒋介石与民国政治经济"。蒋介石与民国政治经济的发展有密不可分的关系,以往论著多集中于此,此次会议涉及此一专题的论文有 4 篇。

韩国新罗大学裴京汉教授的《国民革命时期的蒋介石——以四·一二政变前蒋汪关系为中心的探讨》,对国民革命时期蒋介石与汪精卫的关系基本结构和性质进行探究,认为军事力量压过了革命力量(或者政治力量)的情况成为国民革命的基本结构,蒋介石全面掌握主导权成为一种历史必然。美国路易斯安那州立大学曾玛莉(Margherita Zanasi)教授的《"节约、消费和新生活":蒋介石的社会经济思想》,着重探讨 1934—1936 年新生活运动中蒋介石的节约与消费观点,由于蒋介石关于节约的主张对于城市化、现代化的消费主义潮流而言没有什么吸引力,对于缺乏最基本生活所需的民众来说没有什么意义,所以新生活运动最终未能对社会产生实际影响。蒋的经济建设计划没有反映出 19 世纪末以来中国新兴工业和社会发展的方向。安徽工业大学方勇博士的《蒋介石与国民经济建设运动》,突破学界主要从南京国民政府来研究国民经济建设运动的视角,力图以运动的发起者蒋介石为论述基点,探讨其在经济建设运动开展过程中的诸多论述及相关思考,从而深化对蒋推动战时经济转型独特作用的理解。湖南科技大学刘大禹副教授的《蒋介石个人集权政治形成的历史考察——以五全大会前后为中心》,以召开国民党五全大会前后的一系列会议为中心,探讨蒋介石个人集权政治的形成,分析这种政治模式的特征与发展路径。论文认为,蒋面对危局采取的政治妥协,以汪精卫遇刺为契机，最终完成权力集中的过程。在制度权威缺失、政党权威未建立时，蒋介石个人集权的形成既有其必然性，也具有偶然性。

第二专题"蒋介石与抗日战争"。从1931年"九一八事变"算起，抗日战争进行了整整14年，是中国历史的重大转折。漫长的抗日战争过程，国民政府内部有人对抗战持怀疑和摇摆的态度，甚至有人公开投敌。作为最高领导人蒋介石的态度和立场对战局的走向与结局显得十分重要。会议论文中讨论这一主题的相对较多，从广泛的视域中探讨蒋介石与抗战的关系。

浙江大学蒋介石与近代中国研究中心肖如平副教授的《蒋介石与"一面抵抗，一面交涉"——以一二八淞沪抗战为中心》，突破通常将"一面抵抗，一面交涉"政策与汪精卫联系在一起的看法，利用蒋介石日记等新史料，对蒋介石与此政策的关系作了新的探讨。台湾著名学者蒋永敬教授的《蒋介石"抗战到底"之"底"的问题再研究》，论文指出，蒋介石"抗战到底"之"底"其实是在不同时间有不同的两个"底"：一为卢沟桥事变之"底"，是不彻底之"底"；一为太平洋战争爆发后之"底"，是彻底之"底"。前者以恢复卢沟桥事变之前状态为底线；后者是所有一切条约、协议、合同，有涉及中日关系者一律废止。这个底线也就是彻底恢复被日本占据的所有的中国领土，不仅包括中国东北，还包括台湾、澎湖列岛在内。复旦大学吴景平教授的《蒋介石与抗战初期国民党的对日和战态度》一文，角度新颖，以蒋介石、王世杰、陈布雷、胡适、徐永昌、王子壮等名人日记为中心进行比较，研究抗战爆发后的1937年7月到

1938年1月之间国民党高层人士在对日和战问题上的不同态度。在中日战争迅速扩大，正面战场接连受挫的情况下，国民党高层人士之中一度悲观主义情绪弥漫，议和甚至乞和的主张若暗若明，蒋介石也有过踌躇和对国际调解、大国介入的不切实际期望，但在几个重大关头，作为战时体制中最高决策者蒋介石坚持了抗战的基本态度。台北"中研院"近代史研究所张力研究员的《从决战到弃守：浙赣会战衢州战役蒋介石的抉择》，认为蒋介石在1942年初即判断日军将对衢州有所行动，并作了切实准备，论文通过新史料分析了蒋对衢州战役由决战到弃守的决策过程和心理变化历程。中国社科院近代史所王建朗研究员的《蒋介石与战时新疆的内向》，分析了战时蒋介石及重庆政府利用苏联和盛世才的矛盾以及盛世才自身态度变化的契机，重新确立中央在新疆之权威的过程。二战爆发后，苏联无力东顾，苏联和新疆矛盾开始显现，盛世才也开始考虑重建新疆与中央的关系。蒋介石抓住机会，利用刚柔并济的方法，使长期处于半独立状态的新疆终于回到中央辖制之下。学术界既往对中国抗战时期动员体制的关注不够，日本庆应大学段瑞聪准教授的《抗战、建国与动员——以重庆市动员委员会为例》着力于此，该文以个案分析的方法，通过探讨1938年11月至1942年6月期间重庆市动员委员会的组织结构及其活动，来分析蒋介石、国民党和国民政府用什么样的理念和方法动员民众，以及重庆民众如何回应。

会议论文也涉及抗日战争对战后中国的影响。南京师范大学张连红教授的《蒋介石与战后南京大屠杀案的调查》，初步探讨了蒋介石在南京大屠杀案调查过程中的角色，指出从南京大屠杀发生到抗战胜利，蒋介石都十分重视对日军暴行资料的搜集，然而限于时局，调查未能继续和深入，资料的缺失也为日本右翼否定南京大屠杀提供了借口。关于如何清算日本侵华战争的责任，日本敬爱大学家近亮子教授在《"战争责任二分论"在中国的源流——蒋介石毛泽东周恩来中日战争的叙说方式》中提出，国、共两党有尖锐的政治对立，但对日本的战争责任问题的认识方面却有着惊人的相似之处，即所谓的"战争责任二分论"：把战争的责任仅归咎于一部分军人，而把日本国民视为"无辜者"（或是与中国人民一样的"受害者"）。该文分别考察了蒋介石、毛泽东和周恩来自抗战开始对战后的构想，他们在中日战争时期是如何提及日本的天皇制及日本国民的，文章认为，所谓"战争责任二分论"原本是高度政治性的历史认识问题，其目的在争取日本的国民。

第三专题"蒋介石与民国外交"。民国时期是中国外交史上非常重要的阶段，在复杂的国际形势之下，中国人艰苦奋斗从屈辱走向独立，国际地位大幅度提高。蒋介石有着怎样的世界观，他当政之后对国际形势的认知和最终决策对中国外交走向有重要的作用。会议有4篇论文涉及这一主题。

东京大学川岛真教授的《蒋介石的日本经验——以高田时代为主》，以大量新资料介绍了蒋介石1910—1911年在日本高田的生活，包括考证蒋介石到达高田的日期、高田时代蒋介石的风貌、成绩及其在高田时期的军人生活等，矫正了史实，更清楚地展示了"日本经验"对蒋日后所产生的影响。日本大东文化大学鹿锡俊教授《蒋介石对"苏德互不侵犯条约"的反应》一文,探讨了1939年苏联和德国签订互不侵犯条约之后,蒋介石对这一事件的应对,该文从欧洲局势对中日两国的影响问题、如何应对欧局问题、何种状态的结盟关系对华有利问题等6个方面归纳了蒋介石对日苏德关系及国际形势的基本认识。由于蒋介石有"日苏必战"的情结,使其对苏联订约动机产生错误判断,但是事情的发展与其愿望背道而驰之后,蒋介石迅速修正中国外交的战略构想,做好对日作持久抗战到底的总战略。四川农业大学张祖龚博士的《蒋介石与战时"是盟非友"的中英关系——以"结盟基础"为中心》,以蒋介石的外交策略为线索,纵向考察抗日战争时期中英两国的"结盟基础",并由此探讨中英结盟后"盟而不和"的激烈矛盾,以及南京政府在争取结盟中的种种艰辛努力,从而揭示战时中英外交"是盟"却"非友"关系的实质。香港珠海书院博士生蒋啸琴的《蒋中正与废除不平等关系条约探讨》,主要论述国民政府废除不平等条约、签订平等新约的过程。

第四专题"蒋介石的人际关系与修养"。在现代社会,人际关系重要而复杂。蒋介石的崛起与政坛沉浮,均与其人际关系与个人修养有极大的关联性,其与人交往过程中难免出现"公"与"私"的复杂性,对周围的人和重要事件则会起到非同寻常的作用。会议中涉及蒋与其他民国人物关系的论文较多。

南开大学江沛教授《蒋介石与张伯苓及南开大学》一文指出,南开大学发展历程中,蒋介石与校长张伯苓的关系起了不可忽视的作用。抗日战争中南开大学被日军炸毁,张伯苓努力与蒋介石沟通，南开大学与北大、清华迁移昆明，组成西南联大，对南开的发展起了重要作用。抗战结束后，南开又获得蒋介石及国民政府的财政支持，得以复校，并由私立改为国立。中国第二历史档案馆马振犊研究馆员与徐妍合作的《1946：蒋介石与戴笠关系异变研究》，纵览蒋介石与戴笠由交易所的主仆到黄埔军校的师生，再到戴笠追随蒋介石的上下级关系，双方由互相信任到彼此猜忌，最终戴笠暴卒的全面历程，展示了两人关系的复杂性。南京中国近代史遗址博物馆刘晓宁的《略论蒋介石与林森的关系》一文，阐述了国民政府主席的林森与蒋介石之间的关系，认为他们关系融洽、和睦相处，但无深交，林对蒋虽是全方位支持，但也不是完全盲从。香港中文大学郑会欣研究员的《党国荣辱与家族利益——析蒋介石与孔祥熙之间的关系》，分析了抗战胜利前夕蒋介石对孔祥熙态度的转变及其原因。由于孔祥熙世故圆滑和驯服的性格特点以及早年全力支持蒋介石和宋美龄结婚，所以一开始蒋对孔是信任有加。孔祥熙及其属下利用职权，大肆敛财，甚至大发国难财，引起了国内外舆论的强烈攻击。蒋对孔的行为异常愤怒，但考虑到案情的真正公开将会影响党国的统制和家族荣誉，最后只是撤去孔的职务，追缴其不法所得，没有追究孔祥熙的刑事责任，将一件贪腐案大事化小，小事化了。还有两篇论文涉及蒋与其他人物的承继与比较关系，台湾大仁科技大学林爵士《蒋介石对孙中山五权宪法的拥抱与修正》，分析了蒋介石与国民党人对孙中山的五权宪法的理念采取修正立场，而非全盘照搬的过程及原因。"中研院"近代史所陈三井研究员的《共识与歧见——

左舜生与蒋介石》,详细列举了中国青年党领导人左舜生在不同时期与国民党领导人蒋介石的关系变化,尤其是他们在政见方面的异同,并结合时代特点予以评价。关于蒋介石个人修养与特质方面的研究较为薄弱,过去的研究强调蒋介石从小便受儒家教育和母亲笃信佛教的耳濡目染,对其与宋美龄结婚后皈依基督教的情况较少论及,台湾政治大学刘维开教授的《作为基督徒的蒋中正》弥补了这方面的不足。该文从蒋介石关于基督教的公开言论、蒋日记中所显现的基督信仰,以及蒋介石对《圣经》的研读等3个方面进行了讨论,清楚地描绘了基督教的思想在蒋介石身上留下的深刻烙印,也拓宽了对蒋言行诠释的思路。

在所有论文中,中国国民党党史馆邵铭煌主任的《蒋介石现形记:蒋日记与胡照相对映的身影》独树一帜,论文跳出传统论文的纯文字论述模式,尝试采用以蒋介石日记的记述与其御用照相师"胡照相"拍下的珍贵照片相互参照,图文并茂来呈现出蒋介石日常工作与生活的侧面,新颖生动,是一种大胆尝试,提供了另一种全新的研究方法与书写模式。

第五专题"蒋介石与浙江"。浙江是蒋介石的故乡,是其一生事业的出发点。这次以蒋介石为主题的学术会议在浙江召开,适得其所。与会学者注意到了浙江在蒋介石研究中的重要性,提供了几篇相关论文。

台湾辅仁大学林桶法教授《蒋介石的亲族关怀——以日记与家书为中心的探讨》一文,突破过去稗官野史对于蒋介石亲情的描绘,利用蒋日记与家书等第一手资料来了解其亲族关怀,探索其内心的真正情怀。该文主要讨论了蒋介石在奉化的重要亲族网络、对母亲之眷念以及关心亲族的具体表现等侧面。杭州师范大学袁成毅教授的《地缘纽带中的蒋介石与浙江——以国民政府建立前后为时段的考察》，则透过地缘纽带对国民政府建立前后这一时段进行考察，分析了蒋介石与浙江的关系。该文认为，蒋执掌中枢之后大量起用浙人，既是中国传统官场上援引乡人的"腐习"，也与浙江各类人才涌现的基础相关。蒋介石对浙江的地缘认同，没有超过蒋的政治理念和治国方略。浙江大学蒋介石与近代中国研究中心方新德副教授的《从"日记"看蒋介石的故乡情结》一文，大量引用蒋介石日记中对浙江，特别是奉化溪口的赞美之词和思念，展示蒋对故乡自然风光的热爱。对故乡的热爱是"半由山水半由人"，蒋介石对家乡事务的关怀，说明他的乡情也和他对家族的亲情紧密相连。两篇来自溪口当地的论文，充满了乡土史学的气息。溪口博物馆周金康、裘国松的《溪口民国史史料辨正与拾遗》一文，图文并茂，介绍了大量与蒋介石相关的史料与史迹，对若干史实进行考订。王舜祁的《民国第一镇——溪口在民国史上地位》充分肯定了民国时期溪口的重要历史地位，但是溪口能否称为"民国第一镇"，有与会学者提出了商榷。

　　蒋介石是个十分复杂的历史人物，对他的研究与评价，历来是见仁见智，争论纷呈。与会学者来自不同的国家、地区，研究的背景有差异，研究的方法、角度各不相同，对史料的解读各有体会。有着不同观点的学者在会上有着热烈的争论与交流，这是高水平学术会议的标志之一。学者的风格各异，为使全书接近，编辑过程中，我们进行了若干技术处理，如对论文格式、注释方式进行统一,对过长的论文稍加压缩,但所有论文的基本观点与史料均保留原貌,以尊重学者的研究自由与独特见解。然而,这并不代表本论文集的所有观点得到所有与会者(包括编者)的认同。

一次学术会议,不可能面面俱到,解决所有问题。限于规模与时间,会议对蒋介石研究的许多重要议题并未全面涉及,如对蒋介石、国民党政权在大陆统治时期种种弊端、错误政策及其在大陆失败原因的分析探讨等。这些问题学界已有相当多的成果与基本共识,为日后深入探讨提供了很好的基础。

学术研究是在交流中不断进步的。研讨会的闭幕式上,专门进行了"蒋介石研究的未来:做什么?怎么做?"的专场讨论,为未来的研究提供思路。学者们大致得出了两个共识:(一)蒋介石研究要走向深入,要脱去附着他身上的诸多"属性",使他从一个"政治符号"回归到本人。蒋介石长时间作为国民党及其政府的领导人,其言行对国民党及其政府有相当影响力,但并非所有国民党及其政府的决策都由蒋介石制定。既往的研究未将什么是国民党的政党行为,什么是国民党政府的政府行为,什么是蒋介石个人的行为加以严格的区隔,常常是混淆在一起。蒋介石档案与日记的开放,也为把他从"政治符号"回归到"自然人"的史学研究对象提供了条件。过去的研究着力点多在"公领域",如蒋介石与重大历史事件的关系上,今后应更多地关注其个人的成长经历、个性与心理特征、家庭生活、宗教信仰、人际关系等"私领域"。(二)既往的研究,对蒋介石在台湾时期的活动研究非常不够。蒋介石晚年在台湾统治

26年，相对于其风雨飘摇的大陆时期来说，是稳定而成功的。中国历史尤其注意晚节，有所谓"盖棺定论"之说。台湾时期的蒋介石与大陆时期有何不同？他个人有何改变？内外环境与时代又起什么作用？只有将大陆时代与台湾时代相互参照，才是一个完整的蒋介石。非常可喜的是，学者们已经循此方向在努力，2010年12月在台北召开的"蒋中正日记与民国史研究"学术会议上，就有多篇研究台湾时代蒋介石的论文宣读。

这次在学术史上有重要意义会议的圆满举行，是许多人共同努力的结果。编辑论文集的过程中，内心充满着感激之情：首先感谢所有与会的中外学者，在百忙之中带着精心撰写的佳作来杭参加会议；还要感谢台湾中正文基金会陈鹏仁董事长、蒋方智怡副董事长、邵铭煌执行长，感谢香港珠海书院亚洲研究中心胡春惠主任，他们对会议的成功作出了巨大的贡献；感谢溪口旅游集团，他们盛情接待，安排会议在溪口圆满闭幕；感谢恒励集团张克夫董事长、张甬江总经理，他们长期无私地支持着蒋介石与近代中国的学术研究；感谢浙江大学、浙江大学学科建设办公室、浙江大学人文学院的支持与资助。最后，浙江大学蒋介石与近代中国研究中心的青年教师、研究生承担了会务，张祖龑博士对论文集的编辑付出了心血。对他们的辛勤工作，深表谢意！

（《中外学者论蒋介石——蒋介石与近代中国国际学术研讨会论文集》，浙江大学出版社，2013年1月。）

《中国近代思想家文库·胡汉民卷》导言

经过一段辛勤的工作,《胡汉民文集》终于编成。它是从国民党早期重要领导人与理论家之一胡汉民众多的论著中选编而成的。在此,有必要对胡汉民的生平事迹与论著出版情况做简要的介绍。

一

胡汉民,初名衍鹳,后名衍鸿,字展堂,别号"不匮室主"。"汉民"是他在《民报》发表文章时用的笔名,并以此行世。

胡家原籍江西吉安府延福乡青山村(胡晚年与密友通信时,常自署"延福乡人""延""福"与"大福佬"等)。祖父宦游至广东,遂定居于此。其父胡文照曾担任"刑名"等小官职,他秉性耿介,恃才自傲,抱持"合则留,不合则去",常难容于上司,游幕于广东的番禺、博罗、茂名等处。胡文照的个性对胡汉民有较大的影响。其母文氏出生于江西望族,受过良好的教育,对琴棋书画略有所通,长年随夫流寓各地,相夫教子,操持家务,生活清贫而无所怨。

1879年12月9日(清光绪五年十月二十六日)胡汉民出生于广东番禺。在兄弟姐妹7人之中,排行第四。胡汉民的童年是在其乐融融的家庭气氛中度过的,他聪颖好学,在母亲教导下能背诵大量的诗词。但他13岁时,父亲胡文照病逝。15岁时,疼爱他的母亲文氏离开人世。家境中落,他的一个哥哥一个姐姐及两个弟弟均因无钱医病而遽然离世。短短几年中,胡汉民接连失去6位亲人,这对他是巨大的打击。由此也养成了他在逆境中不屈求生、争强好胜的性格。

为求生存,胡汉民自16岁起就与长兄一起充当私塾老师,开始了舌耕养家的"小先生"生涯。教书之余,他仍发愤读书,终于考取了学海堂。学海堂是两广总督阮元于1824年倡办,是广东当时的最高学府,招生严格,学风别具一格,忽视传统空洞的理学,注重引导学子从事"经世致用"之学的研究。胡汉民不仅学业上大有长进,眼界也开阔了,结识了史坚如(后为配合孙中山的反清起义而牺牲)等有为青年朋友,更重要的是,他在此听说了孙中山的名字,了解到孙中山的反清事迹。他开始从家庭的不幸中走出来,关注国家的兴衰与民族的命运。接连发生的中日甲午战争、马关条约签订、公车上书、百日维新等事件,对胡汉民都产生了巨大的冲击,使他产生了对清廷的不满与改造社会的理想。20岁那年,胡汉民决心投身到改造社会的洪流之中,他去广州的《岭海报》做记者。

在晚清各种救国的潮流中,孙中山的革命活动对胡汉民最具吸引力。他了解到日本东京是革命党人活动的中心,乃决心东渡留学,去寻找革命同志与救国道路。1902年春,胡汉民与其好友陈融的妹妹陈淑子结婚,陈淑子后来也加入同盟会,参加过反清武装起义活动。5月,胡汉民即满怀激情地奔赴海外革命党人聚集的东京,开始了一个爱国、愤恨清廷统治的青年向革命党人的转变。

胡汉民到日本后,选择了中国留学生聚集的弘文学校师范科学习,当时黄兴也在此校学习,但没有资料显示他们此时有交集。胡汉民初到国外,言语不通,"苦求不得革命之方略",决定从教育入手,以达到中国之独立富强。然而,这次精心筹备的留学生活,只有两个月就遽然结束。这年8月,留日学生因清朝驻日公使蔡钧迫害学生而发起反对风潮,部分激进留学生更以"退学"向日本当局施压,胡汉民即其中之一。事情到最后,不少人退缩了,耿直固执的胡汉民独自写了"退学书",愤然归国。这次留学时间很短,但对胡汉民的思想影响颇大。回国后,他即将"教育救国"的初衷付诸实践。

1903年,胡汉民应聘于广西梧州中学,担任总教习兼师范讲习所所长,主讲国文、修身等课程。他制定了校训5条,戒律7条,其中包括"吾人当铭记此身为中国之国民""不可无爱国心而甘为他人之奴隶"等等。他在授课时,巧妙地将民族革命贯穿其中,宣传革命思想,学生深受影响。胡的活动,受到当地官僚的忌恨,有人向上级举报胡在学校里提倡革命、诋毁孔孟、踩践上谕。胡汉民被迫提出辞职。但接受了新思想的学生拥护胡,派出代表到广州抗争,结果胡获留任。胡在梧州中学的任职时间不长,但他在学生中宣传的进步思想,播下了种子。辛亥革命期间,广西从事革命的青年中不少人是他的学生。

1904年冬,胡汉民作为广东省的官费留学生再次赴日留学。同行者中有汪精卫、朱执信、古应芬、陈融等,这批追求进步的广东青年人，因年龄、观念等方面相近，结成了挚友，日后在中国的政治舞台上扮演了重要角色。胡汉民选择了攻读政法，他进入日本法政大学速成班学习。这是一种两年制的短期学制，主要开设法律、政治、理财、外交方面的课程。胡汉民全面系统地接触与学习了西方的政治、经济、法律与伦理等方面的理论，思想有了质的飞跃，从一个反清爱国的知识分子转变为资产阶级革命者。

1905年8月，中国同盟会在东京正式成立时，胡汉民恰巧利用暑假回国接妻子、妹妹到日本留学，未能参加成立大会。他闻讯后，立即与廖仲恺等赶回日本。9月1日晚，他们请孙中山到其寓所。孙向这批景仰他的广东青年讲述中国革命的必要性与三民主义政治主张，胡汉民表示："革命本素志，民族主义、民权主义，俱丝毫无疑义矣，惟民生主义，犹有未达之点。"孙中山便对民生主义，"平均地权"详加细说。大家越谈越投机，不觉间竟至天明。当即，由孙中山主盟，胡汉民、廖仲恺等人宣誓加入同盟会。

胡汉民的才华为孙中山所赏识，不久即被指定为同盟会本部秘书，协助处理本部日常事务，掌管机要文件，有了大量与孙中山接触、参与重要活动筹划的机会。此后长期的患难与相知，他们之间形成了"领袖—助手"的亲密关系。1905年11月，同盟会的机关报《民报》创刊，孙中山指派胡主持《民报》的编辑工作，《民报》的名称也是依胡汉民建议而确定的。

二

胡汉民在《民报》上大力宣传孙中山的三民主义，"为文立论，探奥撅微，莫不以阐发此三大主义为任"。[1] 胡汉民在传播三民主义，与保皇派论战方面，冲锋陷阵，在此过程中，他也不断地学习，完善自己的思想体系。由孙中山口授，胡汉民执笔的民报《发刊词》，首次高揭了"民族、民权与民生"三大主义。此后，胡发表《民报之六大主义》《告非难民生主义者》等文章，更细致地阐述三民主义。他主持《民报》期间，该刊行文通俗易懂，反清革命的思想流传广泛，影响深远。之后，胡汉民参与在新加坡筹办《中兴日报》，担任过主编，在南洋地区与保皇派的《南洋总汇报》展开论战。他在《中兴日报》上共发表20余篇文章，深入浅出地宣传革命，驳斥保皇派，孙中山称赞其文"非惧外媚满者所能置辩也"。[2]

胡汉民直接参加孙中山领导的反清武装起义。1907年春，胡汉民到达河内组织机关，策应黄冈、惠州起义。10月的镇南关起义时，胡汉民随孙中山到达前线参与。这一时期的反清起义，都因势单力薄寡不敌众而失败。1908年河口起义失败后，胡汉民等革命党人的活动受到法国警察的限制，被迫离开河内。为加强对南洋革命力量的统一领导，1908年秋，同盟会建立南洋支部，孙中山委胡汉民为支部长，具体负责。1909年春，同

---

[1] 胡汉民：《南洋与中国革命》，《新亚细亚》，第1卷第6期。
[2] 孙中山：《论惧革命召瓜分者乃不误用时务者》，《中兴日报》1908年9月12日。

盟会再建南方支部，以有效领导南方各地的斗争，胡汉民出任支部长，他在同盟会内的地位不断上升。在此期间，胡为筹划和领导广州新军起义、"三二九起义"倾注了大量心血。1911年"三二九起义"时，胡汉民差点在广州被捕，侥幸脱险回到香港。

1911年10月10日，武昌起义爆发，各地响应。胡汉民等人利用形势，策反清军将领，实现了广东的和平光复。11月9日，广州各界开会宣布独立。胡汉民当选为光复后的首任广东都督。新政权建立，百废待举，胡汉民等人面临着财政与军事的巨大困难，他们采取各种措施，不仅稳定了广东的军政局面，还组织北伐军出师，援助北方的起义省份，对扩张革命形势起了重要作用。这段短暂的执政经历，对胡汉民是极好锻炼。

12月下旬，孙中山从美国转道欧洲回到香港，准备北上。胡汉民、朱执信等人专程去香港迎接，他们希望孙能留在广东，建立根据地，然后北伐底定全国。此主张被孙中山否定，他坚持北上，且要求胡汉民随行。胡遂以大局为重，匆匆写信委托陈炯明代理都督，自己随孙中山到达上海。

1912年元旦，孙中山在南京就任中华民国临时大总统。他任命34岁的胡汉民为临时政府秘书长，负责处理日常工作。胡汉民在任内，勇于任事负责，体现出行政才能，他致力于各种民主法制新制度的建立，对旧衙门作风进行改革，分担了孙中山的繁重工作，被人称为"二总统"。在"让位"于袁世凯的问题上，胡汉民与孙中山看法一致，促成此事。

胡汉民随孙中山辞职后，于1912年4月初返回广州，复任广东都督。他以建设"模范省"为目标,力图在广东全面试行孙中山的"建国方略",贯彻在南京临时政府期间未落实的政策。其中包括,禁止种植鸦片与吸食鸦片,推动农业发展,采取保护工商业发展的措施与行动,加强基层政权建设等。胡汉民在广东的作为,为袁世凯所嫉恨,他利用陈炯明的政治野心,抬陈以压制胡汉民,使广东内部不团结,"都督府徒负虚名",这也使得胡汉民第二次督粤虽取得局部性的成绩,但总体上没有大的作为。

袁世凯对革命党人步步紧逼,1913年3月,国民党代理理事长宋教仁在上海遇刺。6月,袁世凯下令免去胡汉民广东都督职,调为西藏宣抚使。胡一度答应,但终未就职。孙中山决定发动讨伐袁世凯的"二次革命",革命党人任都督的江西、广东、安徽等省先后宣布独立。然而,在袁强大的攻势之下,"二次革命"维持了不到20天即速败,孙中山、胡汉民等遭到通缉。8月2日,胡汉民随孙中山再次离国,流亡日本。

为继续革命事业,孙中山在日本建立中华革命党,胡汉民虽对孙所提党员绝对服从其个人的规定有所不满,还是配合孙的建党工作。1914年7月,孙中山任总理的中华革命党在日本正式成立,胡汉民出任政治部长,其职责是物色与培育政才、规划地方自治、筹备中央政府等,而当务之急的工作,是进行反袁宣传,重新集结革命力量。胡汉民担任中华革命党党刊《民国》的主编。《民国》以捍卫中华民国为号召,揭露袁世凯倒行逆施、背叛"民国"的种种恶行。1916年4月,胡汉民从日本潜回国内,到上海协助陈其美策动反袁斗争。

袁世凯死后，国内政治陷入军阀混战的乱局。在此期间，胡汉民一直追随孙中山，参加其在南方领导的反对军阀的各项斗争。1917年孙中山在广州建立护法军政府，自任大元帅，下设6部，胡汉民任交通总长。护法战争取得了一定的进展，但护法军政府内部矛盾重重，1918年5月，孙中山被迫通电辞去大元帅职。胡汉民随孙中山离开广州到上海。之后很长的一段时间，胡汉民在沪闲居，读书、吟诗、练字。他对《曹全碑》产生兴趣，专心临摹，得其精髓。

1919年8月，孙中山在上海创办《建设》杂志，并亲撰发刊词。《建设》是国民党的重要理论刊物，胡汉民担任总编辑，且是主要撰稿人，他在一年多时间里，共发表了约15万字的论著、演说与通信，内容驳杂，给人印象最深的就是他对于唯物史观的研究与宣传，在当时独树一帜。胡汉民介绍唯物史观的基本观点与重要意义，对非难攻击唯物史观的观点进行驳斥，并试图用唯物史观作为基本方法，对中国的历史与现实问题进行分析。这显示胡汉民面对国民党不断的失败与新思潮的冲击，开始了全新的思考。唯物史观对胡汉民的思想方法影响颇深，他后来的一些论著中也用经济决定政治及阶级观点等唯物史观的基本方法分析问题。

1920年9月，陈炯明率粤军攻克广州，迎接孙中山回粤。次年5月，孙中山在广州就任中华民国非常大总统，胡汉民在新政府中担任总参议兼文官长、政治部长。孙中山在广西建立大本营，希望出师北伐，统一全国。陈炯明则希望能先建设两广，反对孙的北伐计划，两人矛盾渐显。孙宣布免除陈的粤军总司令等职，激起陈下属的强烈反抗。1922年6月16日，陈的下属炮轰孙中山的总统府，迫使孙离开广州。此时在韶关的胡汉民心急如焚，试图率部救援，未果。只得自己转道由闽至沪。孙中山的事业再次受挫。1923年初，孙中山又一次受邀回广东，建立了陆海军大元帅府大本营，胡汉民则被任命为总参议，主持大本营的日常工作，且在孙中山出征期间，代行大元帅职务。胡汉民勇于任事，帮助孙稳固后方，筹措军饷粮草，平衡各方关系，使得广东根据地能够初步稳定。

三

孙中山在不断受挫之际，决定接受苏联的援助，实行"联俄"、吸收共产党员加入国民党的政策。事先，他曾经专门召集其主要干部胡汉民、汪精卫、廖仲恺等征询意见。胡汉民的态度是矛盾的，一方面，他深知国民党的困难处境，只有借助苏联的帮助才能走出困境，另一方面他对国民党在吸收了更有活力的中共党员之后能否保持其地位信心不足。故他提出要有条件地与共产党合作，在真正信仰"国民党主义"的前提下，吸纳共产党员以个人身份加入国民党。1922年9月孙中山指定胡汉民、汪精卫等人起草国民党的改进宣言。1923年10月，国民党临时中央执行委员会组成，具体负责改组工作，胡汉民是9位执行委员之一。他负责上海的国民党改组工作，并参与起草国民党《第一次全国代表大会宣言》。

1924年1月，中国国民党第一次全国代表大会在广州召开，胡汉民是大会主席之一，负责大会宣言的审查工作。会议期间，有代表提出要禁止国民党员隶属于其他政党，即反对共产党员加入国民党。胡汉民以大会主席的身份说明，只要遵守党的纪律，不必限制。他的意见，客观上保证了中共党员加入国民党的权利。大会结束前，孙中山选定24位国民党第一届中央执行委员，胡汉民名列第一位。会后，胡汉民被派往上海拓展党务，任国民党上海执行部的常委兼组织部长。毛泽东一度担任组织部秘书，执行部的会议，通常是胡汉民主席，毛泽东记录。胡汉民不仅与共产党人友好相处，还曾著《中国国民党批评之批评》一文，表示国民党欢迎共产党员的加入，诚恳接受共产党的建议与批评，并对社会上对国民党改组的种种批评加以澄清。

以上史实显示，在国民党实施改组的过程中，胡汉民对孙中山联合共产党的政策是有限度支持的，即在保持国民党"独大"与三民主义主导的前提下，吸收共产党人共同奋斗。以往论著中认定胡汉民一开始就是"反共"的老右派，与事实不符。

1924年4月，孙中山电召胡汉民回粤，再次将大本营事务交其处理。不久，孙赴韶关准备北伐，命胡留守广州代理大元帅，并兼理广东省长。此时，广东商团气焰嚣张，挑战革命政权权威。胡汉民试图以妥协方式处理，商团变本加厉，枪杀群众，胡汉民等遂遵孙中山命令，果断地平定了商团叛乱。是年底，孙中山应邀北上共商国是，启程前，他宣布由胡汉民代理大元帅职，并代理国民党政治会议主席、军事委员会主席，"统治后方"，[①]对胡充分信任。

---

① "胡汉民个人全宗"，中国第二历史档案馆藏，全宗号：三〇〇—1。

孙中山于1925年3月病逝于北京，国民党的事业与胡汉民的人生均由此而进入新的阶段。之前，胡汉民的重要性和影响力是通过辅佐孙中山折射出来的，然而，他缺乏在复杂的局面中独当一面的领袖气质与才干，这使他在孙中山去世后，在国民党内的最高权力很快受到挑战。

国民党改组后迅速发展，胡汉民对苏联与共产党的不满却逐渐上升。他认为苏联一面援助国民党，一面通过第三国际直接联络共产党而对国民党保密的做法是藐视国民党的尊严，他看不惯苏联顾问鲍罗廷等人的作风。同时，他也对共产党力量的发展心存疑虑。反过来，鲍罗廷也将胡汉民视为国民党内保守势力的代表，诸多不满。孙中山去世后，鲍罗廷对国民党事务的影响力更大。1925年6月，国民党中央决定将大元帅府改组为委员制的国民政府，胡汉民以代理大元帅名义发表了《革命政府改组宣言》等文件。此举虽是形势发展的必然，但削弱胡汉民地位的意图也十分明显。胡基本被架空，排除在了实际操作之外。7月1日，国民政府正式成立。胡汉民辞去代理大元帅和广东省长职，出任国民政府的5位常委之一，兼任外交部长。国民政府主席由汪精卫出任。胡的地位明显下降。

更大的厄运随后而至。8月，国民政府财政部长廖仲恺遇刺身亡。鲍罗廷等即以胡汉民与涉案的胡毅生等人关系密切为由，派兵搜查胡的住宅，胡暂时失去自由。9月15日，国民党中央决定派胡汉民赴苏联，接洽协商"关于政治经济之一切重要问题"。但是，无论是胡汉民本人还是不少后来的论者，都认为这是将胡汉民排挤出国民党最高领导层的步骤之一，胡作《楚囚》

诗一首，自比为失势被放逐的屈原。

胡汉民抵达苏联时，受到了高规格的接待，当地政府组织了有近 6 万人参加的欢迎式。他在苏联半年的时间，会见过斯大林、托洛茨基、季洛维也夫、李可夫等苏联与共产国际的领导人，参加过共产国际的会议，也到处参观苏联的各类机关与建设情形。胡汉民积极宣传国民党的历史与在中国革命中领导的地位，其目的是想让国民党直接加入共产国际，以取代共产党。他直接向共产国际提出过申请，他对斯大林说："你们如果承认国民党是同志，就应该正式联络，断断不可用暧昧的手段。……如果要联合，那我们只有直接参加第三国际。"[①] 然而，胡汉民的主张并未被采纳。

或许是受到环境的影响，或许是出于个人安全的考虑，胡汉民在苏联期间的言论出乎意料的"左倾"，是其一生最"激进"的时期，他对苏联革命的称赞，对共产国际的称赞，与同期的中共领导人相比也毫不逊色。他在为《真理报》所写的《苏俄十月革命的感想》一文中说："苏俄十月的革命是二十世纪的第一件大事，是无产阶级解放第一声，是宣告资本帝国主义死刑的第一法庭，是世界被压迫民族第一福音，是实现马克思主义革命成功第一幕，是人类真正历史的第一篇。"[②] 他在文章中还列举了十月革命给中国革命的诸多启示与帮助。他在共产国际会议上发言时高呼："全世界无产阶级团结万岁！""全

---

① 胡汉民："民族国际与第三国际"，《胡汉民选集》，第 79 页。
② 胡汉民："苏俄十月革命的感想"，《胡汉民先生在俄演讲录》，第 1 集第 1 页。

世界共产党万岁！"。当时，旅苏华人出版的《前进报》是莫斯科的第一份中文报纸，赞成国民革命，支持"联俄"政策，反对帝国主义为宗旨。胡汉民在《前进报》上共发表13篇文章，4篇演讲，均以称赞苏联、宣传国民党与中国革命为主旨，"可作为研究胡汉民左倾言论的好材料"。[①]

1926年1月国民党"二全大会"在广州召开，缺席的胡汉民却以全票当选为中央执行委员。国民党内一些反对与共产党合作的人士在北京召开"西山会议"，要求驱逐共产党。胡汉民与西山会议派的首领有不错的私人友谊，但他从国民党团结的立场出发，反对西山会议派的行径。3月，胡汉民离开莫斯科，在回国途中得知中山舰事件发生。4月中旬，胡汉民回到广州后，立即提出"党外无党，党内无派"的主张，意在排斥中共。此也为胡之后坚定反共的先声。胡的主张暂未被蒋介石等人采纳，只得再到上海，"闭户读书"，静观形势变化。胡在苏联期间有非常左倾的言论，何以在回国之后却急骤地转向反对苏联与中共？原因颇为复杂，其中之一就是他在苏联期间希望国民党加入共产国际以排挤中共的目的没有达到，他也在实地考察中看到斯大林的独断专行，看到苏联领导层的内部矛盾，经济困难等。但是，苏联党政组织的动员能力，苏联经济的快速发展给胡留下深刻印象，以至20世纪30年代后他还写过关于苏联建设与孙中山《建国方略》关系的文章。

1927年4月，蒋介石等人决定实行反共清党政策，另立门

[①] 余敏玲：“出版缀语”，《前进报》（"中央研究院"近代史研究所史料丛刊29），"中央研究院"近代史研究所出版，1996年，第2页。

户。为对抗武汉的汪精卫，蒋要联合在党内有地位的胡汉民。4月18日，以蒋介石与胡汉民合作为基础的南京国民政府建立，成立仪式上，胡汉民代表国民政府接受信印，他成为南京实际主持人（有人曾称他为"胡主席"）。他不仅积极推行反共清党政策，还发表了一系列文章，为反共清党政策提供理论依据。然而，国民党内部的纷争使得当年8月蒋介石下野，胡汉民失去凭借，也宣布"议席让步"，退出南京到了上海。1928年初，胡汉民与孙科等赴欧洲考察。他的首次欧洲之行持续了7个月，先后去过东南亚、印度、伊朗、埃及、土耳其、意大利、法国、英国等国。他在土耳其考察两周，对其国家复兴之路与党政制度极有兴趣，认为可为中国之榜样。他在与法、英等国领导人见面时，均提出了废除不平等条约的要求。6月，北伐军到达北京，国民党统一全国的局面基本形成，面临执政与建设国家的任务。胡汉民从巴黎寄回《训政大纲案》，提出未来国家将依孙中山提出的革命程序，进入"训政"阶段，要实行"以党治国"的方针。国民党接受了胡的主张。8月胡汉民回到国内，立即着手与蒋介石合作，他熟悉孙中山思想并有民国初年执政的经验，在国民党转变为全国性执政大党的过程中起了重要作用。

国民党决定在"训政"时期组建五院制的国民政府。1928年10月，胡汉民出任立法院长。之后的两年多中，他督促立法委员们勤勉工作，共制定了民法、刑法、土地法、公司法等16种法律，奠定了国民政府法律的基础。与此同时，他还主持国民党的党务，在纷乱的政争及蒋介石平定各路军阀的过程中，帮助镇守后方。他与蒋介石一文一武，配合颇默契。

1930年底，蒋介石取得了中原大战的胜利后，回应各方的要求，提出要召开国民会议，制定约法。胡汉民则认为，根据孙中山的"遗教"，训政时期可以召开国民会议，但无须再定约法。蒋、胡二人的矛盾由此激化。"约法之争"的背后，既包含着二人政见政略的不同，也有浓厚的权力之争色彩，加上二人个性均要强，不肯退让，因而愈演愈烈，从最初的私下较劲，变成公开的争论，最后成为政潮。蒋介石为压制胡汉民的反对声音，于1931年2月28日以邀请去总司令部赴宴为名，强行扣留胡汉民。胡汉民不肯屈服，据理力争。他气恼惊吓，加之彻夜未眠，血压升高，几至昏厥。次日，胡汉民被软禁于汤山。此后，蒋介石操纵国民党会议，决定召开国民会议，制定约法，并以胡汉民"积劳多病"为由，"准辞"国民政府委员、立法院长本兼各职。胡汉民的政治生涯再度陷入低谷。

四

蒋介石擅自扣押胡汉民，不仅未能平息争论，反而引起了国民党内反蒋派更激烈的反抗，他们在广州召集"非常会议"，组织国民政府，形成"宁粤之争"。1931年9月18日，日军侵华的九一八事变发生。蒋介石内外交困，胡汉民的处境有所改善，至10月14日，胡汉民结束7个半月的软禁生活，重获自由，到达上海。10月22日，胡汉民、汪精卫、蒋介石这3位国民党的巨头在上海见面，胡汉民拒绝了蒋介石"和解"的要求，坚持在"宁粤和谈"中的"中立"立场。在其他场合，胡汉民则表明蒋介石必须下野，幻想能与汪精卫合作，控制政局。

然而，支持胡汉民的粤方首先发生分裂，粤方的"四全大会"几乎中断，胡汉民只得南下广州处理危机。结果是汪精卫等人脱离粤方，自行在上海召开"四全大会"。在胡汉民与粤方的逼近下，蒋介石于12月12日通电下野。12月24日，国民党四届一中全会上，蒋介石、胡汉民、汪精卫被推为国民党中央常委与中央政治会议常委，轮流主持会议。为了照顾胡汉民等的特殊利益，四届一中全会还决定在广州建立国民党中央党部西南执行部与国民政府西南执行委员会，分别代表国民党中央与国民政府处理西南的党务、政务，两机关由胡汉民"主持一切"。但是，胡汉民所支持的行政院长孙科无法支撑局面，转而呼吁蒋、胡、汪联合出山。蒋介石遂不再理睬胡汉民，与汪精卫联袂入京，形成了蒋汪合作的局面。胡汉民被挤出国民党最高决策圈，成为党内的"在野派"。他在1932年1月中旬发表谈话，宣布与蒋、汪决裂。从此，他基本偏居香港，以两广为依托，宣传自己的抗日反蒋主张，进行相关的政治活动。

胡汉民曾对自己晚年的政治主张有如下表述："自东北事变发生以还，余以国内政治，厥持三义：曰抗日、曰剿共、曰反对军阀政治。"他的主要活动集中在进行抗日宣传和从事反蒋两个方面。

随着日本侵略的加深，抗日救国成为当务之急，中国人民的抗日情绪不断高涨。胡汉民有强烈的民族主义意识，坚决支持抗日活动，不懈地进行抗日宣传，反对南京政府的对日妥协，批驳"抗日亡国"等悲观论调，坚信抗战的前途一定是光明的。1933年，胡明确提出："假如政府不抗战，那我们便说，唯有推翻不抗战的政府。"他对东北义勇军、1932年的"一二八"淞沪抗战和1933年的察哈尔抗日同盟军都给了精神与物资方面的支持，并一再建议组织西南的军队北上抗日。胡汉民根据民族矛盾上升的形势，认为"抗日重于剿共"。1934年4月，中国共产党支持宋庆龄等1700多知名人士发表了《抗日救国六大纲领》，胡汉民也列名其中。日本方面数次派人见胡汉民，想利用他与蒋介石的矛盾，在西南组织亲日政府，并以供给钱款军械来利诱。胡均严词拒绝，并斥责日本的不义行为，保持了民族尊严。历史是复杂的，当时主张抗日的西南方面在南京政府的重压之下，也与日本有一定的军事与经济联系。

在反蒋的问题上，胡汉民是很坚决的。他的"三项主张"中，反蒋最重要，他说："抗日剿共，又必以推倒军阀统治为第一要义。"在他为西南制定的政策中，最重要的就是"对中央行为均表示反对"。为了宣传自己的政治主张，他1933年创办了《三民主义月刊》，自任主编，他在该刊上发表了以宣传反蒋抗日为主旨的文章、通电等计有50余篇。哈佛燕京图书馆收藏的"胡汉民资料"显示，胡汉民曾计划搞"西南七省大联合"，他与广西李宗仁白崇禧、四川刘湘、云南龙云、贵州王家烈、福建蔡廷锴、陕西杨虎城、山东韩复榘、山西阎锡山及张学良、冯玉祥等人都有过密切的联络，希望能联络全国各方的力量，组织一场以西南为中心的大规模军事反蒋运动。在组织方面，胡汉民认为蒋介石把持的国民党已经丧失了"革命精神"，必须重建党的组织。为此，他与邹鲁、萧佛成等人从1932年起联络各地的反蒋人士，另建立了一个新组织，仍称为"中国国民党",但一般人称其为"新国民党",以示区别。"新国民党"以西南执行部为中央机关,尊胡汉民为领袖,邹鲁为书记长。胡汉民与海外华侨也有联系,向他们宣传抗日反蒋的主张。

然而,胡汉民的各项活动实际成效甚微,主观原因在于他身体有病,畏惧在第一线的艰苦斗争,始终偏居香港,遥控指挥两广,热衷于坐而言,而不敢起而行。客观上是受制于广东实力派陈济棠。陈济棠、李宗仁等人的实力是胡汉民能够立足西南对抗蒋介石的基础,胡个人的生活也靠陈接济。陈最关心的是如何能保住在广东的统治和"南天王"的位置,对胡的志在全国的各项主张并不感兴趣,甚至还处处设障。此时的胡、陈关系,很像是此前孙中山与陈炯明的矛盾。由于陈济棠的干涉与阻挠,胡的反蒋抗日计划次次落空。此外,胡汉民内心有着根深蒂固的国民党意识,还要维护国民党的利益,因而当与西南有密切联系的十九路军于1933年底发动"福建事变",真正推动反蒋抗日运动时,胡汉民因其废除国民党等举措,而未加支持。

胡汉民居住香港期间,南京政府不时地派人联络示好。1935年,南京政府的对日政策有所变化,而胡汉民与陈济棠的彼此不满在加深,胡的好友邹鲁等人认为,随着国内形势的变化,与蒋介石合作也有可能,建议胡以"养病"为名暂时出国,以观形势发展。胡在这年7月往欧洲养病。

1935年底,国民党五届一中全会上选举胡汉民为中央常务委员会主席,蒋介石在对日态度上也有强硬表示,并热情地邀胡回国,特地转寄去了旅费。胡汉民1936年1月回到广州。当时蒋介石和西南实力派都要拉拢他，形成了一场小小的迎胡返国热潮。胡汉民对蒋介石不完全信任，没有立即去南京，留在广州进一步观察。他的身体状况欠佳，心绪更是忧郁烦闷。

1936年5月9日下午，胡汉民在亲友家吃晚饭后下棋娱乐，因对着棋盘长时间思考，血涌入脑致血管破裂，当场翻落在地。医生诊断为用脑过度，右脑溢血。当夜他清醒过来，留下遗嘱。12日晚7时不治身死，终年58岁。胡汉民死后，国民党中央召开临时会议，决定为他举行国葬，派居正、孙科等到广州致祭，国民政府也专门发了"褒扬令"。7月13日，胡汉民安葬于广东番禺县属龙眼洞狮岭斗文塱。

五

如前所述，胡汉民是国民党早期的重要领导人与理论家之一，一生著述颇丰。他曾担任过不少重要报刊的编辑或主笔，如《民报》《中兴日报》《民国》《建设》《三民主义月刊》等，他又擅长演讲，留下不少重要的演讲稿。他的著述内容，基本上可分为三部分：一是阐述宣传其政治理想与主张的，较为系统且偏重于理论；二是驳斥政治对手（如清廷、立宪派、袁世凯及蒋介石等人）的政论性文章；三是针对当时具体问题发表的时论。关于胡汉民著述的出版与典藏情况如下：

一、刊载他早期文章的《民报》《中兴日报》《民国》与《建设》等期刊，均已经有影印本出版，可资查阅。

二、在胡汉民生前，即有些文章结集出版，大致有：

1.《胡汉民先生在俄演讲集》（第1集），广州民智书局

1927年5月版。

2.《胡汉民先生演讲集》(第1—6集),上海民智书局1927—1929年版。

3.《三民主义者之使命》,(南京)军事委员会政治训练部印行,1928年9月翻印。

4.《胡汉民先生最近言论集》,上海三民公司1928年11月版。

5.《党国要人胡汉民最近言论集》(上),上海大东书局1928年印行。

6.《革命理论与革命工作》(3册),上海民智书局1932年8月版。此书由胡汉民的秘书王养冲所编,收录的是胡汉民1928年至1931年2月间的文章与演讲。

7.《胡汉民先生政论选编——二十年十月至二十三年三月》,广州先导社编,1934年印行。该书所收都是胡汉民在《三民主义月刊》发表的文章。

8.《胡汉民先生名著集》,军事新闻出版部1936年5月版。

三、1936年胡汉民逝世时的出版品:

1.《胡汉民先生遗教辑录》,国民党西南执行部印行。主要由胡汉民逝世前在《三民主义月刊》上发表的文章组成。

2.《不匮室诗钞》,国葬典礼委员会编1936年印行。是胡汉民诗作的结集。

四、胡汉民去世后别人编辑出版的文集:

1. 吴曼君编:《胡汉民选集》,(台湾)帕米尔书店1959年印行。

2. 国民党中央党史会编辑：《胡汉民先生文集》（4册），1978年出版。文集的第1册为胡民国前著述，第2册为民国后著述，第3—4册为《革命理论与革命工作》的原版影印。

3. 国民党中央党史会编辑：《胡汉民先生诗集》，1978年出版。

4. 国民党中央党史会编辑：《胡汉民先生墨迹》，1978年出版。

其中2—4，系国民党党史会为纪念胡汉民诞辰百年的出版品。

5.《胡汉民自传》（传记文学丛书之43），（台湾）传记文学出版社1982年版。

6. 陈红民辑注：《胡汉民未刊往来函电稿》（15册，哈佛燕京图书馆学术丛刊第四种），广西师范大学出版社2005年版。

五、胡汉民资料的典藏：

1.《胡汉民个人全宗》，中国第二历史档案馆藏，全宗号：三〇一〇。卷宗量不多，其中没有胡汉民自己留下的东西，多是别人回忆与剪报。

2.《胡汉民往来函电稿》，哈佛燕京图书馆（Harvard Yenching Library）藏。此为胡汉民女儿胡木兰收藏1931年后胡汉民的往来函电稿，数量大，是研究胡汉民晚年的重要资料。全部内容已经编入《胡汉民未刊往来函电稿》（广西师范大学出版社2005年版）。

六

最后，说明本次选编《胡汉民文集》的特点：

1. 本文集是 1949 年后大陆地区首次出版胡汉民的文集，其意义与学术价值，自不待多言。

2. 本文集全面地收录了胡汉民一生各个时期的代表作，弥补了以前所有文集的不足：民国时期出版的几种胡汉民文集，所选都是其某一特定阶段的著述，不能涵盖其一生。后来在台湾出版的两种文集，虽在力图在时段上包括胡汉民的一生，但当时的环境下，无法处理胡汉民 1931 年后公开反对蒋介石的言行，故完全略去他晚年的文章，选择性很大。本文集增补了这一时段的内容。

3. 本文集发掘出相当多胡汉民的重要资料，扩大了选择文章的来源。新的资料包括：胡汉民女儿捐献给哈佛燕京图书馆的一大批珍贵函电稿；胡汉民 1925—1926 年访问苏联期间在《前进报》上发表的文章；胡汉民晚年在其主编的《三民主义月刊》发表的大量文章。

4. 如前所述，胡汉民一生著述颇丰，文集篇幅所限，不可能尽收。收入文章的基本原则是：1）胡汉民有影响的代表作；2）各个时期均衡；3）侧重于其宣传政治理想与主张的理论性文章；4）加入新发现的资料，尤其是胡汉民晚年的往来函电稿；5）有些文章，如胡汉民自传，《革命过程中之几件史实》等，对了解胡汉民的思想较为重要，但篇幅太长，且有单行本发表，故未收入。

《胡汉民文集》的选编工作，由安徽工业大学副教授方勇与我共同完成，安徽工业大学罗彩云副教授也做了大量工作。

相信《胡汉民文集》的出版，对全面认识胡汉民这个复杂的历史人物，推动对其思想与生平的研究大有助益。

（《中国近代思想家文库·胡汉民卷》，中国人民大学出版社，2014年10月。）

费正清如何为哈佛争取"蒋廷黻资料"

2015年,我与傅敏整理、编辑的24册大型史料集《美国哈佛大学哈佛燕京图书馆藏蒋廷黻资料》,作为哈佛燕京图书馆文献丛刊第九种由广西师范大学出版社出版。

美国哈佛大学哈佛燕京图书馆典藏"蒋廷黻资料"(Archives of Dr. Tsiang Tingfu)系由蒋廷黻收集、保存的与其个人生涯相关的各式文件组成,由其公子蒋居仁(Donald Tsiang)捐献。

蒋廷黻(1895—1965)是著名的历史学家,美国哥伦比亚大学博士,曾任南开大学、清华大学教授,因在《独立评论》发表时政文章而名声大噪,被延揽从政,先后担任过国民政府行政院政务处长、驻苏联大使、行政院善后救济总署署长、中国驻联合国常任代表等重要职务。学界一般将其视为"自由主义知识分子""学者从政的典型""外交家"。蒋廷黻的这批资料形成于1947年至1965年,涵盖了蒋廷黻的后半生,而这一时段,恰是目前学界研究涉猎甚少的。蒋廷黻长期担任外交官,尤其是代表国民党政权在联合国工作近15年,他所保存的材料对研究现代外交史与当代台湾史有重要参考价值。

一个中国人的资料,怎么会进入美国哈佛大学的图书馆?其中有一段颇为曲折的故事。

（一）师生"分裂"

1932年，在英国牛津大学研究东亚历史的美国青年John K. Fairbank决定到中国来学习中文，并搜集其博士论文的资料。他进入清华大学，遇到正在进行近代中外关系史研究的该校教授蒋廷黻，并拜蒋为导师。清华教授、著名建筑学家梁思成为美国青年起了中文名字"费正清"。在华期间，费正清与蒋廷黻过从甚密，收获颇多。后来他返回美国担任哈佛大学教授，成为知名汉学家。

费正清受蒋廷黻影响至深，以致1972年他首次受邀重访北京时，冒着得罪主人的风险，在演讲时表达了对蒋廷黻的敬意："今天我必须首先承认我作为学生所受到老师蒋廷黻的恩德。尽管他在最近20年间作为国民党驻联合国安理会代表与人民共和国对抗，在这之前，他曾是清华的历史学教授，如果不承认此种恩德，我就不可能接着讲下去。"

事实上，1949年后蒋廷黻与费正清虽同在美国，却交往不多：一则他们分别住在纽约与波士顿，更重要的是费正清在其学术研究中对国民党政权多有批评，被视为"左派"，而蒋廷黻作为国民党在联合国的"官方代表"，自然不会轻易与其联络（他们之间偶尔有通信）。

1965年蒋廷黻在美国过世。费正清深知蒋有收集资料的习惯，便产生了寻找这些资料的念头，却长期苦无线索。

（二）意外"重逢"

到了 20 世纪 80 年代，费正清已从哈佛大学荣誉退休，每天仍到以他名字命名的"费正清东亚研究中心"（现已改名为"费正清中国研究中心"）办公室阅读与写作。

费正清研究中心招聘了一位新的秘书 Michele Wong Albanese，中文名为黄爱莲。这位有着华裔血统的女秘书出生于美国，完全不懂中文。她为多了解费正清及其研究中心的历史，专门阅读费正清的自传，读到其留学清华一节，发现其中所言蒋廷黻教授事迹，很像自己姨夫说过的父亲（事实是，Michele 的母亲与蒋廷黻四公子蒋居仁的太太为亲姐妹），就向费正清求证。费正清大喜过望，说自己已寻找蒋的后人多时，苦无线索。更让费正清意外的是，Michele 告诉他，乳名"四保"的蒋居仁（Donald Tsiang）就住在哈佛大学附近名为 Newtown 的小镇。

已年届高龄的费正清，正在为完成自己最后一部著作与时间赛跑。他在百忙之中通过 Michele 约蒋居仁到哈佛大学见面，询问蒋廷黻是否留有资料、可否捐献出来，供学术研究之用。蒋居仁回复说，蒋廷黻在家中留下不少资料，原是准备退休后自己做研究用的。

蒋居仁自幼生长在美国，是毕业于麻省理工学院（MIT）的建筑师，他不能阅读中文，无法处理这批资料，就全部置放于家中的地下室。蒋居仁称，捐献问题要先与其家人商量方可决定。随后，蒋与在美国加州的二姐蒋寿仁女士（英文名 Marie

Hu，乳名"二保"）协商。蒋寿仁的意见是，父亲的资料既然留在蒋居仁处，弟弟可全权处理。

但是蒋廷黻留下的资料内容复杂，不能不加整理就贸然捐出。蒋廷黻的日记相对独立，可以先捐出。这样，费正清在世时，蒋家先将日记全部捐给了费正清东亚研究中心，供研究之用。当时双方商定，待蒋廷黻资料全部捐给哈佛大学后，将存放在哈佛最大的图书馆——瓦德纳图书馆（Widener Library）。

（三）资料"落户"哈佛燕京图书馆

应该说，蒋廷黻后人选择将资料捐给学术机构的决定，与其本人想法颇为一致。早在1938年蒋廷黻写的遗嘱中，对自己保存资料就有所安排："应请萧公权兄就使俄文件（如电报、报告等）中择其关重要者作为《使俄记》之附录，合起来勉强成书，于十年后出版。（唐）玉瑞应该检出文件送给萧公权兄。公权兄编完后请将一切稿件掷还玉瑞。书出版后，文件可赠送清华或国立其他图书馆。"

不幸的是，费正清未能等到全部蒋廷黻资料全部捐献就仙逝了。此后，争取收藏蒋廷黻资料的任务就落在了其高足柯伟林（William C. Kirby）教授身上。

20世纪90年代，柯伟林教授担任哈佛大学历史系主任，蒋廷黻资料陆续捐来，就暂放在历史系的办公室。至2002年，柯伟林教授与哈佛大学相关学者商量，认为瓦德纳图书馆虽是哈佛图书馆的主馆，保管力量强，但从使用便利的角度考虑，还是典藏在以东亚文字为主的哈佛燕京图书馆更合适。征得蒋居仁同意后，蒋廷黻资料于 2002 年 9 月 27 日全部移到哈佛燕京图书馆，藏于该馆的善本书室。

以上介绍中，我们看到有许多机缘巧合：如果不是蒋廷黻出于历史学家的职业习惯保存资料；如果不是费正清对蒋廷黻的了解与尊重，不是他对这批材料的追索；如果不是蒋廷黻后人慷慨捐献，就不会有"蒋廷黻资料"入藏哈佛燕京图书馆，这批珍贵资料很可能湮灭在蒋居仁先生家的地下室（因蒋居仁家无人学习历史，且均不懂中文）。而串联整个故事最传奇、凑巧的一环，就是 Michele Wong Albanese 应聘为费正清中心的秘书。

苍天有眼，让费正清不负苦心。踏破铁鞋无觅处，得来全不费功夫。

我 2002 年 10 月访问哈佛燕京图书馆，承郑炯文馆长相告，有幸最先接触刚入馆的蒋廷黻资料，目睹了这批资料的"原生态"：这批资料入馆时，保存着蒋家捐出时的状态，放在规格不一的纸箱中，每箱里的东西相当凌乱，信件、书籍刊物、手稿等与字画、照片等共存，甚至有烟斗、唱片与旧式的录音带。图书馆随机给每个纸箱编上了号码，共 14 箱。

在燕京图书馆工作人员完成初步编目后，郑炯文馆长又委托我将这批资料整理出版。2011 年，笔者以"哈佛燕京图书馆藏'蒋廷黻资料'整理与出版"申请到国家社科重点项目资助。

"蒋廷黻资料"得益于费正清的尽力寻找，得以最终收藏于哈佛燕京图书馆。而我有幸追随费正清的脚步，竭尽所能把全部相关资料编辑整理（并增加了一些蒋廷黻家属新增资料），使这批珍贵资料最终在大陆出版,方便学者们阅读利用,完成了这项未竟的工作。

(原刊于"澎湃新闻"2016-07-16,本文为2015年6月广西师大出版社出版的《美国哈佛大学哈佛燕京图书馆藏蒋廷黻资料》一书前言的节选。)

《什么是最好的历史学》序言

呈现在大家面前的是2013年9月"什么是最好的历史学"西湖论坛上各位学者的发言与讨论。从篇幅上看，与时下动辄数十万言的长篇巨制相比之下，这本有些单薄的小书显得不够厚重。但就内容而言，本书的价值绝不逊于那些厚书。因为本书讨论的是历史学科最重要的问题之一，因为那是一次参与者与会议形式都值得一记的特殊会议。

我于论坛开始前曾对活动的缘起有过简单的说明。现全文照录于下：

> 待望已久的校友聚会终于成了现实。大家来自各地，有着各种的身份，但此刻，我们有一个共同的身份——哈佛燕京学社的校友。赴燕京访学，是大家学术生涯中一个重要的时段，我们多少都有些哈佛情结。有位资深燕京访问学者说过："我们心中都有一座佛，她姓哈，叫哈佛。"燕京学社关爱的眼神始终照拂着所有曾访问过的学者，有着多种的后续联系与帮助措施。这次论坛就是由燕京学社资助的，学社的当家人裴社长与李若虹副社长又亲自与会。这首先是一次校友的聚会。
>
> 感谢各位校友在最繁忙的开学之初来参加论坛。也欢

迎旁听的各位。

我2006年从南京大学到了浙江大学后,时常陪朋友来西湖,产生了一个莫名其妙的憧憬:如果有一天,约几位同道泛舟西湖,讨论有意思的学术问题,湖光山色之间一定激发灵感,能闪出精彩的思想火花。2012年10月底,裴宜理社长来杭州公干,傍晚在西湖散步时,我说出了这个想法,没想到她立刻赞同。于是,有了这次论坛。裴社长还说,90多年前,在浙江的南湖上有十二三个人曾经开过一次重要的会议,我们在西湖上也租条船开个十二三人的会议,挺有意思的。于是,就有了现在的会议形式与代表规模。

当时我们还商定,会议的主题,必须是有点空灵与富有想象力的,否则会辜负了这大好风景,于是,就有了"什么是最好的历史学"这个论坛的主题。"什么是最好的历史学",是一个涉及历史研究本质的问题,是所有从事史学研究的人都必须时刻思考的问题,当然,这也是史学领域最富有争议,而最难达成共识的论题,在社会与学术多元化的今天,更是如此。然而,每个时代的学者都会提出并回答这个问题,历史研究就在这个问题意识的引领下不断进步的。

此际提出"什么是最好的历史学"问题,是基于以下三点考虑:1.尽管不可能有终极的正确答案,我们这些人的思考也不能代表所有地区的所有史学工作者,但以我们的思考与研究实践来试着回答这个问题,作为历史的记录,让后来者知道这个时代的学者的思考。在此层面，我愿意引用美国作家巴勒斯（John Burroughs）在《自然之道》（*Ways of Nature*）里的话："一代人，就像一茬树叶，成为下一代的养料，失败者丰富了土壤或者让道路更为平坦。" 2. 如许多人所批评的，时下的史学研究非常精细，但由此也有了"碎片化"的忧虑，多数学者只关注个性化的小题目，而忽略了对史学基本问题的思考，"只埋头拉车，不抬头看路"，现在多的是史学专家，而缺少史学大家。在此层面，我愿意引用法国思想家伏尔泰的话："了解一个时代的人们怎样想问题，要比了解他们怎样行动更为重要。" 3. 人类进入21世纪前夕，所有人都对新世纪充满期待，莫名地激动，史学界也讨论过"新世纪的史学"这样的问题，10多年过去了，这些年的实践已经值得做一次系统的反省。

大家提交的论文，均围绕着主题展开的。肯定能达到我们的预想。论坛的设计，是要充分发挥"论"的优势，大家是校友、同行，但来自不同的地区，研究与观察既有交集又有差异，参加论坛的燕京校友，最早的访问学者与刚结束的学者之间隔了20多年，所以这也是不同地区、不同研究方向与不同代际学者之间的交流。每个人的发言，只是话题的引子，我们不设评论人，大家随意评论，思想的交集一定能产生智慧的光芒。会后，我们考虑整理出来，出个集子。所以，之后大家讨论发言，一定要先通报自己的名字，以便整理。

有首流行歌曲叫"最浪漫的事"，我们燕京的当家人与校友,在美好的仲秋季节,在中国最美的地方之一(西湖是世界文化遗产)、泛舟湖上,讨论"什么是最好的历史学"这么空灵的历史哲学命题,形式与内容俱佳。占尽"天时、地利、人和"。应该也是我们枯燥的学术生涯中所能做的最浪漫的事。希望这次论坛能成为各位学术生涯中一段共有的最美好的记忆。

"什么是最好的历史学"西湖论坛的参加者均是曾经的哈佛燕京访问学者(Visiting Scholar),专业限定在中国近代历史,主要是希望讨论问题能更聚集。

9月22日上午,杭州飘着小雨,论坛在西湖的"日月潭号"画舫上举行,船动景移,西湖在清蒙淡雅之间,真真就是一幅最美的山水画。会至中途,又雨过天晴云开雾散,应验了苏轼咏西湖的名句"水光潋滟晴方好,山色空蒙雨亦奇"。下午,会议移至杭州植物园内的笼月楼,古色古香的建筑坐落于山丘高处,翠绿环抱,与水天一色的西湖相去不远,却全然是另一景致。在此优美的环境中,学者们对学术的远见卓识得以充分展现,且不时有灵光一现的思想火花与激荡。

这次论坛的一大特点,是欢乐:校友重逢之乐、学术交集之乐、泛舟观山之乐。在为论坛进行学术总结时,裴宜理教授特别强调,最好的历史学,就是能给研究者自己带来快乐,给读者带来快乐。

论坛筹备之初,议题是"什么是好的历史学",到最后阶段改为"什么是最好的历史学"。裴宜理教授风趣地说,她对于什么是好的历史学觉得还能说几句,但看到"最好"两个字,她不敢说了,因为"最好"二字太具主观性,易生歧义。随后发言的学者,几乎无一不拿"最好的历史学"几个字调侃打趣。然而,发言与讨论中,大家均能紧扣"最好"二字做文章,调侃归调侃,还是很在意。大家都明白,"什么是最好的历史学"是个无解之问,答案深藏于每个历史学者的心底与论著之中,各人有本账。然而,每个人的不同答案汇成在一起,不正是我们这个时代学者们共同完成的一部主旋律"和而不同"的奏鸣曲式答案吗?

香港科技大学苏基朗教授的"入世的史学:香港公众史学的理论与实践",以其担任香港中文大学历史系主任期间推动"公众史学"的实践,讨论历史学如何回应多元化社会需要,这是历史学科生存与拓展所必须面对的问题;韩国延世大学白永瑞教授的"共感与批评的历史学:为东亚历史和解的建议",以历史学在东亚和解中的作用为切入点,提出"好的历史学"是在按照学术规范(discipline)将社会议题转化成学术议题的过程中得以实现的;四川大学李瑞英教授的"中国近代史研究中资料的多样性和局限性",结合其在成都平原农村土地关系与租佃制度研究中对如何解决史料收集、爬梳、甄别中产生的各种问题,论证历史资料多样性的重要性。认为好的历史研究,一定是建立在对资料的广泛占有、多方甄别的基础上的,不仅完成了当下评述历史的使命,也为后人留下资料和空间;复旦大学刘平教授的"'近代史框架'的意识形态化问题",从学术史的演进探讨意识形态对中国大陆近代史研究的影响,并提出学者在现实环境下的因应之道(收入论文集时改为"上海小刀会起义与上海现代化的关系");浙江大学陈红民教授的"什么是好的历史研究：以蒋介石研究的三个面向为例"，结合其所从事蒋介石研究的经验，提出现在中国的历史学可分为三个层次，对各层次的评判标准应该各不相同；台湾大学古伟瀛教授的"后之视今：后学对当今华人史学界冲击的初步观察"，从史学研究的方法论上入手，多角度地探讨"后现代理论"对华人史学界的影响，古教授提出了"理想史学"的概念以应对"最好的历史学"，他认为"理想史学"应该注意质性研究与量化统计并重，同时探索个人动机与进行心理分析，将理性与潜意识的作用共同考量；来自台北"中研院"近代史所潘光哲研究员的"中国近代史知识的生产方式：历史脉络的若干探索"，详细回顾了作为知识生产者角色的历史学家寻找史料、认识史料、鉴别史料的过程，提出"史学研究必须立基在扎实的材料基础上，而不是专以形构理论、概念等空言为能事"。南京大学李里锋教授的"从社会科学拯救历史——关于历史学学科特质的再思考"，认为经过一个多世纪学科交融，历史学已无法返回质朴无华的古典形态，历史学作为最古老的一门学问，面临着"如何既借鉴其他学科的优长之处，又保持自身的学科特质和独立品格"的严峻挑战；杭州师范大学何俊教授的"知识与价值在历史学中的双重变奏"，提出好的历史学应当是它所描述的历史事实能够具有从个案的意义上升到普遍的意义，"引发共鸣，影响人的价值观念，同时它描述历史事实的方法能由不自觉的状态，渐变成自觉，并导向整个研究范式的转移"。新加坡大学的杨斌教授在论坛上通过对《陈克文日记》的分析，

"什么是最好的历史学"工作坊的代表在西湖

阐述日记在近代史研究中的史料价值,非常精彩。可惜最终未能成文。

每位学者的报告,均引起热烈的反响与讨论,讨论的内容围绕论文,但比论文更广泛与开放,成为论坛的有机部分。因而,我们选取了些精彩的讨论与回应,收录在论文的后面。

限于会场条件(如船的容客量),论坛的规模较小,我们还是邀请了少量的学者列席会议。列席者积极参与会场讨论,为会议增色不少。会后,邀请其中的部分学者将感想撰写成文,以使更多的学者(尤其是青年一代史学工作者)有机会表达他们对历史学基本问题的看法。这些文章也一并收录本论文集。

会议组织、讨论与编辑初稿均在欢乐愉快中进行,出版时却遇到小波折，编辑平添颇多的工作量。有些会议文章略做调适，有的则更换了，实属无奈。最好的历史学不是学者个人或者群体努力就能做出的，还需要时代与环境的配合。历史上，某些时段，某些地方，"什么是最好的历史学"这个命题的讨论，也不可以随便进行。

如前所述，"什么是最好的历史学"是个高深莫测的问题，很难有统一的标准答案。然而，它又是每一位严肃的历史学家必须面对的问题。这本小书，提供了我们此时此刻的思考与讨论，答案肯定是不完美的，我们所以不揣浅陋，将燕京校友间一次小型学术聚会的愚见贡献出来与大家分享，是热切地期望通过问题的提出，能引发更多学者的思考与讨论，并落实在各自的研究实践中，写出最好的历史作品来。

如此，则善莫大焉！

（《什么是最好的历史学》，浙江大学出版社，2015年7月。）

《细品蒋介石》序言

蒋介石是中国近现代史上重要的人物,他与20世纪中国的许多重大历史事件与制度有着不可分割的关系。对蒋介石的研究,是学术界长期的课题之一,普通读者对蒋氏的历史亦兴趣不减,坊间充斥着有关蒋的言行事迹的出版物,严谨的学术著作与戏说性质的野史稗闻混杂。近年来,充满神秘色彩的"蒋介石档案"(大溪档案)与《蒋介石日记》相续由台北"国史馆"与美国斯坦福大学胡佛研究所对公众开放,中外学者们通过档案"走近"蒋介石,他与许多重大历史事件的关系正得以厘清,有关蒋介石的学术研究进入到新的阶段。

笔者数次造访斯坦福大学胡佛研究所,阅读《蒋介石日记》,发现日记中既有大量内容涉及国家军政大事,也有相当多是记述蒋氏私人生活、其对人对事的观感与个人心路历程。蒋日记中所记的一些琐事细节,对于我们全面地认识蒋的思想生活、人际关系与心理,不无益处。

笔者近10年来,在从事学术写作之余,也有意根据所摘抄《蒋介石日记》内容,辅以其他史料,择前人所不知或有趣之事写成系列琐记,以非史学专业的读者为对象,进行"揭秘"之余,也提供些笔者作为史学工作者的感想,文字长短不拘,所涉史事与人物可大可小。这些短文先后在《世纪》《凤凰周刊》《纵横》《南方都市报》《中国国家历史》、澎湃新闻等处刊出，其中，中央文史馆与上海文史馆合办之《世纪》开辟专栏连载。文章刊出后，获得普遍好评，转载率颇高。而笔者所写发表于《近代史研究》《史学月刊》《浙江大学学报》《抗日战争研究》《江海学刊》等学术刊物上的不少专业学术论文，所讨论问题产生的影响也超出史学界。

最初就有希望这类文章能自成体系，日后结集出版的想法。目前，所写已经超过20篇，虽然篇幅长短不一，风格也有所差异（学术论文在收入本书时，均在史料与观点不变的情况下重新改写，在文字风格上向通俗化靠拢），虽难以涵盖蒋介石的全部，但也能反映他的一些侧面。在所有关于蒋氏的文字中，别具一格，使读者在较轻松的阅读中，了解蒋介石的鲜为人知的一面。

本书主要依据的材料是《蒋介石日记》。关于这份日记，坊间已经有不少的介绍，也有争议。以下，先谈笔者对于《蒋介石日记》的看法。

日记本是一种文体，写作者逐日记述个人的工作、生活、感情、见闻与所思所想等，或留作记忆备忘，或自我反省总结检讨，或宣泄个人情感。日记极具个人隐私性质，且是当时所记，较为准确（比较回忆录等史料而言）。重要历史人物的日记，不仅透露出不为人知的感情世界、心路历程、性格特征，更有许多重大历史事件背后的秘闻和世人所不知的内幕。因此，日记在史学研究中深受重视。已经出版的民国时期一些重要人物的日记，如《胡适日记》《蒋作宾日记》《王世杰日记》《徐永昌日记》等被广泛运用。然而，所有这些日记，无论是写作者的地位，日记跨越的时间长度，还是被学术界及公众关注的程度，均不能与《蒋介石日记》相提并论。著名史学家杨天石研究员认为，在中国以至世界的政治家中，有这么长时段的日记在世，内容如此丰富，"大概绝无仅有"。

关于《蒋介石日记》手稿本的基本情况，杨天石先生曾著《蒋介石日记的现状及其真实性问题》一文做过基本介绍，蒋写日记开始于1915年，终止于1972年，前后持续不辍达57年，除1915、1916、1917、1924年的日记因故遗失外，其余53年的日记（共63册）保存完好。其留存下来的线路为：蒋介石生前一直由本人随身保管，蒋去世后由蒋经国保管。蒋经国1988年去世，日记由其幼子蒋孝勇保管。1996年蒋孝勇去世后，日记转由其妻蒋方智怡女士保管，并带往海外。2004年经美国斯坦福大学胡佛研究所的动员，决定暂时存放于胡佛研究所档案馆。胡佛研究所档案馆进行了技术处理后，征得蒋家属同意，从2006年3月起逐步向公众开放，2009年，实现全部开放。如今，来自世界各国的众多学者与民众阅读过《蒋介石日记》。

多家出版机构希望能将《蒋介石日记》出版，台湾有机构已印制了某些年份的日记，但因蒋氏家族内部意见不一，出版之事暂时搁置。希望不久的将来，全部日记能出版。

其实，写日记对于少年的蒋介石是痛苦的记忆：

> 余十四岁，……师为毛凤美先生。毛师热心而无教法，只要余强作背诵而并不指示其写读之法，时或溺爱异常，

时或严责痛斥。……当入学之初，即责令余去年之日记，时余实不……为何物，茫无以应。彼以余为伪，必欲余如命呈交，余以实告，彼犹追究不释，如此者数日，使余食息不安。然自入师门，彼并不教余记日记，亦不以日记体裁教余。（"中华民国六年前事略"，以下所引蒋介石日记内容，均出自斯坦福大学胡佛研究所档案馆所藏的"蒋介石日记"手稿本，只注时间。）

奇怪的是，曾因不知日记为何物而"食息不安"的蒋介石，后来变成了酷爱写日记的"达人"。

当越来越多的学者在论著中引用蒋介石日记日记时，常被问起的一个问题是：蒋介石日记是真的吗？其实，询问者不同，这个问题里又包含了两个层次：一、这真是蒋介石自己写的日记吗？二、即使是蒋亲笔写的日记，其中的内容真实吗？这是判断蒋日记价值，利用其进行学术研究所必须回答的问题。

所以有人会怀疑斯坦福大学胡佛研究所收藏的是不是蒋介石亲笔日记，是有其理由的：伪造历史名人日记的事情时常发生，如"希特勒日记""汪精卫日记"等。在胡佛研究所公开《蒋介石日记》前，坊间已经有号称依据蒋介石日记写作的论著，其中最出名的是著有《万历十五年》的旅美史学家黄仁宇教授在没有看过蒋日记的情况下，却写出了《从大历史的角度读蒋介石日记》（台北：台湾时报文化出版，1994年）。2007年，张秀章著《蒋介石日记揭秘》一书（北京：团结出版社，2007年），也以蒋日记为"卖点"，被学者斥之为"伪书"。而存于斯坦福大学胡佛研究所的《蒋介石日记》，则无论从其保存过程，还是字迹与内容看，确是蒋介石亲笔所写无疑。开放10年来，阅读过日记的中外学者，无人对此提出疑义。

即使是蒋介石亲笔所记，仍有不少人质疑日记内容的真实性：因为近代历史上，名人"巧妙地"利用了人们对"日记"的信赖，把它"异化"成自我标榜或其他用途的不在少数。如阎锡山的日记，充满着崇高的格言，近乎圣人语录；再如冯玉祥20世纪30年代有很快将日记出版的习惯。这种"写给人看"的日记，其真实性确实大打折扣。许多内容真实性很强的日记的主人，在大动荡的时代则不敢留存，傅作义在1949年与解放军进北平交接时，就销毁了多年所写的日记。许多经历过"文革"的人，也有深夜焚毁日记、家书的经历。蒋介石是否也用日记来粉饰自己呢？要回答此问题，则先看蒋为什么写日记。

对蒋日记有精深研究的杨天石先生写道：蒋的日记，"主要是为写给自己看的……目的在自用，而不在示人传世"。他并详举三点理由支持自己的见解："一、蒋身前从未公布过自己的日记，也从未利用日记向公众宣传，进行自我美化"；"二、蒋喜欢（在日记中）骂人"，如果要公开，他肯定不能如此肆无忌惮地写在日记中；"三、在日记中,蒋写了自己的许多隐私"。（见杨天石：《寻找真实的蒋介石》之"自序"，山西出版集团，2008年）笔者完全同意杨天石先生的意见，在此愿结合阅读蒋日记的感受，来补充回答"蒋介石为何写日记"的问题：

一、蒋介石写日记是为个人修身养性。蒋推崇曾国藩，以其为道德修养的楷模，在日记中模仿传统士大夫"日三省吾身"来规范自己的言行修养。台北"国史馆"馆长吕芳上先生感慨地说，写日记是蒋坚持了57年的好习惯。无论时局如何艰困，个人身体、情绪如何变化，能坚持半个多世纪如一日，每天写日记，这是常人所不能。如蒋介石认为1928年的日本制造的"济南惨案"是奇耻大辱，此后，他每天的日记均以"雪耻"二字开头，自我惕厉，一直坚持到最后。有时，他还以其他的中外名言来自我激励，如1931年上半年他常写的是"人定胜天""立志养气，立品修行"。蒋的日记中有大量反省与反思的内容，如他在1931年5月3日"济南惨案"纪念日写道：

> 今日何日？非日本残杀我济南军民之纪念日乎？余以粤事将乱，全力思量而几忘身受之国耻日矣，何以对父母与死难之军民也。记大过一次。（1931年5月3日）

蒋在日记中有对全年工作进行反省的习惯，个人修养也是反省的重要内容。如他1950年底的写的当年反省录中，专门有"修养"一段：

> 宗教信仰觉有进而无退，朝晚静默祷告各卅分时以上，未曾间断，且增午课静默一次。重修吴译"新约"第一次完，但须造待第二次之修正也。本年对于哲学与精神讲话著作亦较多，对于总理重要遗教亦复重加习读研讨，自觉为难得之机，获益亦多。惟对横逆与诬蔑之来，虽以"忍性吞声，澹泊听天"自勉，有时总不免实褊激愤怒，自残身心，不孝不忠，罪莫大也。〔"三十九年（1950）工作反省录"〕

正因为是要砥砺个人，提高修养，蒋才在日记中不惮写下自己"不检点"的隐私，不停地自责，甚至在日记中以"记大过"等来"自我处分"。蒋不仅自己坚持写日记，还要求下属、子女写日记。20世纪30年代举办庐山军官训练团时，蒋经常抽查学员的日记。蒋经国从苏联回国后，蒋介石要求他写日记，并将自己的日记给蒋经国看，留下一段父子互相观摩对方日记的佳话。在此影响下，蒋经国也养成了写日记的习惯（《蒋经国日记》目前也寄存在胡佛研究所，尚未开放）。蒋介石去世后，所有文件都交有"总统府机要室"专管（即所谓"大溪档案"，已转交"国史馆"对外开放），唯独将日记留给蒋经国保存，蒋经国过世，两人的日记又传到其子蒋孝勇手中。可见蒋介石日记是蒋氏家族的"传家宝"。

二、蒋介石写日记是为"资政"。总体而言，蒋介石是个经验主义者，他所处的时代，是中国从传统向现代急骤转变的时期，是数千年未有之大变局。无论是治党还是治国，蒋介石都没有可资借鉴的经验，他经常翻阅、整理以前的日记或旧稿，从过往的亲历中寻找启迪。如1931年4月蒋介石就有几次看日记旧稿的记载："晚看自草旧稿，颇有趣也。拟名之曰《自反录》，以自笑自愧之处甚多，可为借鉴也。"（1931年4月4日）"回寓整理旧稿，见十年（1921）春复（廖）仲恺信，言苏俄之居心叵测甚详，阅之自慰。……余阅此稿及致（汪）精卫最后函稿，则可以无愧于色，功罪是非，当待盖棺定论也。"（1931年4月13日）。蒋读旧时日记感触也颇多："近阅二十二年（1933）记事，更感吾昔宽容政策其误国大矣。今可证明，凡为叛逆者，如宽赦他一次，则其必有第二次更大之叛变。故叛徒之定律：凡既有一次之叛变，则必有第二第三乃至无数次之叛变。"（1951年9月7日）。1952年底，蒋对日记的"资政"功效有直接的表述：

旧日记自卅二年（1943）至卅七年（1948）各册皆已审阅完毕，可说最有补于我，此比阅览任何历史所不能得者。〔"四十一年（1952）总反省录"〕

三、蒋介石写日记是为了日常工作、生活的安排与备忘。蒋是个生活颇有规律甚至有些刻板的人，他常制定"课程表"，对每天起床到入睡各时间段的工作与生活进行相当严格的划分。他的日记通常包括"预定"（需处理之事）、"注意"（不一定马上处理但需考虑之事）与"记事"（所进行工作与感想等）。现将1934年10月10日（"双十国庆节"）蒋的日记摘录于下：

雪耻。身为统帅而不能报复国仇，何以对此国庆节，何以对先烈与总理在天之灵也。

预定：一、电白修零陵、道县、江华之线；二、维修洛、伊各桥；三、建筑励志社；四、广寒宫地洞；五、电北宁路何以□年；电司告示仍在车上。

注意：一、赣川各匪行动；二、粤桂态度；三、倭俄方针；四、大会展期；五、整军计划。

上午，九时到洛阳，举行阅兵国庆典礼与分校第二期开学典礼。下午，参加和平小学及分校党部成立典礼，视察洛阳。气象更新矣。

第一段"雪耻"之后是蒋颇带自责的感慨；第二段是他预定当天要做的事，相当具体；第三段是他需考虑的一些大问题；第四段则是他当天的行程。

蒋的日记中除了逐日安排外，每周、每月、每年都有相应的"本星期预定工作""本月大事预定表""上星期反省录""上月反省录"全年总反省录等（不同时间所用名词略有不同，但内容完全相同）。可以说，蒋保持每天写日记的习惯，因为他是要靠日记来规划工作与生活的。如果乱写，则首先受害的就是他自己。

四、蒋介石写日记是为发泄个人情绪，纾解压力。所有读过蒋日记的人，无不对其在日记中大骂下属，骂人范围之广（国民党上层除吴稚晖、蒋经国外，几乎全都被蒋骂过）、用词之刻薄留有深刻印象。蒋介石骂人，充分反映了他的双重价格：骂人，固然是蒋脾气暴躁、修养不够（蒋在日记中也一再反省），也与他的处境有关。蒋身处高位，个性偏内向且刻板，又缺可推心置腹的朋友，所谓"高处不胜寒"，遇到挫折后不良情绪无正常渠道可以发泄，只能在日记中骂人泄愤，平复自己。需要注意的是，蒋在日记中情绪化地骂人，然而，这并不影响他在公开场合理性化地处理"公务"。在20世纪50年代初期的日记中，蒋私下咒骂陈诚非常厉害："辞修（陈诚）气狭量小，动辄严斥苛求，令人难堪，奈何？"（1950年2月22日）"陈（诚）之不智与懦弱，毫无定识，几乎与何（应钦）不相上下矣。"（1953年11月28日"上星期反省录"）甚至骂陈诚是神经病：

> 到研究院开会，研讨政工制度问题，最后辞修（陈诚）发言，面腔怨厌之心理暴发无遗，几视余为之所为与言行皆为迂谈，认为干涉其事，使诸事拖延，台湾召乱，皆由此而起。闻者皆相愕。余惟婉言切戒，以其心理全系病态也，故谅也。（1950年1月12日）

众所周知，蒋介石退到台湾后，陈诚是其最重要的亲信，在台湾是蒋一人之下，万人之上的"二号人物"。蒋背后如此责骂，却仍委任陈诚以台湾省主席、"行政院长""副总统"等重任。台湾学者刘维开认为，蒋在日记中用夸张的语言骂人，是其平衡心理，进行"心理建设"，纾解压力的一个重要手段。日记是蒋宣泄不良情绪的"垃圾桶"。

真实的日记是极具个性又随情绪变化的文字，蒋介石写日记长达50余年，期间蒋经历了不同的人生阶段，地位跌宕起伏，阅世与人生经验不断丰富，其写日记的动机、日记的格式，甚至风格也肯定会有变化。一个最直观的印象是，相比之下，蒋在大陆时期的日记较为简略，记事为主，而到台湾后晚年的日记则普遍篇幅较长，思考与琢磨事较多，大概与人到老年，且在台湾相对安定，格局小，事不多有关。

如同所有记日记的人一样，蒋写日记也是有选择性的，记什么，不记什么，他有自己的标准，也有忌惮，甚至不排除有些日记是写给人看的，想青史留名。蒋日记开放后，不少学者想从中直接找到他对于一些重大政治事件记述，如1926年中山舰事件，1927年四一二事件等，结果发现蒋所记内容并不多。以四一二事件为例，蒋1923年4月13日日记如下：

列强未平。

昨夜不能安眠。今晨八时起床，静坐会客写信，拟告同志书。第二军位置不明，第六军退回江南，内容复杂，彼此疑忌，不能制敌，CP（注：中共之英文缩写）阴谋至此可恨。下午建生（白崇禧）到宁，余决心暂守江南，如江北之敌来攻，则出击破之。若汉口来逼，则让南京与彼，退守苏沪也。上海工团枪械昨日已缴，颇有死伤，而浙江各处 CP 皆同时驱逐，人心为之大快。津浦路敌闻有退却模样。晚与志希（罗家伦）、建生（白崇禧）谈党务及大局。

表面上平铺直叙，轻描淡写，但熟悉蒋日记写作习惯的人知道，蒋是十分注重作息，按时睡觉，但凡日记中写睡眠有问题，则通常是有大事发生。13 日的日记，写"昨夜不能安眠"，说明蒋对 12 日上海事件的后果是思虑过度，十分重视的。

笔者在研究抗战胜利前后的蒋介石时发现，对于战后最重要的受降（受降区划分与主官任命等）问题，蒋所记甚少，明显是隐而不记。推想是蒋自知在受降问题上排斥中共与国民党地方实力派，有失公允。形成对比的是，蒋对与毛泽东的谈判，包括要拘毛审判的念头，都记述甚详。

可见，蒋介石日记的内容虽然比较坦承，但还是有所选择的，而在解释已发生事情的原因时，则多偏向自己一边，符合一般人趋利避害的心理。需要特别指出的是，到目前为止，尚未见任何中外学者指出蒋介石日记中有违背历史事实，胡编乱造的内容。

鉴于蒋介石个人在中国近现代历史与国民党史上所扮演的角色，完整而持续的《蒋介石日记》作为学术研究史料的重要性，不言而喻。蒋介石资料（包括《蒋介石日记》与台北"蒋中正档案"）的全面开放，是近年来中国近现代史研究史料方面最重要的进展之一。笔者曾多次说过，在资料开放之前，蒋介石研究主要依据文集、报刊、回忆录与间接的档案，是"蒋介石不在历史现场的蒋介石研究"，而资料开放后，学者可以依据第一手资料进行研究，相关研究变成了"蒋介石在历史现场的蒋介石研究"。两者有着质的区别。而《蒋介石日记》在研究蒋介石个人历史（生活经历、心路历程、感情世界、人际关系等方面），更有着不可替代的价值。以往，由于缺少第一手资料，许多方面几乎是空白。

正是基于这样的认识与理解，笔者才依据《蒋介石日记》写出构成本书的系列文章，以加深对蒋介石的了解与认识。

（《细品蒋介石》，人民出版社，2016年12月。）

《南京国民政府五院制度研究》前言

1928年10月，南京国民政府根据孙中山的五权宪法理论，修正颁布了政府组织法，设立五院制政府，分别由立法、行政、司法、考试、监察五院行使五权。五院院长由国民党中央政治会议选任，对国民党中央负责。五院成为国民政府最具特色的中央政府组织机构，五院制度也成为国民政府时期最重要的中央政治制度之一。它的创立与运作，对国民政府的政治统治产生了重大影响。对它进行深入的探讨与研究，一方面有助于我们了解国民政府的中央组织构架，厘清国民党与政府之间在中央层面的关系，理解国民党在训政时期的治国理念；另一方面，加深对它的研究，总结其经验教训，可为我们当前政治体制改革提供某些借鉴意义。而目前，大陆学术界尚无一部全面研究五院制度，尤其是将立法、行政、司法、考试、监察五院结合起来全面考察的学术专著。本课题以此为研究对象，可以弥补该领域的空白，具有一定的学术意义和现实意义。

由于国民政府五院制度无论在中国政治制度史的层面，还是民国政治的运行层面，都有着极其重要的意义，故国内外学术界长期来对其进行了较多的研究，相关成果大致可归纳为7个方面，简要概述如下：

1. 关于五院制度的研究。在民国时期有孔宪铿的《五院政府研究集》(华通书局,1930年)和陈烈生的《五院制度讲话》(宪政常识业书社,1937年)两本小册子。之后虽无专门研究五院制度的专著,但不少研究近代政治制度史的著作都有专门章节对五院制度进行介绍。如钱端升的《民国政制史》(商务印书馆,1946年)、陈之迈的《中国政府》(商务印书馆,1946年)。1949年以后,大陆出版了孔庆泰的《国民党政府政治制度史》(安徽教育出版社,1998年)、王永祥的《戊戌以来的中国政治制度》(南开大学出版社,1991年)、徐矛的《中华民国现代政治制度史》(上海人民出版社,1992年)、田湘波的《中国国民党党政体制剖析(1927—1937)》(湖南人民出版社,2006年)、王兆刚的《国民政府训政体制研究》(中国社会科学出版社,2004年)等。台湾出版了董霖的《战前之中国宪政制度》(台湾世界书局,1968年)、陶希圣的《中国政治制度史》(台北启业书局,1974年)、张金鉴的《中国政治制度史》(台北三民书局,1971年)等。另外,美国学者易劳逸的《1927—1937年国民党统治下的中国流产的革命》(中国青年出版社,1992年)、日本学者家近亮子的《蒋介石与南京国民政府》(社科文献出版社,2005年)都对五院制度有专门论及。

2. 关于孙中山五权宪法的研究。台湾代表性成果有任卓宣的《五权宪法之历史与理论》(正中书局,1973年)、高旭辉的《五权宪法与三权宪法之比较研究》(中央文物供应社,1981年)、张天任的《国民政府实行五权制度中权能关系的发展》(《近代中国》,1986年第51期)、陈鹏仁的《论孙中山先生的民权主义与五权宪法》(《近代中国》,1995年第106期)等。1980年后,大陆学术界研究成果日益增多,代表性的有章开沅的《艰难的探索——对五权宪法的再认识》(《中山大学学报》1995年第5期)、王永祥的《孙中山五权宪法思想评价新论》(《南开学报》1994年第4期)、林家有的《孙中山与中国近代化道路研究》(广东教育出版社,1999年)、姜义华的《大道之行——孙中山思想发微》(广东人民出版社,1996年)、耿云志《孙中山宪法思想刍议》(《历史研究》1993年第4期)、臧运祜的《孙中山先生五权宪法思想的演进》(《史学月刊》,2007年第8期)、牛彤的《孙中山宪政思想研究》(华夏出版社,2003年)等。许多关于孙中山的研究著作论文中,均涉及其五权思想的内容。

3. 关于国民政府立法院及立法权的研究。目前尚无专门的学术专著,但不少政治制度或宪政理论的论著都会涉及。民国时期主要有杨幼炯的《近代中国立法史》(商务印书馆,1936年)、谢振民的《中华民国立法史》(正中书局,1937年)等,对于立法院的制度层面作了客观描述。1980年以后,研究成果日益增多,代表性的有荆知仁的《中国立宪史》(联经出版事业公司,1984年)、徐矛的《孙科与立法院》(《民国春秋》,1994年第10期)、刘曙光的《国民政府立法院述论》(首都师范大学硕士论文,2000年)、刘丰祥的《抗战前孙科的人际关系网络与立法院的人事控制》(《广西社会科学》,2004年第4期)、陈书梅的《抗日战争时期立法院的立法工作述论》(《苏州科技学院学报》,2005年第5期)、赵金康的《试论1927—1937年南京国民政府的立法体制》(《河南大学学报》,2006

年第4期）等，这些成果大部分着眼于对国民党政权体制的沿革、机构设置、职权划分等方面的研究，期间涉及到有关立法体制、立法院的组织、职权等内容，但对其结构、内涵、运行、特征等问题关注不够。

4. 关于行政院与行政权的研究。代表性的有石柏林的《中国近现代政府体制的演变与发展》（河南人民出版社，1991年）、韦庆远的《中国政治制度史》（中国人民出版社，1989年）、徐矛的《中华民国政治制度史》（上海人民出版社，1992年）、林炯如的《中华民国政治制度史》（华东师范大学出版社，1995年）、孔庆泰的《国民党政府政治制度史》（安徽教育出版社，1998年），但至今尚无专门研究国民政府行政院的专著。论文方面有傅荣校的《南京国民政府前期行政机制与行政能力研究》（浙江大学博士毕业论文，2004年）、刘冀瑷的《国民政府行政院研究述论》（首都师范大学硕士论文，2001年）、李自典的《行政院农村复兴委员会初探》（《历史教学》2003年第5期）、张浩的《论汪精卫1932—1933年的政治病与国民党派系权力之争》（《徐州师范大学学报》2000年第9期）、董国强的《论1932—1935年间蒋介石个人权力的扩张》（《江苏社会科学》2002年第5期）等，分别涉及了国民政府行政院的组织、机构、职能、行政效率，以及行政院的权力斗争。

5. 关于司法院及司法制度的研究。大陆学者有张国福的《中华民国法制简史》（北京大学出版社，1986年）、朱勇的《中国法制通史》第九卷《清末·中华民国》（法律出版社，1999年）、李贵连的《近代中国法制与法学》（北京大学出版社，2002年）、韩秀桃的《司法独立与近代中国》(清华大学出版社,2003年)等。论文方面,有程道年的《国民政府司法院述论》(首都师范大学硕士论文,2001年)、周海燕的《南京国民政府司法院研究》(江西师范大学硕士论文,2008年)、纪良才的《南京国民政府司法院职能变迁及特征分析》(《法制与社会》2008年第5期)、张仁善的《南京国民政府司法腐败防治机制的功能障碍及负面效应》(《江海学刊》2003年第4期)、张仁善的《略论南京国民政府时期司法经费的筹划管理对司法改革的影响》(《法学评论》2003年第5期)等。

6. 关于考试院和考铨制度的研究。民国时期有沈士远的《现行考选制度》(1945年),马洪焕的《铨叙制度概要》(1946年)等。1980年后,台湾有范焕之的《中华民国高普考制度》(正中书局,1984年)、侯植葵的《中华民国公职候选人考试制度》(正中书局,1985年)、《中华民国铨叙制度》(正中书局,1990年)等;论文方面有徐有守的《行宪前的考选制度演进释论》(《考铨》,1989年第1期),王成基的《五权宪法之考试院》(《近代中国》第119期1997年),卓文倩的《中华民国考试制度之探究》(《近代中国》第117期1997年)等。大陆学者此方面研究的起步虽晚,但也有不少研究论文出现,主要有朱金瑞的《民国时期公务员制度述论》(《史学月刊》1990年第1期),董卉的《南京政府公务员制度1930—1937》(《近代史研究》1992年第2期),陈文晋的《南京国民政府首届公务员高等考试》(《史学月刊》1998年第5期),张浩的《从两次高考观察国民政府的考试院制度》(《学术研究》1999年9期),李里峰的《民国文官考试制度的运作成效》(《历史档案》2004年第1期)等，分别对国民政府考试院和公务员制度进行了论述。

7. 关于监察院及监察权的研究。除民国时期的《监察制度的运用》(行政院新闻局编印，1947年)外，目前尚无专门著作，但相关论著已有不少，如台湾出版陶百川的《比较监察制度》(三民书局，1978年)、孙伯南的《中国监察制度的研究》(三民书局，1980年)、陶百川、陈少廷著的《中外监察制度之比较》(文物供应社，1982年)；大陆方面的研究成果主要有林代昭的《中国监察制度》(中华书局，1988年)、彭勃的《中国监察制度史》(中国方正出版社，1997年)等，都有专门章节论及。论文方面，有叶春秀的《国民政府监察院述论》(首都师范大学硕士毕业论文，2001年)、曾丽玮的《南京国民政府监察制度述论》(湘潭大学硕士毕业论文，2005年)、田湘波的《训政前期(1927—1937)国民党政府监察制度中的党政体制》(《上饶师范学院学报》2005年第1期)、孙学敏的《南京政府监察制度的历史考察》(《渤海大学学报》2004年第1期)等，对国民政府监察院及监察权的组织、职权、历史演变进行了论述。

通过以上对相关学术史的回顾，大致可以了解到，目前的研究成果或总体对五院制度，或分别对立法、行政、司法、考试、监察各院进行了研究，有相当多的建树，为本课题进一步研究提供了相当基础。然而，研究成果从总体上看，尚存在以下几个局限：

1. 第一手资料利用不够。大多数研究只利用了已出版的文献、口述资料，而未能利用中国第二历史档案馆的档案资料。

2. 大多研究停留在制度层面，对于五院制度的设计、规章，对立法、行政、司法、考试、监察各院的组织、机构、职能都有较多的论述，但对五院制度的实际运作，尤其是对立法、行政、司法、考试、监察五权的成效的探讨分析少有论及。

3. 大多数研究过于注重五院制度及五院的缺陷和不足，而对于其现代性的考察略显不足（五院制度现在仍在台湾地区运行）。

既有研究的不足，为进一步的研究提供了空间。较长时间以来，我们一直密切关注五院制度及相关的人物、事件，先后完成了学位论文、出版了一批有影响的论著，主要有：

陈红民：《论九一八事变后的胡汉民》（南京大学硕士论文，1985年）、《九一八事变后的胡汉民》（《历史研究》，1986年第3期）、《胡汉民活动年表（1931—1936年）》（《民国档案》，1986年第1-2期）、《关于胡汉民与孙中山关系的几个问题》（《南京大学学报》，1987年第1期）、《胡汉民评传》（合著，广东人民出版社，1989年）、《哈佛—燕京图书馆藏"胡汉民往来函电稿"介绍》（台湾：《近代中国》，第121期）、《国民政府第一、二届立法委员组成分析》，（《民国档案》，2000年第2期）、《抗日战争时期立法院的立法工作述论》（与陈书梅合作，《苏州科技学院学报（社会科学版）》，2005年第4期）、《蒋介石与"约法之争"》（载《1930年代的中国（上卷）》，社会科学文献出版社2006年9月）、《抗日战争时期立法院的调整》（与陈书梅合作，《江苏行政学院学报》，2008年第3期）等，并完成了国家社科基金青年项目《国民政府立法院之研究》。

肖如平：《民国考试院与考铨制度研究》（南京大学博士论文，2006年）、《国民政府考试院研究》（社会科学文献出版社，2008年）、《论南京国民政府时期的高等文官考试（1927—1937）》（《历史教学》2004年，第12期）、《论抗战时期的高等文官考试制度》（《浙江大学学报》（人文社科版），2007年第1期）。

吴永明：《理念、制度与实践：中国司法现代化变革研究（1912—1928）》（南京大学生博士论文，2003年）、《理念、制度与实践：中国司法现代化变革研究（1912—1928）》（法律出版社，2005年）、《南京国民政府司法院研究》（第六次中华民国史国际学术讨论会论文，2010年8月）、《南京国民政府行政法院述论》（《长春师范学院学报》，2009年第4期）。

刘大禹：《国民政府行政院的制度变迁与权力运行研究（1928—1937）》（南京大学博士论文，2007年）、《国民政府行政院行使权力的困境（1932—1935）——以推行保甲制度的程序为例》（《湖南科技大学学报》，2007年第2期）、《抗战相持阶段国民政府行政院的机构调整》（《江西社会科学》，2009年第1期）、《南京国民政府行政院成立的历史考察》（《武汉大学学报》，2009年第5期）、《抗战时期国民政府行政院的机构调整与改革》（《抗日战争研究》，2009年第3期）。

刘云虹：《宪政缺失下的制度创新——国民政府监察院研究》（南京大学博士论文，2010年）、《论孙中山的监察思想》（《东南文化》，2004年第5期）、《政治精英与权力监督——1931—1949年国民政府监察委员组成分析》〔《东南大学学报》

（哲学社会科学版）, 2006年第3期]、《论孙中山监察思想在国民政府时期的实践（1931—1949）》（《民国研究》, 2010年第17期）、《从顾孟余案看监察院的弹劾制度》（《民国档案》, 2010年第4期）。

虽然进入国民政府五院制度相关研究的时间有先后之别，但共同的志趣使我们结成一个研究团队。著名史学家、南京大学中华民国史研究中心张宪文教授作为首席专家承担教育部重大攻关项目"中华民国史研究"，邀请我来主持其中的"国民政府五院研究"子课题，我们5人因缘际会，在各自研究的基础上，分工合作，共同完成了这个项目。呈现给大家的，就是项目的最终成果。

我们基本的研究思路是：以南京国民政府时期所实行的最重要、最具特色的中央政府的政府制度——五院制度及五院为对象，对其进行全面的考察。力图采取纵向与横向结合、静态与动态结合的方法。在纵向方面，主要从时间的流向上考察五院制度的来源与确立，五院职能与人事及其与时代脉动的关系，从而厘清五院的历史沿革与制度变迁；在横向方面，主要从空间上考察五院制度与国民党"以党治国"之间的关系（即党政关系），以及"五权分立"中各院之间的相互关系，从而分析国民党在继承孙中山五权宪法思想的基础上，如何组织中央政府结构，处理中央层面的党政关系。在静态方面，主要考察国民政府五院的制度设计、组织职权、法律规章、人员构成，从而探讨国民党在五院制度的设计上哪些方面继承了或背离了孙中山的五权宪法，理解国民党的执政理念；在动态方面，重点考察五院的具体运作、绩效及与时代脉动的关系，即考察五院在行使立法、行政、司法、考试、监察五权中制度设计与实际运作的矛盾，探讨五院在行使五权中的困境及其内在原因。

相较于既有成果，本书力图在以下四个方面有所创新：

1. 既往研究基本限于对孙中山的"五权分立"思想、五院中各个独立院的史实或人物等方面，本课题是则从整体上对五院制度的背景、实施、绩效评价等方面进行全面研究，可以说填补了研究的空白。因五院制度是国民政府政权结构的核心，也是中国历史上的前所未有的创新，故期望本书的出版能深化民国政治制度史的研究。

2. 本书在史料的运用上有根本性的改观。以往研究往往缺乏第一手史料，尤其是档案资料。本课题运用了大量的第一手档案资料与官方公报等权威文献，尤其是对中国第二历史档案馆所藏国民政府、五院及相关部门的所有档案进行了全面的阅读与整理，这使得本研究有了坚实的史料基础。

3. 在研究方法上，本书作为制度史研究，既注重史实的构建、制度设计，更注重制度实施的过程、影响制度的内外因素，以及制度实施中人的因素与互动关系，既有静态，又有动态。除史实实证研究外，也有量化分析，吸收了社会科学的研究方法，利用了一些数据表格来论证。

4. 本书在厘清历史事实的同时，也注重分析五院制度在制度设计与实际运作中的矛盾，探讨国民党与政府之间在中央层面的关系，分析国民党在训政时期的执政理念，总结其经验教训，以期为当前政治体制改革、了解台湾政局的演变提供某些借鉴。

本书依据实事求是的原则，在大量分析比照第一手史料的基础上，运用历史学与政治学的基本原理，参考前人的成果，进行认真的研究，希望能够得出客观公允的结论，不先入为主，不预设立场，"不隐恶""不溢美"。我们的基本结论是：五院制度是由孙中山提出设计，在国民党统一全国成为执政党后所实行的中央政权的组织架构。这个制度与国民党政权的兴衰相联系，甚至有互为因果的关系，随着国民党的失败而在大陆地区终止。但是，我们绝不能以其失败，就全盘否定这次中国政治制度史上全新的尝试。五院制与此前中国所有的政治制度有着本质的不同，它是孙中山在参考了西方"三权分立"政权结构的基础上，吸收了中国古代优秀的考试与监察制度整合而成，迎合了中国走向现代化政治体制的基本要求，在实践过程中，确实对提高行政现代化的程度，建立完备的现代法律体系与现代司法制度，提高政府工作人员的素质，反腐纠偏方面，均起了一定的积极作用。这在本书中已通过具体的分析给予客观肯定。

观察五院制实行过程中出现的种种问题，大致有三个方面的原因：第一，是制度设计方面的原因，如后来的实践证明，考试院与监察院的职责虽很重要，但没有必要单独设立与"行政、立法、司法"相等的院，其功能可以由其他部门承担。第二，也是更主要的原因，一个新制度需要较稳定的环境来运行、磨合与调整，当时中国处在社会转型时期，各种矛盾突出，旧习惯尚未完全清除，新法规难以短期见效，国家战乱不已，内外交困，并未进入实行新制度的理想状态。孙中山设想的五权宪法是要在"宪政时期"最终实行，而国民党在大陆执政时期，基本是在"宪政"之前的"训政时期",也即新制度运行的初期,出现偏差在所难免。第三,是执政的国民党强调"训政时期",大权独揽,以党权干涉政权,有意无意地推迟"宪政"。上述原因交织在一起,极大地限制了五院制度,使其不能发挥出孙中山所预想的效果。以考试院为例,其出现的各种问题,究其原因,大致可归纳为：1. 考试权受制于党权（国民党党政机构对考试权有干涉）；2. 考试院是一个权力弱势的院（行政、经费等受到制约）；3. 考试权被边缘化（不安定的环境对其冲击很大）等等。

需要说明的是,五院制度是国民党政权在大陆时期所采用的中央政府政治制度,目前在台湾地区仍然实行。限于研究主题与资料,本书所主要考察的时段限定在 1928—1947 年,即国民党政权的"训政时期",并主要集中在抗日战争之前,因战前 10 年的五院制度从初创到完备最有特色,且环境相对稳定,便于考察（但此阶段正是五院制度运行的初期,出现问题的概率要大得多）。至于本书虽涉及但未重点考察,或完全未涉及的时间段,如战后时期,以及国民党迁台后五院制度的动作情形,将是未来研究的方向。

本书总结构分为两部分：先用一章来论述五院制度的理论来源与背景,再用五章分别对各院的建立、运作、实绩评价等进行考察与论述。

（《南京国民政府五院制度研究》,浙江人民出版社,2016 年 12 月。）

《异同之间：中国近代教会大学个案研究》序言

呈现在各位面前的，是 2017 年 9 月哈佛燕京学社与浙江大学蒋介石与近代中国研究中心联合召开的"同质与差异：教会大学在中国"学术论坛的论文集。

作为会议的策划者与主办者之一，觉得有必要介绍会议初衷、组织筹备情况与议程，以使读者了解会议的基本情况，从而加深对每篇论文的理解，体认此次会议在教会大学研究史上的地位。

2013 年 7 月，哈佛燕京学社与浙大蒋研中心成功地合办过"什么是最好的历史学"学术论坛。当时，12 位与哈佛燕京学社有着学缘的学者从美国、新加坡、韩国及中国各地汇聚杭城，在秋雨朦胧中泛舟西湖，纵论学术，印象深刻。论坛的成果是最后出版的论文集《什么是最好的历史学》。

论坛结束时，沉浸在成功喜悦中的我与裴宜理社长商议，可以再找个合适的议题，继续合作办会。找什么议题呢？也是那次论坛的前夕，裴宜理教授在浙江大学做了一场关于教会大学历史的学术讲座，引起校园轰动。当晚，因听众太多，不得不临时更换场地。所以我就提议以教会大学史研究为主题，这个想法得到哈佛燕京学社的积极回应。

其实，哈弗燕京学社与浙江大学蒋介石与近代中国研究中心合办教会史大学的学术会议，并非全是突发奇想，还真其来有自，各有渊源，正所谓"天时地利人和"：众所周知，哈佛燕京学社曾长期支持过中国的教会大学，而浙江大学的一个源流，是教会学校的之江大学。裴宜理教授出生于上海，其时，她的父亲是圣约翰大学的教授。本人与浙大蒋研中心并不研究教会大学史，目前也无史料显示蒋介石与教会大学有多少直接关系，但蒋信基督教，关心高等教育，宋美龄曾任台湾辅仁大学的董事长，辅仁大学内有知名的"中美堂"建筑（取蒋中正、宋美龄名中各一个字），蒋宋家族中的宋子文、孔祥熙都与教会学校有着密不可分的联系。

在历史学、教育学等学科里，教会大学史近年来一直是学术热点，有许多的成果。我们的会议如何开出新意，也需要认真思考。我与裴宜理教授商量时提出，过往的研究成果，主要是将教会大学作为一个群体，以中国人自办大学作为参照，强调教会大学与中国人自办大学的异同。其实，教会大学本身千差万别，它们之间的差别，有时可能比它们与中国人自办大学间的差别还大。我们会议的关注焦点，确定在教会大学的个案研究，希望从经费、学生来源与校园生活、培养目标、课程设置、与所在地当局的关系、主事者的办校经历诸方面，彰显其异同，以期将教会大学的研究引向更细致、更深入的层面。在此主题下，开一个规模小而精致的学术会议，希望原有的 10 多所教会大学都有论文专门讨论，希望与会者既有资深学者，也要有青年才俊，既保证学术质量，又推进研究队伍的建设。这些初衷，得到裴宜理教授的充分肯定，她并推荐马敏、刘家峰等几位在教会大学史研究方面卓有成就的学者参加会议。

在给与会者的邀请函中，我们写了会议的主旨与议题：

> 近代中国教会大学以鲜明的办学特色和较高的办学质量，成为中西文化交流的重要平台，有效地参与、促进中国现代国家的建构与社会文化转型，推动了中国与世界融合的脚步。目前，学术界从整体视角对近代中国教会大学展开系统研究，成果丰硕，但从内在理路考察中国各教会大学办学的独特性、比较各教会大学之间的共性与差别方面，仍有较大拓展的空间。
>
> 有鉴于此，哈佛大学哈佛燕京学社与浙江大学蒋介石与近代中国研究中心拟于2017年9月下旬在杭州联合主办"同质与差异：教会大学在中国"学术论坛。论坛将主要以各教会大学的个案研究为基础，讨论以下议题：
>
> （1）各教会大学的渊源、发展脉络与历史沿革；
>
> （2）各教会大学的课程设置与师生流动；
>
> （3）中国教会大学与地方社会；
>
> （4）中国教会大学与学术，尤其是中国文化的课程设置与研究；
>
> （5）中国教会大学的历史记忆；
>
> （6）中国教会大学研究的理论与方法。

2017年9月28日，"异同之间：中国教会大学个案研究"学术论坛在浙江大学之江校区召开。史学研究难免枯燥与孤独，但我们选了个有意境与情怀的地方开会。之江校区是原教会学校——之江大学的旧址，因保持着民国旧貌，风景秀美，成为几部电影的外景地与青年人拍婚纱照的地方。在此地研讨教会大学史，会有特殊的灵感，也给与会学者留下了深刻的记忆。

20多位来自各地的学者参加学术论坛，提供了精彩的学术报告，论文涵盖了近代以来的所有的中国教会大学，包括燕京大学、圣约翰大学、金陵大学、金陵女子大学、岭南大学、齐鲁大学、辅仁大学、之江大学、华西协合大学、华中大学、沪江大学、津沽大学等，内容涉及教会大学的学校人事、经费、师资、校园生活、教会大学与当地社会的关系、学科建设与课程设置等。哈佛燕京学社社长裴宜理教授与副社长李若虹博士不远万里从美国飞来与会，裴宜理教授开幕式上致辞，指出研究教会大学的意义与价值，令会议增色。

为使读者了解会议的议程，有现场感，特将当天的论文报告议程列于下：

第一场　论文报告

主持人　吴景平（复旦大学）

马　敏（华中师范大学）：《华中大学的中国文化研究及课程设置》

颜　芳（浙江广播电视大学）：《试析燕京大学国文学系的课程变革》

张　凯（浙江大学）：《之江大学国文系与民国学界的国学研究》

第二场　论文报告

主持人：马敏（华中师范大学）

吴景平（复旦大学）：《圣约翰大学与学生的互动：以宋子文为中心》

吴义雄（中山大学）：《体制传承与个性塑造：立案前后岭南大学的探索之路》

张　生（南京大学）：《贝德士：金陵大学的中坚》

第三场　论文报告

主持人：吴义雄（中山大学）

刘家峰（山东大学）：《齐鲁大学与城市发展》

李晓晨（青岛科技大学）：《津沽大学与献县天主教会的渊源及其历史沿革》

陈　远（独立学者）：《燕大成立之初的校名风波以及教会在华教育布局》

严海建（南京师范大学）：《"金陵家庭"的话语与实践：金陵女大的家庭认同研究》

第四场　论文报告

主持人：刘家峰（山东大学）

孙邦华（北京师范大学）：《私立北平辅仁大学学科发展史论》

刘　贤（中国人民大学）：《辅仁大学司铎学院初探》

韩　戍（上海财经大学）：《教会大学的学科设置与分合：以沪江大学政治学科和历史学科为中心》

龙　伟（重庆大学）：《亚洲腹地的探险：华西协和大学与近代西南边疆的知识生成》

综合讨论

主持人：李若虹（哈佛燕京学社副社长）

与会学者们对论文进行了热烈的讨论，互相质疑切磋。会后，学者们又修正润色，有些论文已在学术刊物上发表。

我以为，新时期以来中国大陆的研究教会大学史研究，大致经过三个阶段：第一阶段是"发掘"教会大学，使那些被湮灭的大学重新进入学者与公众的视野，不再有意无意地掩埋它们；第二阶段是"正名"教会大学，对其是非评价，从以"帝国主义文化侵略机构""毒害人民的精神鸦片"的全盘否定，到具体问题具体分析，肯定教会大学在高等教育体制、学科建设、人才培养诸方面的积极意义；第三阶段是"平视"教会大学，开始接纳教会大学是中国高等教育的一部分，或许是特殊的，

参加工作坊的代表们合影

但是有机的一部分。不再用非学术的道德与价值判断，来指导教会大学史的研究。"同质与差异：教会大学在中国"学术论坛的举行，就是第三个阶段的重要成果，着重比较不同教会大学之间的各种异同。相信是可以写入中国教会大学研究学术史的。

裴宜理教授在开幕式上提示，应该注意中外教会大学的比较研究，作为开始，可以先从东亚地区的教会大学比较起步。这或许是教会大学史研究的新方向。

此次学术论坛，得到各方的帮助：哈佛燕京学社提供了足够的经费，杭州文史研究会协办论坛，浙江大学高等研究院提供了场地与会务服务，浙大蒋研中心的师生做了大量服务工作。在此，向所有为论坛成功作出贡献的单位与人士致谢！

（《异同之间：中国近代教会大学个案研究》，浙江人民出版社，2019年5月。）

他山之玉

传统行业的现代转型
——《移植与超越：民国的中医医政》代序

文庠博士的《移植与超越：民国的中医医政》，是学术界第一部全面系统地研究民国时期中医医政的学术著作，提出了许多有新意的学术见解，显示出民国史研究的新趋向。此书系在其学位论文基础上修订完成的，在她构思与写作过程中，我们曾多次讨论切磋，互相启发，加深思考。在《移植与超越：民国的中医医政》出版之前，文庠嘱我写一序言，我欣然接受，借此表达自己的一些断想。

一

近世以来，中国踏上现代化的道路。具有悠久历史的中国社会面临数千年未遇之变局，面临着如何应对的问题。西方学者热衷于推销现代化理论，宣扬西方色彩的"现代化"具有普世价值，是人类共同的道路，这固然有其"傲慢与偏见"，但换个角度看问题，人类进步确有共通性，大致朝着政治民主、经济繁荣、社会与文化多元这些现代化理论所归纳出的指标发展。著名的以色列社会学家S.N.艾森斯塔特（Shmuel Noah Eisenstadt，1923—2010）在研究后发型现代化国家如何面对现代化冲击时，提出了"抗拒，还是变迁"的命题，他将自己的一部书名就定为《现代化：抗拒与变迁》。他将社会变迁划分为三种类型：适应性变迁（accommodable change）、总体性变迁（total change）与边际性变迁（marginal change），而中国社会近代以来的变化，被艾森斯塔特归纳到"适应性变迁"模式之中，他认为，"历史上的中国是适应性变迁的一个最好范例"，这是一种在不改变基本制度框架前提下的变迁，其基本特征是原有的制度框架可以通过自己内部的调整来适应各种变迁，其所推进的现代化，是一种"有限现代化"。

在西方势力的冲击下，整个中国社会面临着"抗拒与变迁"的选择，而众多的传统行业也面临着"抗拒与变迁"的选择。

在所有的传统行业中，中医大概是最具代表性的。中医是中国人在长期的实践中摸索、总结出来相当完整而行之有效的体系，在人类科学技术尚未发展到对事物进行微生物分析的时代，中医学通过对大量临床观察进行总结，从宏观上把握人体生命活动规律以及疾病的产生、诊断和医治的规律。它行之有效数千年，成为中华文明的重要组成部分。行医者有着崇高的社会地位，"救人"与"济世"并列，"不为良相，就为良医"。中医还走出国门，对日本、韩国、越南等东方国家也有相当的影响。然而，当东方遇到西方时，中医也遇到西医的强力冲击，"望、闻、问、切"的诊断方式遭到听诊器与手术刀的强烈挑战。屡有言论激烈者要求废除中医。批评中医，以至主张废除中医的人，其主要理由是中医缺乏"科学性"，而这里的"科学性"是相对西医而言。其实，迄今为止，根据疾病产生原理及医治的不同，人类的医学大概分为三大体系：认为疾病是由超自然物（神灵）、非人存在物（鬼魂等）等媒介引起的拟人论（Personalistic）体系；认为疾病由于外在因素扰乱身体内的平衡所致的自然论（Naturalistic）体系；以实验方法验证，强调主要由微生物致病的科学论（Scientific）体系（参见陈华《中医的科学原理》，台湾商务印书馆）。这三种理论体系，各有其基础，产生出不同的医学理论与医疗方法。传统的中医学基本可归为"自然论医学体系"，有其理论基础与科学依据，但在现代科学发展起来后，其种种的缺陷与不足也突显出来。

面对冲击与挑战，中医是抗拒潮流，沉湎于旧时辉煌，持祖宗之法不变，固守愁城，还是顺时而起，正视局限，与日俱增，以求新生？历史给了我们答案：今天的中医学，对传统的医理进行了科学的诠释，吸收了现代医学原理，借助新的医疗设备，日益成为一门现代科学。可以说，是"中西医结合"，中医通过学习、吸收西医的精华而获得了新生。

如同所有传统行业，中医的现代转型，其间所经历的激烈冲突与痛苦挣扎、反复曲折，是凤凰涅槃、浴火重生的可歌可泣的故事。分析传统中医成功的原因，应该包括外界（西医）持续不断的竞争，使其时时面临着"生存，还是死亡"的压力，包括中医界的有识之士不断地反省，迎合挑战，自我革新。而政府行政部门的作用则是第三的重要因素，它是连接引导内外因素向积极方向转化的重要"推手"。关于传统行业的现代化转型，以往学界的研究，多集中于传统行业的生存压力与自我选择，而忽略了政府行政"无形之手"的作用。根据艾森斯塔特的观点，中国这类"适应性变迁"的国家，统治集团（通常是政府）会最先在"技术与某些经济和行政领域"进行现代化的变革。由于政府力量的强大，这种现代化的努力往往会在较短时间内取得较好的成果。

文库的《移植与超越：民国的中医医政》，就是从政府力量如何介入传统行业现代转型来思考的。我们认为，历史使命感与负责任的政府，在传统行业的现代转型中，有着"保护""监管""督导""推动"几重的责任，不同时间有不同的侧重。当外在压力大到将传统行业压垮时，政府充当着保护者的角色，而当传统行业完全抗拒变革，不思进取时，政府又充当监管与督导者的角色。《移植与超越：民国中医医政研究》内容涉及民国政府如何整理传统中医、制定政策法规、建立相应组织、确立现代中医教育体系、考核与认定中医开业标准与行医资格等，从不同时期不同侧面来分析民国中医医政，显示政府的作用。从整个中国现代化史的研究来说，这是一个非常小的侧面，却是非常有意义的个案。

有意思的是，虽然民国中医医政取得了相当的成绩，无论是当时人的观感，还是后世人的评论，对于民国政府的中医政策及其结果都有不同的评价：主张废除中医的激进者认为政府是在"保护落后"，而反对中医变革的保守者则批评政府是"摧残国粹"。这种动辄得咎，"里外不是人"的窘境，恰恰说明后发型现代化国家的政府特有的平衡各方观点，调和不同利益，稳步推进变革的功能。

关于民国时期是中国社会从传统走向现代的一个重要阶段，这一观点已经成为学术界的共识。由于民国时期的政府或统治者是中国革命的对象,故对于民国时期的政府有无真正推进现代化的决心,中国社会的某些进步,是当局的"有心栽花"的主观努力,还是"无心插花"的客观结果,仍是见仁见智,会继续讨论下去。就中医医政的现代化过程而言,当民国政府开始制定并推行新的中医行医标准、中医师资格认定时,必然导致相当多的传统父子、师徒相传的医生面临失去行医资格的危险,合格医生数量锐减。这是中医转型必须付出的社会成本与代价,不如此不能换来中医的进步与新生。其他行业也有相同现象出现。但在时下的研究中,常常以一些传统行业数目的多少与增减来作为评价标准说某某行业"凋敝""破产",从而责难当时的执政者。这样的研究初看起来很"量化",挺科学,其背后的逻辑却是简单——执政的"反动政府"只能做鱼肉人民,摧残社会的事情。这种分析问题的方式与逻辑不了解人类社会新陈代谢的基本规律,我是不赞成的。

二

如何进行行业史的研究与写作,是史学界面临的新课题。

随着历史观的拓展与史学研究的深入,学者们的注意力已经从传统的政治外交史,转向了社会史、经济史、文化史、医疗史、妇女史、家庭史、身体史等新领域,研究也更加细致。行业史的研究也吸引不少学者。传统的行业史多是由行业内的专家撰写,基本上是循时间线索,根据技术进步与行业发展的量化统计写成,与大历史的关联性不强,多数是"见物不见人""见技术不见人"。而现在有相当史学素养与训练的青年学者介入,从大历史的角度来解读，使行业史研究进入了新境界。

我认为，新行业史研究有两个特点：一是将行业发展与人类社会的发展联系在一起，或者说，从人类发展的进程来解读行业发展与进步的。"一滴水能反映太阳的光辉"，任何一种人类的活动，都能反映特定时期的社会风貌与特质，只不过有的直接，有的间接而已。举两个有趣的例子。一个发生在传统体育史的范畴内，有学者研究美国历史上棒球的观众群（市场）与社会的关系，其理论支撑是，观看富有竞争性的棒球（其他体育项目亦然）有着宣泄情绪的功能，而人的情绪又与经济状况与生存压力有关，故棒球观众的多寡与当时的经济发展有着紧密的关系。西方有社会学家研究妇女穿着裙子的长短与经济发展的关系，其依据是妇女着装的变化与其就业率、男性审美观有关。且不说其理论是否能站得住脚，其观察问题的角度新颖是可以肯定的。

新行业史的另一个特点是注意人与物、人与技术进步的关系。人创造了物质财富，改造了技术，但这个过程不是单向的，物质与技术又反过来影响与改变了人的生活品质，塑造人的思想与观念。如此循环往复，才构成了人类社会的进步。以往行业史研究中，较强调人征服自然，创造物质、改进技术的一面，忽略物质、技术对人的影响。简单举例，是人发现了火的功能，将其运用到生活，但火的使用对人类文明产生了巨大推动作用，饮用熟食，使人的体质得到革命性的提升，促进人类思维的发展与对世界的认识。再如电、火车、电话，到今天的电脑与互联网，谁能否认它们对于人类生存与生活方式产生的巨大影响呢？人发明了技术，技术推动产业形成，产业化的普及改变人类生活，新生活方式促进新思维，新需求催生新技术。这是人类物质文明与精神文明互相促进的关系。故行业史的研究也应该"以人为本"，关注人与物质、人与技术的互动关系。

《移植与超越：民国的中医医政》涉及的是中医发展，也算是行业史。制定相关政策的是人，落实并实行管理的是人，被管理与受影响的也是人（中医师与病人）。书中更多的是中医医政制度设计及实施层面的分析，充分注重到了对民国中医医政产生重要影响的人物孙中山、蒋介石、焦易堂、金宝善等人的作用，限于课题的论域与篇幅，对受此影响的广大中医（无论是作为新制度"祭品"而被牺牲掉的传统老中医，还是转型成功的中医师）较少涉及，新医政下对病人的影响则完全没有着墨。指出这些，不是苛求作者，她已经做了许多创新的工作，而是说，这项研究还有很大的空间。

三

现在，再来简单评说《移植与超越：民国的中医医政》本身。

本书在大量吸收海内外学者已有研究成果的基础上，较多地运用了原始档案、当时的报刊等资料，并进行了一些田野调查（访问当事人），系统地研究了民国时期对中医的行政管理及对中医事业发展的影响，填补了该方面研究的空白。个人认为，其学术贡献表现在3个方面：

一、本书是一部跨学科的学术著作，包括了医学、史学与行政管理学3个主要的学科，以大历史的眼光来看待一个从传统向现代转型的行业（中医），从中引申出其历史的意义。在辩证唯物主义与历史唯物主义指导下，将现代医学、行政管理、社会学、统计学等理论方法与史学方法相结合，使观察问题比较细致与全面，在宏观研究之中，也以个案为之佐证。显示了作者良好的史学训练、理论素养与驾驭研究课题的能力。二、论述全面，在时间上涵盖了整个民国时期，考察时段较长；在内容上，既包括了中医医政的组织、政策法规，又考察其实际的运作过程，同时兼及政府与中医界的互动关系。是长时间多方位的考察。而大量原始档案文献等资料的运用，也保证了结论实客观公允。三、关注现实，在西方"科学主义"盛行的今天，中医的科学性与价值仍在受到不停的挑战与质疑，传统学科（行业）如何适应现代的标准与规范，政府部门如何引导其转型，均是本书关注的地方，民国年间中医医政管理的经验教训，均可为当今中医学科及其管理提供有益的借鉴。

文庠是在繁重的教学与科研工作中完成其博士学业学习与论文写作的，她善于思考，努力用功。其博士论文答辩时，得到五位委员的一致好评，均给予"A"的成绩。本文前面对其学术贡献的简要归纳，部分地吸取了答辩委员们评价。

当然，这本书还有不少值得改进的地方，尤其是如何将传统中医的变迁与中国社会脉动有机结合，政府、中医界、社会大众如何互动等方面。这些不足，或许正是文庠与其他有志进行近代中医史研究学者们新的思考方向与课题。我也期待着她的新成果。

以上文字，酝酿很久，但下笔却很难。现在完成的，不像一篇"序言",更像是一篇借题发挥,抒发个人片断感想的"读后感",直接评价《移植与超越:民国的中医医政》的较少,故只是"代序"。读者高明,全书阅毕,自会有自己的判断与评价。

(文庠:《移植与超越:民国的中医医政》,中国中医药出版社,2007年12月。)

民国政治制度史研究的新成果
——《国民政府考试院研究》代序

肖如平博士的《国民政府考试院研究》，是学术界第一部全面系统地研究国民政府考试院的学术专著，可谓填补空白之作，其中提出了许多有新意的学术见解，显示出民国史研究的新趋向。此书系在其博士学位论文《考试权独立的运作与困境——国民政府考试院研究》基础上修订完成的，在他构思、写作与修改过程中，我们曾多次讨论切磋，互相启发，加深思考。修改过程中，他吸收了答辩委员们及我的一些意见。正式出版之际，作为最先读到原稿，并了解全部写作与修改过程的我，愿意谈一些读后感，以为推介，也借此表达自己的一些断想。

一

真正学术意义上的中华民国史研究开始于20世纪70年代中期。当时正值"文化大革命"末期，经过"批林批孔""评法批儒""评《水浒》，批宋江"等一系列政治运动，历史研究为现实政治服务的功能被发挥到极致，许多人已经感到厌倦。但"革命史观"深入人心，历史研究被用来证明中国革命的合理性与合法性——以前的全部历史都是黑暗的，反动的，旧制度必须被打破，旧政权必须被推翻。"革命"与否，成为评价历史人物、事件、制度的唯一标准。在那样的背景下，民国史研究在强调"是为了更好地、深入地研究革命史"后才得以出现，在较长的一段时间内，民国史将研究对象限定在旧政权、统治阶级与反动人物上。

我个人的经历也许可以说明学术的进步。我1982年考取研究生，是国内高等学校第一个中华民国史专业硕士生。当时老师们也不能确定这个专业应开些什么"专业课"，一切都在摸索中前进。随着改革开放的深入，学术界思想逐步解放，民国史研究的范围随之扩大，档案资料开放，对事件、人物的评判也较为实事求是了。然而，革命史观的影响依然占主导地位，对某些史实的评价仍有主观臆断的成分。如因孙中山是"革命者"，对其事迹、思想都有很高的评价，对其后的蒋介石为首的国民党与国民政府则因其为"革命对象"而多加批评。如果两者单独研究，如何评价或许都能自成一体，但有时两者的关联性却非常强，就难以自圆其说。在此举目前学术界仍较流行的一说法为例。强调"五权分立"，是孙中山的重要思想，可与三民主义相媲美，学界给予极高评价，认为孙不仅看到了西方"三权分立"的局限性，而且吸收了中国传统制度中的精华，是一个重大的创新。1928年国民党在南京依"五权分立"的原则建立了国民政府，因此时国民党采取屠杀共产党的政策，"背叛革命"，故学术界对该政府的评价极低，认为其只是打着孙中山"五权分立"的名义，实际上是国民党"一党专政"的独裁政府。这个判断未免牵强，因为孙中山在世时，并未依"五权分立"原则建立过政权，他理想的"五权分立"政府是何种模样谁也未曾见过，如何断定国民党于1928年建立的国民政府就是背叛了他的理想呢？历史现象是复杂的，研究历史也不能简单地从某种特定的史观（概念）出发，"理所当然"地去推导，而应该在详细掌握史料的基础上，具体问题具体分析，实事求是。可惜的是，这种观念先行的研究方法，时下仍常见到。

经过近60年的奋斗，中国的国力突飞猛进，出现了近代历史上从未有过的"盛世"，正在全世界的瞩目之下"和平崛起"。这样巨大的成就使我们有着充分的自信，不必通过揭露"旧社会的黑暗"来证明革命的必然性与合理性，反而可以客观、从容、大度地去评价前朝旧事。目前，中华民国史研究走上了一个新的平台，无论是史观的多样性、史料的开放性、课题的拓展性，还是对史实、人物的评价都与30年前相比有了巨大的变化，新的研究成果层出不穷。

新近的一部电影《集结号》，是反映20世纪40年代末国共战争的（也延伸至20世纪50年代初的抗美援朝战争），它虽渲染了战争的残酷，思考的却是战争中人的价值与尊严。与以往同类影片不同，影片中居然没有正面出现过一个特定国民党军人的形象（只是如战争机器一般对主人公形成巨大的生存压力）。而所有的冲突、矛盾与算计，全都在解放军的内部，反映了在生死关头人性的复杂性。在残酷的战争面前，人是何其渺小：小到战争进行中只是一个数字（战报中死亡多少，伤多少，尚余战斗人员多少）；小到死后连名字都留不下，只能埋在"无名"的碑下；小到活着的人一旦与部队打散，找不到组织，所有的战功、历史就成为空白。

说得似乎有些远,是想说明历史是现实的回照,学术进步离不开社会大环境的进步。今天学者所关注、所选择的课题,多少与今天的生活有关,或者以今天的视角来回望历史,不仅是史学界如此,文学艺术作品也是如此。肖如平所以能选择考试院作为研究对象,能平心静气、客观地对其进行评价,放在若干年前是不可想象的。这首先归功于社会的进步,归功于前辈学者不懈的努力。当然,他选择这样有挑战性的题目,本身也需要勇气,而他所做的工作,解决了一些问题,也从某种角度推动了学术进步。

二

从研究对象而言,《国民政府考试院研究》属于制度史研究。

制度是决定一个社会发展的框架与方向,带有根本性的东西,具有规律性与普遍性的指导意义。政治制度始终是政治学与历史学极为关注的问题,而在特定政制下所生成的政治机构更成为学者关注的焦点。弄清一个时代(时期的)制度是非常重要的,我们评价事件、团体、人物,常用"体制内""体制外""反体制"等词,参照的,主要就是制度。英国学者波谱尔(R.K.Popper)认为,一切政治问题都是制度问题,"我们需要的与其说是好的人,还不如说是好的制度"(波谱尔:《猜想与反驳》,上海:上海译文出版社,1986年,第481页)。研究任何一种政治制度,必然需要考虑它生成的时代背景,及其所依附的政治理念。这种理念体现于政治主体的追求是否符合国际或国内潮流,体现于外在张力是否有其生长的土壤。研究国民政府的五院制度,研究考试院，所要关注的，也是"它生成的时代背景"，"所依附的政治理念"，"是否符合国际或国内潮流"，及其实行过程中是否切合中国实际这几个要素。本书的研究，正是围绕着这几个关节点进行的，可谓抓住了要害。

制度史研究的重要依据是大到宪法，小到各种规章制度的文件（文本）。由于以前介入的学者较少，关于考试院的资料十分零散，需要大量的时间来查找与梳理。本书充分利用中国第二历史档案馆珍藏的考试院档案与其他资料，使得立论的基础相当扎实。搜集与甄别资料固然不易，但这只是基本的功夫。研究方法与观察点的选择有时显得更为重要。有些制度史研究的成果，往往从文本到文本，就制度谈制度，只根据制度设计的条文来描述历史。实际上，许多制度设计的文本与实践之间有着挺大的差距，带有理想色彩的制度设计，往往会在现实中受挫，达不到预期的效果。特别是一套全新的政治制度，与其社会土壤不能完全切合是正常的现象。研究中国近代以来的各种制度，尤其要注意到制度与现实的互相调适。此种情况并非中国独有，英文有"Paper Work"一词，意为纸面上已经有而实际上未必如此的事情。肖如平的研究就注意到，考试院这种全新的制度设计，立意甚好，但在实践中受到"党国体制"的各种约束，远未达到预期的效果。此外，制度史研究中人的因素也很重要，虽然制度设计在本质上就是为了规范人，限制人，但处在转型期的近代中国，"人治"的色彩相当浓厚，有时人的因素决定制度的成败。肖如平在研究考试院时，用专门的章节来讨论考试院的人员构成，尤其是探讨了院长戴季陶在制度设计与推行过程中的作用。

由于把握了制度史研究中的一些要点，本书对考试院及其运作的研究可以说是既有全面论述，又突出了重点。

（三）

肖如平是个爱学习、肯用功、善思考的青年人。他不是我招收的第一个博士生，却是第一个进行答辩毕业取得博士学位的。为了完成此论文，他有段时间天天去档案馆，也曾到英国去搜集西方文官制度的资料。其博士论文答辩时，得到五位委员的一致好评，均给予"A"的成绩。

因为师生关系，我对肖如平这本"处女作"的评判肯定不够客观。本书还有相当多值得改进的地方。读者高明，全书阅毕，会有自己的判断与评价。希望读者多指出其不足。这些不足或许正是肖如平与其他有志进行民国政治制度史研究的学者们新的思考方向与课题。现在，肖如平又进入博士后阶段的研修，学术生涯刚起步，期待他有更好的成绩，更多的成果。

（肖如平：《国民政府考试院研究》，社会科学文献出版社，2008年5月。）

《传统、机遇与变迁——南京城市现代化研究（1912—1937）》序言

侯风云博士的学位论文《传统、机遇与变迁——南京城市现代化研究（1912—1937）》经过进一步修改充实后，即将出版。侯博士的论文是她独立选题，之后与我协商确定的。写作过程中，我们曾多次讨论，就一些问题广泛切磋，互相启发，加深思考。她数易其稿，讨论的多数内容被她不断吸收到论文写作中。她所走过的那段研究与写作之路，我比较了解。在书将出之际，侯博士希望能为其新著写序，作为她博士论文的指导教授，又是论文最早的读者，我欣然同意。祝贺的同时，也谈自己阅读该书的一些粗浅想法。

近年来，中国快速发展的一个重要标志，就是城市化进程的加快，城市在国家社会中的地位越来越突出。如何规划城市，确定其特色与发展方向，更好地为市民服务，不仅是当政者，也是普通市民应该关注的问题。城市的规划与发展方向应该考虑各自的历史发展轨迹、自然条件、地缘方位、经济传统与地域文化，做到各具特色。然而，主政者往往好大喜功，自以为是，通常不注意城市特色，形成"众城一面"的状况。在此，先说两段本人的亲身经历。

我自10岁随父母迁居南京，在此读书、做工、教书、生活

了40余年,基本上算是个"南京人",对这座城市很有感情。但热爱并不等于失去客观判断,无视其局限性,盲目认为"南京天下第一"或将能成为"天下第一"。我所接触到的南京人大都对自己的城市有理智的认识,但急于"出政绩"的当地父母官并不这样看问题。20世纪90年代,南京市委、市政府提出"创建国际化大都市"响亮口号(当时是全国性热潮,稍有点名气的城市都以此为目标)。某次邀请学者开"咨询会",年长资深的学者大概知道这样的会议实际上是要学者为政府"背书",发言时都说些南京建成"国际化大都市"的必要性与可行性。我在与会者中年纪最轻,最后才轮到发言,便直抒己见地提出,南京离上海太近,不可能也没有必要建成"国际化大都市"。我的理由是美国、日本能号称"国际化大都市"的城市也没几个,中国大陆未来如果只能建成三五个"国际化大都市",绝对轮不到南京。主持会议的官员忙说:"陈老师别泼冷水,先灭自家志气。"我那时少不更事,问他:"南京人出国是不是要到上海办签证,到上海去坐飞机?国际化大都市不是自己说说的,要别人认可。世界上有没有外国使领馆,不通国际航班的国际化大都市吗?"当然,人微言轻,我的那些话根本不能阻挡官员们"创建国际化大都市"的决心。10多年过去,南京再无人提"创建国际化大都市"之事,却也未见有官员为当初那场大张旗鼓的折腾负责,很可能不少人早已踏着"创建"的政绩高升了。

在中国,城市的历史有时也深刻地影响到城市里的所有行业。我读书与长期教书的南京大学,由1949前的中央大学演变而来,学校历史、教授师资、学术名望曾远超复旦大学。但因为是国民党的"中央大学",20世纪50年代的院系调整时南京大学的众多学院被拆分,大批教授被调离,元气大伤,同时期的复旦大学却得到很大的充实与加强,一跃而在全国名列前茅。

上面的例子是要说明,一座城市的位置与历史,决定了它的命运与发展。南京的城市建设如能扬长避短,发挥自身优势,未必非要走"国际化大都市"之路,只要尊重历史传统、以服务市民的需求为根本出发点,建一座让所有市民安居乐业的历史文化名城,也是相当不错的。

所有历史都是当代史。中国城市化的进程催生了史学界对城市史相关课题研究的热情,研究成果不断涌现。国际学术界对中国近代城市史的研究早于国内,20世纪50年代起哈佛大学费正清教授对中国近代史的研究是从"条约体系"入手,其中最重要一环就是对通商口岸城市的研究,上海、广州、天津、汉口、重庆等成为重点。而后国内史学界的近代城市研究也多围绕这些城市进行,甚至出现了"上海学"。

相形之下,海内外在近代南京城市史研究方面有分量的成果却不多。南京是古代中国东南地区的政治、经济、文化中心,在风云激荡的近代中国,它曾先后为中华民国临时政府所在地和国民政府的首都,在中国近代城市中无疑占有重要地位。令人遗憾的是,对近代南京城市史的研究,无论是在质还是量的层面上都十分薄弱。这与南京的历史地位和现实的城市现代化建设要求明显不相匹配。有鉴于此,侯风云以近代南京城市现代化为博士学位论文的研究课题,读博士3年间(2003年9月到2006年8月),她孜孜不倦,多方求索,收集了大量的档案、古籍、文书、报刊等资料,通过刻苦努力,终于如期完成学位论文,通过答辩。之后,她在吸收答辩专家意见的基础上,又对全文进行文字润色、史料核对与补充等工作,完成了这部近30万字的著作。

我认为,《传统、机遇与变迁——南京城市现代化研究(1912—1937)》有如下的特色:

首先,论著掌握了丰富的资料。作者利用博士学习期间在南京的有利条件,到档案馆、图书馆、资料室,查阅了大量资料,特别是民国时期的报纸、杂志、书籍等。由于资料的丰富和全面,这就使得研究工作建立在了可靠的资料基础上,使研究结论具有客观性和说服力。

其次,作者注意运用多学科的理论和研究方法,使研究视野更加开阔。随着学术研究的深入发展,单纯的历史学理论和方法已经不能够全面阐释较为复杂的历史现象,必须突破单一学科的范畴,从多方面、多角度进行考察,才能够揭示城市发展的全貌。作者在这方面进行了努力钻研,在该书中,运用历史学、经济学、社会学、人口学、行政学、政治学、城市学等多学科相结合的方法,对1912—1937年的南京城市现代化进程作了整体上的系统研究,突破了以往对南京现代化研究碎片化的缺陷,在很大程度上弥补了这一领域的研究空白。

再次,运用比较研究的方法,通过对南京与沿江条约体系城市、江南城市现代化的共性与异性的比较考察,来探讨南京现代化的特殊性。探讨了中国传统行政中心城市的现代化发展轨迹,提出了"政府主导的现代化模式"的概念,具有一定的创新性。

在学术研究中,我们注意"以史为鉴"的史学功能,但任何试图完全用今天的需要来曲解历史的想法与做法,不是失之肤浅,就是别有用心,为正直的学者所不耻。侯风云的论文撰写过程中,基本遵循史学研究的规律,从基本问题入手,依据能找到的史料得出结论,评判民国时期南京城市现代化建设的得与失。如果有关当政者与部门认真研读,这部著作或许能对今后的南京城市建设具有借鉴作用。如此,则善莫大矣。

侯风云博士研究与写作的态度是严谨的,也下了很大的功夫,然而,任何学术研究都不可能尽善尽美,也不可能包罗万象。民国时期南京城市现代化的内容较多,本书限于篇幅与资料,只围绕作者认为重要的几个方面展开论述,有些值得探索的问题尚未论及,所涉论题中差错亦所难免。学无止境,现在暂时缺失的论题与不完善的论述,或许正是作者未来研究的目标所在。深望侯风云博士能再接再厉,在今后的研究中取得更丰富的学术成果。

以上文字,仅为读这部书稿时所产生的感想。身份所在,我某种意义上参与其中的工作,好处是了解作者工作的艰辛与努力,但评价起来也就很难"客观公允"。好在各位读者高明,阅后自有判断与评价,不会受"误导"。

是为序。

(侯风云:《传统、机遇与变迁:南京城市现代化研究(1912—1937)》,人民出版社,2010年6月。)

《国民政府监察院研究》序言

刘云虹博士论文经过认真修改后,即将出版,付梓之时,嘱我序文。作为最先阅读到论文并提供过意见的读者,有必要将个人观感写出,以示祝贺,亦或有助于读者对全书的理解。

大概是在2003年,教育部重点研究基地南京大学中华民国史研究中心申请到教育部的重大攻关项目——"中华民国史研究",这是当时国内人文社会科学方面资助额最大的项目,首席专家为著名的史学家张宪文教授。这个大课题包含了十多个子课题,涵盖了民国史研究一些根本性的问题。张老师统筹领导,让我主持其中的子课题"国民政府五院制研究"。说是子课题,但五院制是国民政府中央政权制度的核心,内容十分广泛,既有理论层面的问题,又涉及运行的实绩考察,且过去学术界研究成果较少。我无力一人承担,便邀集几位年轻朋友共同完成。刘云虹欣然接受关于监察院的部分,并将此作为博士论文的题目。

孙中山设计国家政权时,在借鉴西方三权分立制度的基础上,又吸收了中国传统的考试制度与监察制度,创立了"五权分立"理论。国民党统一全国后,逐渐落实孙中山的主张,建立了五院制的国民政府。五院之中,监察院是最后建立的。

1929年9月16日，监察院刚成立之时，坚持在训政时期实行五院制度最力的国民党元老胡汉民（时任立法院长），专门发表"甚么是监察院的责职"的演说：

> 在党治之下，我们早就希望造成一个廉洁公正的政府，以实施训政；可是监察机关未成立，监察权未使行，无论如何，我们对于政府都不敢放心，所以我们对于监察院的需要，非常急迫。
>
> ……
>
> 要政府立刻成为一个好政府，惟有赶紧督促监察院行使监察权。党治下的政府，原受着党的监察；替国民办事的政府，原受着国民的监察。合这两方面的监察精神，实行而表现之，其专责则在监察院。挑起党与人民间行政关系担子的，是行政院。至于挑起党与人民所有监察责任的担子的，当然就是监察院。

孙中山"五权分立"的设计可谓精心，国民党与国人对监察院的期望可谓殷切。然而，监察院运行的实际情况如何？是否达到孙中山的要求与民众的期望？史学界此前对此重要机构缺乏系统而完整的研究，不能不说是件憾事。刘云虹的这部著作，是学术界第一部全面系统地研究民国时期重要机构——监察院的学术专著。她在充分吸收海内外学者已有研究成果的基础上，大量地运用了档案、当时的报刊及新出版的稀缺资料，系统地研究了监察院的产生、发展及绩效，填补了该方面研究的空白，有相当的学术贡献。

个人认为，这部著作的贡献表现在三个方面：

一、资料充实。以前关于监察院的资料过于分散，这也是该课题研究较弱的重要原因之一，作者用了许多时间与精力查阅中国第二历史档案馆所藏"监察院档案"等资料，并进行梳理分析，为全书立论与创新提供了坚实的基础。

二、论述全面。该书在时间上涵盖了监察院在大陆活动的全部时期，考察时段较长；在内容上，既包括了监察院的起源、制度设计、运作过程，又有对运作绩效的评价，同时又提出民国时期监察院及其监察制度对当下监察制度的借鉴意义，表现出作者研究历史、关注现实的情怀。

三、在研究方法方面，作者运用了历史学、政治学等多学科的研究方法，同时运用了比较分析方法、定量分析方法等，对监察院进行了多维度的研究，保证了全书立论的客观公允。

由于刘云虹对于监察院的研究是五院制度研究中的一环，而五院制度又是国民政府中央制度的核心部分，这样她审视问题的角度就比较全面，思路也较开阔，既受课题组其他成果的启发，也促进了其他学者的研究。

研究课题确定后，刘云虹先拟定提纲及写出部分样稿，南京大学民国史中心曾举行过开题报告会，由本专业众多教授针对研究与写作提出意见。这期间，我们时常切磋，从主题结构、史料到写作与修改，均有过多次认真的讨论。她能从善如流，吸收大家的意见与建议，补充完善自己的研究。在博士论文完成进行答辩时，5位答辩委员高度评价刘云虹的工作与论文的学术价值，全部给了毕业论文成绩等级最高的"A"。

这次出版前，她花时间对博士论文进行了一次认真修改润色，又有所提高。

云虹和我也算有点特殊的缘分。我们本科都毕业于南京大学历史系，她是晚几级的学妹，毕业后，她投到复旦大学杨立强教授门下，获得硕士学位后，到东南大学工作，已小有成绩，却又要继续深造，攻读在职博士。阴差阳错，她成了我所首批招收的两位博士生之一，自降了"辈分"。几年中我们教学相长，互相勉励。她的勤勉好学与不惧困难的精神感染着我。在写作论文的过程中，她克服教学任务繁重、自己一度身体欠佳等困难，尤其是照料、伴随其公子历经小升初、中考及高考三大难关，不仅自己顺利完成学业，公子也金榜题名，考入理想的大学。真是天道酬勤！我分享她的每一个进步，并为之高兴。

由于我和作者及本书有特殊的关系，以上浅见未必准确。读者高明，阅读后自能有所判断。

是为序。

（刘云虹：《国民政府监察院研究》，上海三联书店，2012年12月。）

《国家与建设：南京国民政府建设委员会研究（1928—1938）》序

河南中医药大学马克思主义学院教授谭备战博士主持的国家社科基金后期项目《南京国民政府建设委员会研究（1928—1938）》通过结项评审，即将出版。书名定为《国家与建设：南京国民政府建设委员会研究（1928—1938）》。该书是目前学界第一部对南京国民政府建设委员会进行深入系统研究之作，填补了相关空白。在其出版之际，表示祝贺。

蒋介石等人 1927 年 4 月在建立南京国民政府，挑起宁汉对立之后，急需用各种方式来证明其政权的合理性与合法性，充分利用孙中山的"政治遗教"便是其中最重要的方式。孙中山生前提出的"建国大纲"和"实业计划"，即是必须严格遵守的"总理遗教"。为实现孙中山的遗愿，南京国民政府成立了诸多关于国家建设的机构，建设委员会是当时建立的一个主管全国建设事业的政府机构。它是一个经济建设机构，但说它是特定历史时期的政治产物，也不为过。

随着国民党政权在全国统治的稳定，建设委员会的职权范围逐渐缩小，但凡其经营的事业，如无线电、电力、淮南煤矿及淮南铁路等，均对中国经济的现代化进程产生了积极影响。

其后，随着国家建设走上正轨，及中日民族矛盾的逐渐上升而准备全面抗战，建设委员会便失去了成立时所赋予的"政治意义"，且其功能被随后成立并渐渐壮大的全国经济委员会、国防设计委员会等机构所分解、取代，被边缘化。全面抗战爆发半年后，建设委员会即被裁，其功能与人员被并入经济部和资源委员会等机构，结束了其短暂的10年历史。

建设委员会成立与裁并的历史，基本上反映了这样一种历史现象，即一个新政权建立后，总要为其生存与发展寻找一个合法的"政治外衣"。南京国民政府成立后，孙中山的"政治遗教"成为其合法的"政治外衣"，建设委员会即是这一"政治外衣"的产物。其后，全国经济委员会及国防设计委员会的相继出现，反映了南京国民政府按照国家发展的实际情况，迅速调整经济建设领导机构的现象。这也是中国迈向现代化与准备全面对日抗战历史过程中必然出现的情况，因为随着国家建设事业的增多，众多经济建设机构亦必定会适时出现。建设委员会建立、其职权范围会受到影响，甚至受到挤压而渐渐失去发展的空间，亦是时势使然。

谭备战的《国家与建设：南京国民政府建设委员会研究（1928—1938）》，是作者在精心爬梳史料的基础上，对建设委员会成立的背景、概况、曲折发展，直至在抗战爆发后被裁并的完整历史进行了全面梳理，对建设委员会所努力经营的主要事业进行了述评。这是国内外第一次以完整的学术视角全面细致地梳理建设委员会的发展脉络，第一次系统地构建建设委员会学术研究的科学体系与框架，确定了建设委员会研究基本范围与内容，具有学术上的开创性与原创性，是一项开拓性的学术研究。

这部著作以翔实的史料为基础，深入探讨了建设委员会所创办或者所管理的事业的发展历史。在实证研究的基础上，以建设委员会推动中国现代化建设为研究视角，对建设委员会整理与发展无线电事业，经营与发展煤矿事业、铁路与农田现代灌溉事业等，使其发展成为国营事业的措施与绩效进行探讨，进一步深化了学术界对中国经济现代化进程的认识。建设委员会与国民政府的"南京十年"相始终，全面抗战爆发后并入经济部。这表明在由传统社会向现代社会转型的过程中，国家机构主导的经济建设，也是一条可行之路。在这个意义上，建设委员会具有一定的历史地位与启迪意义。

在发掘史料，廓清史实，构建研究体系的基础上，这部著作将制度史与社会经济史研究熔于一炉，尝试对民国时期社会经济史与制度史进行有效的融合研究，大大丰富了两者的研究内容，使我们能够更清楚地了解全面抗战前十年中国社会经济发展的实际状况和全面抗战前中国的国防经济实力。该书在研究方法上也有所创新。首先将建设委员会放在20世纪中国逐步融入国际化的背景下进行研究，采取历史实证与历史分析的研究方法，利用现代化理论把政治制度史与社会经济史研究、个案研究与一般研究、微观研究与宏观研究有机地结合起来。同时，充分吸取社会学、政治学及经济学等相关学科的理论与研究方法，在唯物史观指导下，对建设委员会进行以历史学为主体的多学科、多层面的创新性研究。

历史研究归根到底，是对人类，人类生活的研究。谭备战的这部著作在研究建设委员会时，注重考察其领导人张静江对该机构产生的重要影响与作用，并对张静江一生的功过进行评点。书中提出，张静江是民国时期重要而又复杂的历史人物，既要看到其在国民大革命后期支持以蒋介石为首的国民党新右派的反共政策，也要认识到张静江早期对孙中山资产阶级革命事业的支持，与1928年后致力于建设委员会工作时期对中国现代化建设的客观推动作用。通过对不同时期、不同层面的考察，使我们对张静江的认识更全面、更立体、更客观。这样的分析方法，是值得肯定的。

全书主题明确，结构严谨，逻辑思路十分清晰，所用史料充分丰富。尤其是建设委员会所发行的《建设委员会公报》（1—77期）采用较多，这部分史料学界运用者不多。另外，书中也大量引用了档案资料与报刊资料。翔实的史料与考证，使该书的立论有了较坚实的基础。该书是一部史料基础厚实、创新点颇多的优秀学术著作。

如果用学术精品更高的标准来衡量，谭备战的论著仍存在着一些不足或缺憾，有些问题尚需进一步深入研究，对该课题的研究还有提升的空间。例如，论著虽然将建设委员会放在中国国际化的背景下进行研究，但仍不充分。再如，对于建设委员会与全国经济委员会、国防设计委员会的关系，书中虽有论及，但并不充分，仍有诸多的研究空间。实际上，通过这三家机构的比较研究，可以全面了解全面抗战前国民政府发展经济事业的努力与结果，可以加深对民国社会经济史与政治制度史的理解，了解南京十年间国民政府政治经济体制的运行情况，从而加深我们对民国历史的认识。此外，如何使论著的文字更精炼准确与更具思辨性，也值得再认真推敲。

谭备战从攻读博士学位至今，一直致力于南京国民政府建设委员会的学术研究，前几年将25万字的博士论文扩充至40余万字，以《南京国民政府建设委员会研究（1928—1938）》为题申报了国家社科基金后期项目，并获得立项批准，去年已经顺利结项，交给中国社科文献出版社出版，并邀我作序。我作为他的博士生导师，有幸先读他的著作，目睹他的进步，感到由衷的高兴。

相信他能够以此书出版为新的学术起点，继续深化对建设委员会的研究，并发掘新的课题，取得更大的学术成就。

是为序。

（谭备战：《国家与建设：南京国民政府建设委员会研究（1928—1938）》，社科文献出版社，2019年10月。）

《国民政府时期高校学生就业问题的认识与应对（1934—1949）》序

金兵博士的书稿《国民政府时期高校学生就业问题的认识与应对（1934—1949）》即将付梓，让我写序。我对此课题没有什么研究，就谈点读后感。

历史是丰富多彩的，历史研究与写作也应该是多样化，有气势磅礴的宏大叙事，表达每个时代的主旋律，也有细致入微的个案研究，反映民间生活的衣食住行与普通民众的喜怒哀乐。无疑，金兵博士的这本书，属于后者。

20世纪三四十年代，是中国历史风云激荡的年代，发生了土地革命、抗日战争、国共内战等重大事件，战争与革命交织，是这个时代的宏大主题，历史的进程跌宕起伏，令人炫目。研究这段历史的学者的目光，很容易就会被吸引到诸如政治、军事、外交、经济这些宏大的方面，党派矛盾、阶级斗争、民主运动、民族战争、中外关系、经济发展等是学术研究的主流，也取得了丰硕的成果。

然而，革命与战争的时代主题虽然宏大，它们却并不能涵盖普通中国民众日常生活的全部。战争与革命对普通人的生活有影响、有改变，但普通人的社会生活也有延续、寻常、照旧的一面。在战争与革命的时代背景下,普通人的生活有不一样的地方,也有着与常规状态下一样的地方。即使在革命与战争中,大多数中国人仍然要面对衣食住行、柴米油盐这样的生活琐事,仍然需要考虑家庭的花销、个人的收入、今天的工作、明天的出路……甚至,因为时局的动荡,他们的生活变得更不稳定,更加没有安全感,需要为日常生计付出更多的操劳、疲于奔命。"宁为太平犬,不做乱世人"。如何能保有个温暖的家庭,有份稳定的收入,能够正常地求学、工作,在任何时代,都是多数普通民众要考虑的首要问题。只不过,有些人考虑的是如何活下去,而有些人考虑的则是如何活得更好。历史研究,不仅需要关怀国家命运、民族的兴衰,也应该关怀普通民众的日常生活,他们的命运。毕竟,普通民众在任何时代都占人口的大多数,他们的命运是国家命运的缩影,历史学者,应该对他们投入更多的关怀。

写前面的这一段,无非是为了铺垫金兵博士目前所从事课题的学术价值。他研究的民国时期大学生就业问题,是一个与普通民众生活密切相关的社会问题。站在革命、战争等大的时代主题角度来看,与政治、军事等方面相比,就业问题或许是琐碎的小问题。政治、军事影响着国家命运、民族前途,而就业则决定着普通人的生存状态。对于许多个人来说,就业决定着他们的谋生之道、生活水平。对有一定理想抱负的时代骄子大学生来说,能否就业,在何处就业,还攸关个人自我价值的实现。能否就业、怎样就业、就什么业,对于个人来说,从来就不是一桩小事。

大学生是近代中国社会的知识精英。在近代中国许多重要的历史转折关头，如五四运动、一二·九运动等，大学生常常走在前列，成为唤醒民众的先锋。然而，除了一部分职业革命者外，政治并不是大学生日常生活的全部。那些参与过政治运动的大学生，转过身来，大多数仍然需要面对生活中的日常所需，需要面对安身立命的就业问题。

金兵博士的《国民政府时期高校学生就业问题的认识与应对（1934—1949）》，从各方面呈现民国时期大学生的就业状况，这个课题比较新颖，弥补了相关研究的不足。该书让我们看到了民国时期大学生人生的复杂面向，了解当时大学生在参与政治运动之外，多数人在走上社会时面对的是怎样的就业环境，可以更全面地认识当时大学生自身的生存状况。该书没有限于就就业论就业，而是展示了当时大学生就业与政治、经济、社会之间的复杂关系。如书中揭示20世纪30年代中期大学生求职请愿运动背后，就业问题牵扯到复杂的党派政治因素。书中也提到了国民政府对大学生就业，由漠视转为利用，其背后也有着政治考量。当时各界人士对大学生就业难情况的认识及不同的归因，政府、高校、社团等不同势力在解决大学生就业问题上各种不同的努力。尤其是书中还研究了中共在局部执政地区对高校学生就业问题的处理，这样的经历对其走向全面执政后有着先验式的影响。

金兵在苏州大学读博士期间，就开始了对民国时期大学生就业问题的研究，此后，长年在此课题上耕耘，一直没有停歇，有所收获，并获得过国家社科基金的资助。他2016—2017年间曾到浙江大学历史学系访学,选我做指导教师。在浙大访学的研修课题即为"国共两党对知识青年就业的认知与处置比较研究(1927—1949)"。访学结束后,我们仍然保持着联系。2018年他得到任职的浙江工商大学资助,又赴香港城市大学中文及历史学系访学一年。在香港访学期间,他在前期研究的基础上,系统写出了《国民政府时期高校学生就业问题的认识与应对(1934—1949)》书稿。我想,该书的出版,应该是他在该课题长期探索的一个重要的阶段性总结吧。

以上的话,一则对金兵的新著出版表示祝贺,二则希望他在学术的道路,进一步开阔研究视野,不要停步。他尚年轻,勤勉善思,未来可期!

(金兵:《国民政府时期高校学生就业问题的认识与应对(1934—1949)》,浙江工商大学出版社,2019年12月。)

《战时国民政府行政机构改革（1937—1945）》序

从中国走向现代化的进程来看，民国时期就是承先启后的重要阶段，这个阶段的许多东西都处于学习、摸索与实验阶段，包括国家的各种制度设计、政府机构设置与功能。中国有着悠久的历史文化与传统，幅员辽阔，人口众多，内部本身就很复杂，面对的又是外部世界的逼迫挤压，变革刻不容缓，但内外环境提供的变革时间与空间却又十分苛刻，新旧杂陈、内外交困，更增加了变革的难度与复杂性。

秦始皇统一中国后，中央集权成为中国的基本特征。毛泽东说过，革命的根本问题是政权问题。政权的得失与巩固是解读中国历史的钥匙。随着内外环境的变化，中央政府行政机构的变革是种常态，历朝历代均会依据前朝的经验教训，对行政机构适时做些变革，有些朝代甚至会不停地自我革新（通常被称为"变法"或"新政"）。大致上说，中央政府机构的变革，要有顶层设计，有改革理念，有预期目标，有整体计划与分步实施，有改革推动力与改革基础等等。任何变革都会涉及政治权利与利益的分配，都会有阻力。中国历史上有的变革很成功，不仅走出了当时的困境，且富有远见，为后代所沿用。有的变革浅尝辄止，半途而废。更有些朝代因变革引起种种波动，反而失去政权的。革命不是请客吃饭，变革同样不是请客吃饭，当局未必一定要追求时尚而变革，尤其是欲得其名而无其实的变革，或者没有诚意虚应故事的变革，可能会惹火烧身，更是政权稳定之大忌。如清末"新政"所主张的君主立宪制，相对于传统的君主制似乎是一个巨大的进步，但此方案出台后，清廷言行不一，变革的社会基础、财政基础又弱，中央政权权威已失，不仅革命党人不答应，原对此寄予厚望的立宪派也大失所望，从而背弃朝廷，加速了清朝的覆亡。危机时代，如何变革，转危为安，的确是一个棘手难题。

作为当局者，完成一场成功的行政机构变革并非易事，时间上或旷日持久，指望毕其功于一役并不现实；空间上涉及从中央到地方的行政层面，涉及资源分配与利益调整，受到政治环境等多方因素的制约。历史与现实表明，变革能否成功，要看变革有没有基础，主导变革的当事者有没有统筹全局的能力，有没有全面的变革战略与策略，有没有坚定的责任感和使命感，有没有把握合适的时机等等。

国民党成为全国性执政党后，依据孙中山"五权宪法"的理论与设计，建立了一套独特的"五院制"中央机构。它既不同于中国传统的中央政权设计，也不同于西方民主国家的"三权分立"。按孙中山的解释，"五权宪法"是吸收了中国古代与西方所长，而避免其各自的流弊。这是一套前无古人的政权设计与实践，估计也后无来者了。

21世纪初，南京大学中华民国史研究中心承担了教育部重大攻关课题"中华民国史研究",我与刘大禹等几位青年朋友承担了子课题"南京国民政府五院制度研究",对1927—1937年国民政府的中央机构进行全面研究。刘大禹自告奋勇,选择其中资料与头绪最繁多的行政院研究。以此为起点,他学术上勤奋耕耘,迄今为止不断深化国民政府行政院制度与变革的研究,连续承担了三个国家社科课题,成为此领域成绩卓著的学者。

全面抗战时期,国民政府的机构既有变革的必要性,也有变革成功的可能性。20世纪是一个民主化的世纪,是一个崇尚改变的世纪。20世纪30年代起,各国政府为应对全球经济危机,无不加紧推行变革,以构建高效的社会动员模式,成为国民政府当局的借鉴。如苏联经济领域推行的工作竞赛即为国民政府应用于行政领域。1937年全面抗战爆发后,国共两党建立了抗日民族统一战线,是进一步加强团结与统一并实施改革的好时机。毛泽东在抗战初期就呼吁实行全国总动员,改革政治机构等主张。如何迅速提高行政效率,最大限度实施社会动员,使行政服于军事,成为国民政府当局的重要考量。"抗战建国"成为了国民政府的共识,国民党高层希望在实现抗战胜利的过程中,推进政治与行政现代化,完成建国任务。在抗战相当艰险的政治环境中,国民政府应对强大的改革舆论呼声,尽量开放政权,成立民意机构,推进基于民主化和制度化的一系列变革,出台了不少围绕事权厘定、机构精简、人员裁减等方面的举措。以上问题,正是刘大禹所著的《战时国民政府行政机构改革》研究的切入点,在书中均有相当详尽的阐释。

应该说,国民政府当局于战时推行的行政机构变革并非仓促之举，而是经过了尝试并深入推进，成立了高层设计机构，有计划，有执行，有考核等。尤其是最高领导人蒋介石对这些变革举措可谓不遗余力，日记、手令中多次提醒将要实施或正在实施的改革任务，历次国民党的全会都有大量的改革建议、改革共识与改革检讨。然而，发起变革的中央政府具有多大的推动力？官僚体系具有多大的执行力？人民群众具有多大的支持力？是否充分考虑社会的承受能力？是否顾及了社会的稳定等等。譬如，精简机构与裁汰冗员是一般政府行政机构改革通用的招数，但在战时大量失业、通货膨胀、物资极度缺乏之际，普通公务人员生活困顿，裁减人员安置是否到位，以避免引起社会动荡。诸如此类的问题，值得重新审视，刘大禹在书中也提供了不少的思考。

刘大禹通过细致的研究，对全面抗战时期国民政府的行政机构改革得出了如下的认识：一系列的改革举措取得了一定成效，体现了行政领域的制度化与现代化倾向，体现了国民党权威人物对改革的强烈愿望。改革是抗战时代所需，改革理念不可谓不新，"行政三联制""工作竞赛运动""计划政治"等皆符国际潮流，运用得当自可提高行政效率；改革内容不可谓不全，从中央到地方，从中央的部会到基层的保甲制度，全方位推行改革；改革程序不可谓不周，通过试点、调研与全面铺开，有年度计划、工作检讨；改革路径不可谓不符，有上层权威人物的推动，有媒体的集体发声。从改革程序上而言，战时行政机构改革的路径也并非一无是处。遗憾的是，抗战后期的豫湘桂大溃败中断了改革的进程，国民政府只得将诸多改革留到战后。而战后的形势发展，更是出乎了国民政府最高当局的意料。一定程度上，抗战的进程与结果，既取决于中国人民抗战的意志与力量，也取决于日本侵华的策略，国民政府行政改革的绩效是要放在抗战进程与结果中去衡量。如果"抗战建国"的进程，一切均在国民政府的意料之中，以这样的改革措施与力度，最终的"建国"理想能否如约完成呢？历史没有假设，读者高明，自有结论。

《战时国民政府行政机构改革》全书正文有7章，涉及战时行政机构变革的主要方面，专题研究不可谓不精细。这是抗战史研究与中华民国政治制度史研究方面的最新成果，相信它的出版，会推动相关研究的深入。细读之下，觉得抗战时期国民政府行政机构的变革这一课题，仍有不少尚待深化的空间。如，1937年至1945年全面抗战期间，国民政府的内外处境与对未来的判断是在不断变化中，这种变化与行政机构变革的阶段性有着密切关系，在整体研究中要体现出来；再如，战时国民政府行政机构变革的主要目的应该是两个：一是行政现代化，二是应抗战需要。这两个目的多数是重合的，但有时也有相互抵牾之处：行政现代化强调的是决策民主，执行过程透明，而战时行政强调事权集中，追求决策与执行的效率。国民政府战时行政机构变革时，是如何处理这些矛盾的？哪些举措是出于行政现代化的考虑，哪些是因应战时急需？希望刘大禹未来能关注这些问题。

《战时国民政府行政机构改革》书名中用了"改革"二字，我想有两个原因：一是国家社科项目下达时用的是这个名称，结项成果自然要一致；二是查阅时国民政府行政机构变革的档案文件，大多冠以"改革"。而我倾向于用"变革"。"改革"与"变革"部分含义相同，但两者在程度上有挺大的区别。"改革"主要用于国家制度与体制的层面，是指把国家发展中旧的不合理的制度或体制进行局部或根本性的变革，而"变革"则可以用于各个层面，包括了政策、措施与人事等。就抗战时期国民政府行政变革来说，它既是在国民政府五院制度框架下进行，之前的行政格局也基本维持，只是多方面的调整。从研究者的角度，我认为用"变革"更符合实际。当然，学者对同一名词的理解可能不同，这一点供刘大禹参考。

大禹是我在南京大学教书时的博士毕业生，后来我调到浙江大学工作，他又来做博士后研究，这些年一直从事中华民国政治制度史的相关研究，尤其是关于国民政府行政院的学术研究。他用功努力，勤于思考与写作，成长较快，是同辈中的佼佼者。本书是他的第二个国家社科基金项目结项成果，第三个项目也顺利进行中，我为他的成长感到欣慰，也期望他戒骄戒躁，百尺竿头，更上层楼，取得更大的学术成就。

是为序。

（刘大禹：《战时国民政府行政机构改革》，社会科学文献出版社，2020年5月。）

《图说老南京》序

南京是座有着厚重文化底蕴和历史积淀的城市，拥有"人文绿都，博爱名城"的亮丽名片。它留下的，不仅有无数的文字记载与美丽传说，更有许多历史的遗迹——钟山龙蟠，石城虎踞，绵延厚重的古城墙，桨声灯影的秦淮河，巍峨大气的中山陵，洋房林立的颐和路，沧桑变幻的总统府门楼，以至于行道两旁林立的雪松与参天的法国梧桐树……无不凝聚着城市的精髓与风骨，成为颇值得品读的城市文化坐标。

孙中山对南京这座城市的喜爱是显而易见的。辛亥革命成功推翻清王朝，创立民国，中华民国的首都确立在南京，他星夜赶往此地，就任临时大总统。孙中山在《建国方略》中由衷赞叹："南京为中国古都，在北京之前，而其位置乃在一美善之地区，其有高山，有深水，有平原，此三种天工，钟毓一处，在世界中之大都市，诚难觅如此佳境也。"蒋介石一直以中山先生的"信徒"自居，他以南京作为国民政府的首都，既可实现总理夙愿，又能表明自己正统的承继关系。这对南京的建设与发展，起了重要作用。据后来学者分析列举的理由可知，南京的历史传统，它与全国金融中心上海紧密关联的地理位置，亦为其替代旧都北京、升格为新型统治中心的重要因素。

简而言之，自国民政府1927年4月正式定都南京，到1937年抗战全面爆发前的10年间，是南京近代史上城市建设最有成效的"黄金十年"，也是古都南京自六朝、南唐、明初以来的第四次大规模城建高潮。全国著名的建筑师和营造商咸集于斯，各显神通，一大批行政建筑、纪念性建筑、文教建筑、公共建筑、里弄建筑、新式住宅建筑、近代工业建筑从勾画蓝图到拔地而起，无一不是中西方文化、传统与现代在那个时期交融碰撞的产物。一度因战乱而破败颓唐的南京开始焕发出勃勃生机，一跃成为近代都市建设的典范。有建筑学家这样评论南京的民国建筑："参酌古今，兼容中外，融会南北，堪称西风东渐特定历史时期中外建筑艺术的缩影，全国首屈一指，世界范围内亦有典型意义。"

民国建筑看南京。漫步街头，如同徜徉于千姿百态的民国建筑博览会，旧派与新潮，古典与折中，民族与世界，风格各异却能在此和谐共存；从行政机构、公馆别墅、金融商铺、工业交通，到教育科研、文化娱乐、普通民居，其分布之广、数量之多、规格之高、类型之全、设计之美，确实无与伦比。建筑是凝固的历史。一座座年代不同、风格迥异的建筑，犹如"石头上的史书"，无声记录和见证着南京这座城市兼容并蓄的广博胸怀与独特魅力。

南京是我长期生活的城市，就读的小学在青石街，中学在龙蟠里，大学在汉口路，每天上学的路上，都会路过著名的民国建筑，可以说是耳濡目染，浸润其间。之后，长期执教于南京大学，从事中华民国史的研究与教学，对南京的民国建筑有着特殊的情感。

　　本书的两位作者是我熟识的一对兄妹，沈旻是我认识多年的朋友，酷爱摄影，有所成就，沈岚是我在南京大学执教时的学生，研究生毕业后在国家级档案机构任职。他俩均生长于南京，对这座城市满怀深情，各自运用自己的所长，珠联璧合，联袂主编的《图说总统府》一书，图文并茂，获得好评。如今又将研究课题拓展开去，将图文结合的特色进一步光大起来，使"图说系列"之《图说南京》得以出版面世。新著中900张惊艳绝伦的新老照片，匠心独运的同视角今昔比照，于光影流转间阅尽沧桑世事，读来让人耳目为之一新。我对兄妹二人孜孜向学、潜心搜集之举亦深感佩，在先读之后遂欣然提笔，向广大读者推荐。

　　是为序。

　　（沈旻、沈岚：《图说老南京》，东南大学出版社，2020年7月。）

评王奇生《党员、党权与党争：1924—1949年中国国民党的组织形态》

从孙中山1894年创立兴中会，中国国民党（以下均简称"国民党"）已跨过了3个世纪，前后有110年的历史。"百年老店"的国民党在中国近现代历史上扮演了重要的角色，自然就成为史家研究的对象。中国大陆地区真正学术意义上的国民党党史研究，是在改革开放后才起步，并逐渐走上正轨的。

1992年，李云汉先生在台湾出版了《中国国民党党史研究与评论》（台北：近代中国出版社1992年9月）一书，对海内外的国民党史学术研究进行总结与评论，李先生治国民党史多年，长期在国民党中央党史委员会工作，并曾担任党史会的主任委员，其评论至少能代表台湾学界的主流观点。他在书中是这样评论大陆地区国民党史研究状况的："大陆学术界研究孙中山先生与中国国民党，已被称为'显学'，出版论著甚多，其中有些很够水准的书，这是令人兴奋的事。但论及孙中山先生晚年、蒋中正先生一生以及早期国共关系，大陆上的作者们显然未能面对历史的真实，徒然根据中共当局早经设定的说辞，千篇一律的重述一些积非成是或是凭空虚构的史实，那真令人为之感叹、悲观与悲哀。"（李著，序第3页）由于研究起步较晚，中国大陆的学者在90年代初期的国民党党史研究水平不高是事实，但已经绝少有"千篇一律的重述一些积非成是或是凭空虚构的史实"的现象。李先生的评论显然有些因袭已久的偏见。10年过去了，大陆地区的国民党史研究又有了长足的进步。王奇生的《党员、党权与党争：1924—1949年中国国民党的组织形态》(上海：上海书店出版社2003年10月。以下简称"王著"。)可为代表。

王著共分14章，36万字。对于研究的重点，作者在"自序"中写道："本书以国民党的'治党史'为重点，着重考察国民党的组织结构、党员的社会构成、政治录用体制、党政关系、派系之争与党内精英冲突、党民关系与阶级基础等问题。"王著基本上是通过不同的专题研究来完成上述考察的，大致上依时间前后为序，可分为4个时段。

前3章主要讨论国民党改组与国共合作问题。第一章"改组：俄共体制的引入与变异"，考察国民党改组的历史过程中是如何"以俄为师"，植入俄共体制的；第二章"改组后党员的社会构成与基层组织"，考察改组后国民党在构成与组织方面的变化与影响；第三章"从'容共'到'容国'"，考察第一次国共合作期间两党势力的消长与关系的演变。第四章与第五章主要讨论国民党"清党"后的党民关系与阶级基础。第四章"蜕变：革命党向执政党转型"，考察"清党"带来国民党党员构成上的变化；第五章"工人、资本家与国民党"，通过国民党调解劳资纠纷的实例，印证了"国民党太想迎合社会全体人民，结果反而一无所获"的结论。第六章至第十章主要讨论1927年至1937年间国民党的党员、组织形态、运作与派系。第六章"党治结构：法理形态与实际形态"，考察"以党治国"理念在中央层面实际运用中的变异情形；第七章"党政关系：党治在地方层级的运作"，考察国民党势力在地方的实际情形；第八章"政治录用：党员对政治资源的控制程度"，通过党员入仕途径的考察，分析党员对党的忠诚程度；第九章"党的派系化与派系的党化"，考察国民党内派系的形成与特征；第十章"战前党员群体分析"，从整体上考察国民党党员的成分。第十一章至第十三章，讨论抗日战争期间与战后初期的"党治"情形。第十一章"党政团：战时体制的调整"，考察三青团建立后对旧有党政体制造成的影响；第十二章"战争泥淖中的党机器"，考察抗战期间国民党的发展与困境；第十三章"'六大'前后的派系政治与精英冲突"，透过对国民党各派围绕"六大"中央委员的角逐，考察党内的各种矛盾与冲突。第十四章是全书的结论"弱势独裁政党的历史命运"。

  王著是近年来国民党史研究的标志性成果。其一，常见的国民党史研究著作，研究对象基本上是国民党发展过程中的重要事件、人物、政策与会议，是一种动态、现象的考察，属于"党治史"。王著则是从党员成分、组织结构、党政关系、党民关系、派系互动等国民党的组织建设与组织形态诸方面着手，考察分析，基本上是静态的、深入的研究，属于"治党史"。有些论文曾做过类似的尝试，但如此系统、完整地研究国民党治党史，王著当为首创，具有开拓性。其二，王著引用史料极为丰富，广泛地吸取了海内外最新的研究成果与资料，许多资料均是作者首次引用，加上精心制作的各种统计图表，为其立论提供了坚实的根据。其三，基于独特新颖的研究角度与丰富的史料，王著提供了许多精辟的新论点。可以说无论是全书总的结论，还是对一些具体问题的分析，王著都有不同凡响的独特见解。如以往研究中的一个共识是，国民党坚持"一党专政"，实行独裁，其党焰冲天，无所不在，无所不能。王著在缜密地考察分析后提出的总结论却是——"国民党只是一个弱势独裁政党"（自序，第2页）。再如，海峡两岸的学者曾为"三大政策"中究竟是"联共"还是"容共"争论不休，争执的背后是当时国共对对方能力的估量与认知。王著提出，历史的真实是，有一个从"容共"到"联共"的转变过程，而且由于中共的努力，掌握了"三民主义""三大政策"的话语权，在国民党内的组织运用上"反客为主"，后来反而出现了有些国民党人认为是共产党在"容纳国民党"的局面。（第87页）有一个例子，说明作者研究的细致。通常说到民国时期劳资矛盾，往往是资本家剥削加重，工人为争取权利动用罢工的武器。王著在考察工人、资本家与国民党关系时提出的三友实业社劳资纠纷个案，却是资本家要停业，工人要求复工，是资本家操主动权。书中并指出，当时"劳资纠纷的主动者逐渐由劳方向资方转移的趋势"（第127页），这是学者们较少注意到的事实。美国裴宜理（Elizabeth J. Perry）教授的《上海罢工——中国工人政治研究》（南京：江苏人民出版社，2001年9月），是研究清末与民国时期上海工人罢工的重要著作，书中也未涉及到由于资方停工而引起的劳资纠纷。不夸张地说，王著中基于扎实史料与细致论证的新论迭出，不仅令人读来耳目一新，且多能令人信服。

章开沅、杨天石两位学者在"序言"中，均给王著以褒扬。杨天石指出，王著"是国民党历史研究中的一部拓荒之作，也可以说是一部独具特色、别开生面的原创之作"，"全书新意迭出"。（杨序，第2页）完全符合事实，而非出于师生之谊或奖掖后学的虚言。

任何一部学术著作，都有值得推敲的地方，所谓"百密一疏"。充满新意的原创性著作更是如此。王著在立论与视角方面，似有若干的缺失。此处提出两点与作者商榷：其一，王著将国民党1949年大陆失败的原因追溯到1924年，可谓深远。但却出现了预设立场的倾向——只去探寻国民党的"失败的种子"与各种缺失。实际上，即使有王著中提到的那些缺陷，1924年改组之后，国民党者取得了北伐的胜利，从广东一隅成为全国的执政党，在1927—1937年间，国民党的执政也取得了相当的成绩。作为中国历史上第一个具有现代意义的执政党，国民党不仅缺乏经验，也没有安定的执政环境，能在与北洋军阀、日本军国主义的斗争中取胜，与中共相持多年，其组织形态不可能处处都是漏洞。其二，王著在论述"党争"时所选择的派系是"力行社"与"ＣＣ系"，而这两个派系都是国民党内亲蒋介石的"主流派"，他们的派系活动对党的伤害远没有公开反对蒋介石的"非主流派"为大，如西山会议派、改组派、胡汉民派等，他们都公开另立中央，造成国民党的分裂。如果选择研究反蒋派系的活动，应该更能说明国民党派系斗争在其组织形态上的意义。

［刊于《中国学术》，2004年第2辑（总第18辑），商务印书馆。］

"以人为本"书写行业史的新成果
——《新式交通与社会变迁：以民国浙江为中心》评介

一

丁贤勇新著《新式交通与社会变迁：以民国浙江为中心》（中国社会科学出版社2007年月10月版。以下简称"《新式交通与社会变迁》"），由绪言、五章正文、结语组成。

"绪言"阐述本课题研究的现状与意义，研究所用的理论工具、研究方法、基本框架与资料来源。强调"新式交通是民国浙江社会投资最大、现代化水平最高的现代化事业，对其进行研究，具有一定的代表性"；"对民国时期交通的研究，有助于为现代化建设提供理论依据"。

第一章"轮船、汽车、火车：近代交通新格局"，主要讨论新式交通工具——轮船、火车、汽车等进入浙江的先后时序及发展轨迹。浙江是著名的江南水乡，得天独厚的自然条件加上相对低廉的运营成本，使轮船尤其是内河航运，成为近代新式交通中首先发展起来的运输形式，到20世纪30年代已遍布浙江水域。浙江公路建设和汽车运输起于20世纪20年代，到1937年前全省公路达到近3800公里，除个别海岛与山区县之外均可乘车直达省城。铁路建设是近代浙江投资最大的现代化事业，近代浙江铁路建设有两个样板：20世纪初的沪杭甬铁路成为全国商办铁路的样板，20世纪30年代的杭江铁路又成为全国省营铁路的样板。全面抗战爆发前，浙江省的新式交通业各部门同时到达了民国时期的顶峰。

第二章"新式交通与现代经济：以乡村社会为中心"，主要讨论新式交通对民国时期浙江乡村社会所带来的巨大影响。新式交通是现代经济发展的基本条件之一，发展经济与救济农村是提倡和发展新式交通的目标之一。在进入乡村社会的初期，新式交通是一把双刃剑：一方面促进了农产品的商业化，使乡民的收入增加，成为浙江农村的"输血管"；另一方面它有助于列强倾销廉价商品，造成农村入不敷出甚而破产，成为浙江农村的"吸血管"。新式交通推动了沿线近代工业的产生，促进了沿线贸易区域的扩大与重组，也促进了乡村旅游的产生，这些均成为传统乡村重要而崭新的起点。新式交通逐步走近乡村乡民，改善人们的出行条件，拓展了其活动范围，乘新式交通工具外出谋生，成为乡民的一种选择。

第三章"新式交通与近代城市化：一个起步的动力"，主要讨论新式交通对浙江区域内城市的影响。现代化过程中，中心城市依托周边腹地快速发展，同时对腹地产生巨大的辐射与推动。新式交通则在人、财、物等方面，把中心城市与周边地区更为紧密地联在一起。新式交通在近代城市化的起步阶段作用尤为明显，近代城市的发展是以新式交通发展作为前提的。新式交通各部门在浙江地区城市化中的作用并不完全一样，在时间上从轮船、火车到汽车，先后进入浙江；在空间上，从区域中心城市、中小城市到乡镇，明显表现出级差性。新式交通初步形成互动式的网络，城市则是这个网络上的若干纽结。

第四章"近代战争与新式交通的发展：以抗日战争为中心"，主要讨论抗日战争与新式交通的关系。日本侵华打断了中国现代化正常发展的轨迹，延缓了中国现代化的进程。浙江近代铁路建设在20世纪30年代成为高峰，浙赣线是民国省营铁路的样板。近代公路建设始于20世纪20年代，高峰期是1932—1935年，浙江成了全国的典范。抗战准备促进了浙江交通现代化发展，人们对新式交通的认识提高，政府优先发展，投入大增，交通建设技术和管理水平被推到了一个空前的高度。交通作为战争的一个基本要素，抗日战争期间浙江战场基本上是围绕交通站、线的争夺展开的。战争期间，浙江公路毁坏达五分之四。日本侵华战争使浙江现代化交通建设延误了近半个世纪。

第五章"新式交通与社会观念：以时间观念为中心"，主要讨论新式交通对当时社会观念的影响。交通运输系统是近代中国社会中最需要时间纪律以维系工作效率的部门，从浙江近代社会变迁的角度来说，轮船、火车、汽车等新式交通工具进入，对人们时间意识的影响是多方面的。新式交通使人们开始确立科学的时间观念，时分秒的细分丰富了年月日的时间切分，人们开始从看天空来确定时间到看钟表，统一的标准时间逐步取代地方性时间，新式交通工具甚至也成为某一特定时间的象征。新式交通改变了人们生活中的时间节奏和对时间的感知，改变了人们的出行方式，扩大了人们的活动半径，也使人们开始有了"时间就是金钱"等近代观念。

"结语"则提出正文未能详细论述的一些相关问题及初步的思考，留作未来的研究课题。

二

如何进行行业史的研究与写作，是史学界面临的新课题。

随着历史观的拓展与史学研究的深入，行业史的研究也吸引了不少学者。传统的行业史多是由行业内的人撰写，基本上是循时间线索，根据技术进步与行业发展的量化统计写成，与大历史的关联性不强，多数是"见物不见人""见技术不见人"。现在有相当史学素养与训练的青年学者介入此领域，从大历史的角度来解读，使行业史研究进入了新境界。

我认为，新行业史研究有两个基本特点：一是将行业发展与人类社会的发展联系在一起，或者说，从人类发展的进程来解读行业发展与进步。"一滴水能反映太阳的光辉"，任何一种人类的活动，都能反映特定时期的社会风貌与特质，只不过有的直接，有的间接而已。二是注意人与物、人与技术进步的关系。人创造了物质财富，改造了技术，但这个过程不是单向的，物质与技术又反过来影响与改变了人的生活品质，塑造人的思想与观念。如此循环往复，才构成了人类社会的进步。以往行业史研究中，较强调人征服自然，创造物质、改进技术的一面，忽略物质、技术对人的影响。譬如是人发现了火的功能，将其运用到生活，但火的使用对人类文明产生了巨大推动作用，食用熟食，使人的体质得到革命性的提升，促进人类思维的发展。

再如从电、火车、自来水，到今天的电脑与互联网，谁能否认它们对于人类生存与生活方式产生的巨大影响呢？人发明了技术，技术推动产业形成，产业化的普及改变人类生活，新生活方式促进新思维，新需求催生新技术。这是人类物质文明与精神文明互相促进的关系。故行业史的研究也应该"以人为本"，关注人与物质、人与技术的互动关系。

《新式交通与社会变迁》可以说充分体现了新行业史研究以上的两个特点。它的前四章，基本上还是传统的行业史研究与叙述方式——以扎实翔实的资料来描述新式交通在浙江的发展轨迹与特征，第五章则以前四章的研究为基础，超出了一般交通史研究和论述的模式，从人类日常生活最基本内容（衣食住行之"行"）与社会生产最基本的部门（交通）出发，着重研究交通与社会发展、社会变迁的交互作用及其影响，将交通史的研究，最后落脚在社会经济史与人类的生活史上，体现了作者追求历史研究"以人为本"的理念（在第二、第三章里涉及到新式交通对乡村经济与城市生活的影响，着墨已不少）。这是本书最大的亮点。第五章的三节标题分别是"新式交通使人们开始形成科学的时间观念""新式交通改变了人们生活中的时间节奏""新式交通与近代时间价值观念的出现"。著者从新式交通这个特定角度入手，来观测民国浙江社会变迁发展，有较多的学术创新意义。该书不仅指出了火车、轮船、汽车等新式交通工具对人们生活带来便利的表层影响，更指出了新式交通在深层次上对国人思想观念的影响，它使当时人们的时间观念、生活节奏观念、时空距离感以及对时间价值的认识都发生了紧随近代化步伐的变迁。而人的现代化，是所有现代化的依归。

技术进步对人的生活方式、思想观念的影响是深远的，它渗透到人的日常生活中，通常不被重视。相比之下，研究者们更重视"启蒙思想家们"的呼号，与制度对人的塑造。其实，看似简单的日常生活问题，恰恰因资料凌乱分散而以往学者又多忽略，反而是最不容易研究清楚的。因为从技术进步到人们观念的改变，是漫长而细水长流的过程。一般研究者使用的档案等史料，通常缺少直接说明技术进步与人的观念进步之间关系的，它需要研究者特别地留心，在常规史料之外，重视对"边角料"和"活史料"的搜集和运用。该书著者别出心裁地大量使用了"行车时刻表"，从中去发现历史变迁信息。同时，将当时人（胡适、郁达夫、叶圣陶、徐志摩、丰子恺等）的散文、诗歌、回忆录及民间歌谣也作为史料使用，除"恢复"历史原貌之外，还有益于探究人们对于新式交通的情感历程。

总之，《新式交通与社会变迁》值得肯定地方颇多，限于篇幅，只将其突出的优点加以展示。它走出通常对行业史研究的窠臼，充分体现出著者"以人为本"写行业史的特征，意境颇佳，且在如何研究技术进步对社会生活、人的观念的影响，史料处理诸方面，做了有益的尝试。

三

依笔者陋见，《新式交通与社会变迁》尚有若干值得改进之处：

1.内容的完善。书名《新式交通与社会变迁：以民国浙江为中心》，从副标题"以民国浙江为中心"来理解，应该以民国浙江为主，同时兼及全国的情况。即使没有副标题的限制，全书也应将对浙江新式交通的考察放到全国的视野中，方能更准确地理解浙江在全国的地位，以彰显研究浙江的特殊意义。如书中强调"近代浙江铁路建设有两个样板：1900年代的沪杭甬铁路成为全国商办铁路的样板，1930年代的杭江铁路又成为全国省营铁路的样板"。近代浙江的公路建设是全国的"典范"。但全书很难找到关于当时全国兴办新式交通一般情况的介绍，读者就难以了解浙江到底领先其他省份多少，其他省是如何将其作为"样板"的。第三章"新式交通与近代城市化"，着重于中心城市与周边地区，城市之间的"外部"连接，而忽略了对每一城市"内部"公共交通的研究，而这是城市近代化的标志之一，对市民的生活与观念变化的影响至深且巨。

2.语言的推敲锤炼。著者追求语言的思辨性，即语言的理性的张力，但若干地方反使人感到指向不明，读起来不明快。如以下的一段文字："本章的主题是新式交通与现代经济的兴起，这个题目太大，涉及面太广，这里选择从传统社会——乡村与传统经济——农业的视角，更能代表两者之间的关联性，新式交通促进浙江传统乡村社会与乡村农业经济的变化，这恰恰是一个令人思索的话题，更有助于丰富与深化对新式交通与现代经济这一论题的认识。"（第126页）另，若干句子有语病，如"真正成为列强们经济剥削的是广大乡村，成为其商品销售市场"（第149页）。句中不必用逗号，且"列强"已是复数，不必再加"们"。

3. 史料的取舍与精致化。著者在史料挖掘与运用方面的苦心值得肯定，可能是得来不易而舍不得放弃，书中有同质性史料引用重叠，不够精致的瑕疵，也造成一些地方行文不流畅。

任何学术著作都有其局限性，创新性的著作更是如此。指出这些局限性，既非显示评论者高明，亦非苛求作者，而是从旁观者的角度提示相关研究的前景、空间，有益于著者与志趣相投者拓展思路。从学术发展的角度来看，这至少与肯定其已经取得的成绩同样重要。不当之处，尚望作者"有则改之，无则加勉"。

（刊于《民国档案》，2008年第3期。）

中华民国史研究的新收获
——评四卷本《中华民国史》

严格地说,国内的中华民国史的学术研究起步于1972年,兴盛于改革开放的新时期。经过学者们的共同努力,中华民国史的学术研究已经成为新时期史学领域中进步最快的学科,一大批的学术成果不断涌现,学者队伍扩大。

早在20世纪七八十年代,李新教授主编的多卷本《中华民国史》(中华书局出版)和张宪文教授主编的《中华民国史纲》(河南人民出版社出版),对中华民国史的研究对象、结构、体系,均做过一些有益的构想和探索,对推动民国史研究的发展,有重要意义。但是,随着学术事业的发展和认识的提高,如何从总体上构建符合民国历史实际的学术体系,成为学者们关心的重要问题,需要在已有成果的基础上,进行新的探索与尝试。南京大学出版社2006年1月出版了张宪文教授等著的《中华民国史》,这部4卷本220万字的著作,是中华民国史研究的最新收获。这部由作者们经过近10年的努力完成的著作,在学术上有一定的特色并有所创新。

第一,坚持历史唯物主义为理论导向,在研究思路、学术体系和框架结构方面,均有发展。鸦片战争后,中国人民前仆后继奋斗的目标,就是建立一个独立、自由、民主、统一、富强的现代中国，把中国从封建专制的传统社会引向现代国家的发展道路。本书即是以这样一个指导思想、研究思路去分析和认识民国史上发生的各种问题和历史事件，并以此去构建民国史的基本框架和学术体系，在视野上更加宽广，对历史的认识更深透、更全面、更符合客观实际。本书的卷、章、节目的划分，均体现了这一指导思想。

本书改变过去单一的、简单化的阶级分析方法，坚持运用各学科的不同理论和方法去认识民国史上的各种历史问题，使得认识更全面、更深刻。书中对许多经济问题、政治制度、社会问题的分析和认识，均体现了这一点。特别是本书运用现代化的理论和方法来分析历史的发展、演变，历史事件的地位和作用，观察视野更加开阔，角度更加清晰。

第二，拓展了民国史研究的领域和内涵。过去受中共党史、中国革命史的影响，民国史仍较多地偏重政治史领域。本书在这方面有较大的改进，按照学科本身发展的规律，较多地展示了民国时期在经济、社会、外交、教育、科技、少数民族等方面的发展历程和面貌，进一步完善了民国史的内容和体系。特别是民国社会生活史方面，充分吸收了学术界的最新成果。书中给中共党史以较大的篇幅，纠正了以往民国史著作中回避中共党史内容的偏向。以往现代史、民国史论著中，对科学技术事业的发展甚少提及。本书列专门章节论述民国时期科技的发展，提出民国以后，兴办实业成为风尚，科学得到提倡，一批有识之士投身于中国近代科学技术的拓荒事业。进入20世纪二三十年代后，中国科技事业不仅从无到有，而且已初具规模，并在一些领域取得了令人瞩目的成果。在具体介绍了地质学、生物学、物理学、化学、数学、气象学、天文学、动物学、植物学、医学、地理学、工程学等学科的成就后,指出"中国科技界优秀知识分子怀抱'科学救国'的理想,不懈追求,无私奉献,是他们书写了中国现代科技史的新篇章"。再如,即使是研究民国经济史的专门著作,也很少注意对产业结构的研究。本书作者以坚实的研究指出,在北京政府时期,民营资本主义企业的创立往往一哄而上,这给中国产业带来数量增长的同时,也造成了市场竞争的混乱,产业结构配置不合理。第一次世界大战后,为了增加竞争能力,一些民营企业意识到不足,进行兼并等活动,对产业结构进行调整,使单个企业的优势成为共有的优势,不少原来亏损破产的企业,转为有利可图,在一定程度上使生产进入有序状态。

第三,史料的运用较为丰富、全面。本书尽可能掌握大量第一手材料。史学研究的基石是史料。书中引用了不少历史档案、各类文献史料、报纸杂志、口述史料等。坚持史料的第一性和全面性。注重运用各类不同史料分析各种历史问题。中华民国时期的国际交往空前活跃,民国史作为一个国际性的历史学科,本书作者曾赴美国、英国、日本等国家及台湾、香港地区搜集各种中外文民国史资料,并在研究中加以运用。丰富、权威的史料,扩大了研究者的视野,使研究更全面,结论更客观公允。第四卷附有较为详尽的史料来源和参考书目。

第四,由于理论认识的提高、研究方法的进步和丰富史料的运用,本书对许多历史问题和历史事件提出了较多的新观点、新看法，做出了较多的更加贴近历史实际的评述。如"训政体制"是南京国民政府施行的最重要的政治制度。以往史学界在评价"训政制度"时，往往因其有利于国民党的"一党专政"，而认定南京国民政府"彻头彻尾地"背叛了孙中山原先的设计与构想。而本书认真地考察了孙中山不同历史时期关于训政制度的设计阐述的发展变化，再对照南京国民政府的制度设计，指出"客观地讲，此时国民党确定的'训政制度'与孙中山对'训政制度'的构想之间确实有一定的继承关系，一些具体的阐述也有相同或相近之处"。当然，作者也指出，"两者之间的差别也是十分显著的，甚至在根本精神上是不同的"。这样的分析，避免了简单化与偏颇。再如，过去在论述中华民国对外关系时，"帝国主义论"往往占据主导地位，政治方面的考量比较多，而忽略了民族、国家的现代化发展。本书运用"国际化"作为考察民国时期对外关系的另一个坐标，实事求是地分析在中国国力孱弱的背景下，中国政府如何利用国际关系的变化，适时调整其外交政策，力图避免中国在对外关系中处于不利的地位。

其他在如何全面评述北洋政府的地位和作用问题，如何看待30年代国民政府的政治改革和财政经济政策问题，如何区分国家资本和私人资本以及对四大家族官僚资本的认识问题，如何看待国民党在抗日战争中的地位、作用和两个战场的关系问题，国民党在大陆的统治为什么会迅速垮台等等重要学术问题上，作者都提出了有启发意义的新见解。

皓首穷经著文章
——读杨天石《找寻真实的蒋介石：还原13个历史真相》

对于蒋介石的学术研究近20年来取得长足的进步，这其中有杨天石教授的突出贡献。说杨教授是蒋介石研究领域中用功最勤、成果最多、影响最大的学者，在史学界大概不会有多少的学者提出异议。笔者的所见所闻可以提供佐证。

其一，2008年笔者去美国斯坦福大学胡佛研究所查阅资料，偶遇一对国内退休后去美国探亲的工程师夫妇，当知道笔者是专程来看蒋介石日记时，其中的先生马上说，杨天石的蒋介石研究做得最好，他的许多文章我都读过，你们认识他吗？杨教授的影响之大可见一斑。杨教授来笔者执教的大学演讲，学生早就去抢占座位，演讲时会场挤满了人，门口水泄不通。

其二，笔者在美国、台湾看档案时，常能在档案馆遇到杨教授，年近八旬的他，一进入档案馆基本上就是从开馆到闭馆，埋头抄档案，午餐时间匆匆去附近小面馆吃碗面，或者是吃完自带便餐，再赶回去抄档案。他的刻苦精神与用功程度，让年轻学者感动不已，自叹弗如。去档案馆的学者不少，但声名卓著如杨教授，还长年坚持去档案馆查找资料的学者，可谓凤毛麟角。

2014年，杨天石教授的新著《找寻真实的蒋介石：还原13个历史真相》由九州出版社出版，此书是其系列著作《找寻真实的蒋介石：蒋介石日记解读》第三辑，主要由13篇专题研究论文组成，代表了他在蒋介石研究方面的新趋向。这13篇论文以时间顺序排列，分别是：

绥远抗战与蒋介石对日政策的转变

蒋介石与德国内部推翻希特勒的地下运动补述

蒋介石收复新疆主权的努力

蒋介石为何拒绝在《延安协定》上签字

蒋何以邀毛？毛何以应邀？

1946年的政协会议为何功败垂成？

蒋介石推荐胡适竞选总统前后

蒋介石枪毙孔祥熙亲信及其反贪愿望

蒋介石与蒋经国的上海"打虎"

蒋介石与钓鱼岛的主权争议

陈洁如回忆录何以封存近三十年？

蒋介石联合苏联谋划反攻大陆始末

尼克松竞选与蒋介石、宋美龄晚年的感情风波

这些论文，对于蒋介石研究与现代史研究均有着不同的贡献。贡献可粗分为两类：

一是有些专题学术界（包括杨教授本人）已有研究，新论文则从另外的角度进行阐释，对问题的认识更加全面，或者更加深化。书中的《蒋何以邀毛？毛何以应邀？》《1946年的政协会议为何功败垂成？》《蒋介石推荐胡适竞选总统前后》《蒋

介石与蒋经国的上海"打虎"》等属于此类。譬如，关于1945年举行的国共谈判，蒋介石与毛泽东聚首重庆共商抗战胜利后和平建国这一事件，学术界的研究成果已很多，杨教授曾著长文《如何对待毛泽东：扣留、"审治"，还是"授勋"、"送礼"》进行过讨论。新著中的《蒋何以邀毛？毛何以应邀？》则从抗战胜利后的国际局势着手，分析美国、苏联对华政策的转变及其对国共两党所施加的影响、产生的后果，使我们清楚地看到，重庆谈判的促成及结局，并非单纯是国共两党角力的结果，也不仅是中国国内政治演变的结果，而有更深的国际背景。蒋介石所以邀请毛泽东赴重庆，美国大使赫尔利有建议之功；毛泽东改变主意欣然赴约，也与苏联方面施压有关。该文指出，在重庆谈判前后，美国大使赫尔利与苏联大使彼得罗夫"都在努力贯彻本国的对华政策"（第140页）。论文从一个更广泛的视野，展示了重庆谈判的复杂性。从某种意义上说，也是杨教授对自己研究的完善与补充，在《如何对待毛泽东：扣留、"审治"，还是"授勋"、"送礼"》中，他更多的是关注谈判过程中国内政局的变化及蒋介石与毛泽东二人如何"斗法"。

二是有些专题是史学界较少涉及的，有开拓与"揭秘"的性质。书中的《蒋介石收复新疆主权的努力》《蒋介石与钓鱼岛的主权争议》《蒋介石联合苏联谋划反攻大陆始末》等属于此类。如钓鱼岛的归属是中日两国长期争端的问题，作为台湾当地区主要领导人蒋介石的态度如何，有着重要指向意义。大陆学者因限于史料，过去鲜有论及。杨教授的《蒋介石与钓鱼岛的主权争议》一文，对20世纪70年代初期美国将钓鱼岛交给日本前后蒋介石的态度进行了详细的梳理,列举台湾当局强调钓鱼岛归属事关中国领土主权,"寸土片石,亦必据理全力维护。此项立场始终如一,绝不改变"等事实(第 231 页),指出蒋介石在不少方面需仰赖美国的情况下,仍在钓鱼岛问题上对美国人说了"不"字。(第 236 页)

细细拜读《找寻真实的蒋介石:还原 13 个历史真相》,将其与 6 年前出版的《找寻真实的蒋介石:蒋介石日记解读》对比,能发现两个差别:一是新著在选题上更加严谨,论说更严密,这大概与收入后著的论文多写作于《蒋介石日记》开放初期,作者希望尽快将珍稀史料介绍给学术界有关。二是新著所涉及的问题,在时间上明显晚于后者,最早的一篇涉及绥远抗战,而多数是抗日战争胜利之后的,尤其是有 3 篇是台湾时期的。大陆学者对 1949 年退到台湾后的蒋介石缺乏基本的研究,亟待加强。这两个差别,说明杨教授研究蒋介石的两个新趋向:在选题上,更加细化与深入;在时间上,已关注晚年蒋介石在台湾。

从特质上讲,历史学是一门强调实证性的科学,史料是学术研究的基础。新史料的发掘,不仅可以考订与补充既有的学术成果,更可以发现新的研究课题与领域。不可否认,蒋介石研究所以取得突破,与蒋介石档案与《蒋介石日记》开放密切相关。杨教授是最早运用这两种史料进行研究的大陆学者,给人的印象如此深刻,以至有人不加辨析地说他只运用蒋介石的日记来研究蒋介石。这其实是绝大的误解,杨教授对蒋介石日记的史料价值与局限性有着清醒认识,如他在"序言"中所写:"迷信日记,专凭日记立论不行,只有傻瓜、笨蛋才这么做,必须广泛收罗各种相关文献加以考订、参证、补充，才有可能读懂日记，进而读懂蒋介石其人及其时代。"（序言Ⅴ）在实际研究中，他也是这么做的。

在此，以《蒋何以邀毛？毛何以应邀？》为例，对其所引用文献资料进行"量化分析"。该文资料注释超过100个，分别来自《大公报》《中央日报》《解放日报》《新华日报》《美国外交文件》《中共中央文件选集》《中美关系资料汇编》《美国对外关系文件集》《战后中国》《延安日记》《斯大林与中国》《重庆谈判资料》《重庆谈判纪实》《总统蒋公大事年表初编》、国民党党史馆档案、俄罗斯总统档案馆档案、俄罗斯对外政策档案馆档案、《毛泽东选集》《毛泽东文集》《毛泽东年谱》《毛泽东军事文集》《朱德选集》《刘少奇年谱》《周恩来年谱》《周恩来军事文选》《季米特洛夫日记》《铁托传》，以及胡乔木、师哲、叶飞、唐纵及张治中等人的回忆录，约30余种，相当丰富。其中引用蒋介石日记仅8处，不到十分之一。此足以印证杨教授是广征博引，绝非仅凭日记等少数几种史料做研究的。

蒋介石学术研究取得了前所未有进步，得益于国家的改革开放与思想解放。以今日中国傲视全球的强盛经济增长与社会进步，学术界应该有足够的雅量与自信对以前的革命对象与"人民公敌"进行研究，客观评价其历史功过。有不同学术见解是正常现象，新的观点总是在不断争鸣与辩论过程中，逐渐被接受的。杨教授著作中，即收录了他与汪荣祖教授对于蒋介石与德国内部推翻希特勒地下运动关系问题的争鸣文章（惜未将汪教授的文章一并全文收录）。学术史一再证明，史学长廊里留下的都是认真阅读史料，实事求是进行实证研究，勤于思考与写作的学者著作，而那些无视史料，只想当然地站在"道德制高点"上，无端指手画脚的文字，最终只能成为学术进步的背景。

杨教授运用专题研究方式解读蒋介石日记，对一些重要历史问题或旧结论，提出新见解，还原历史真相，或补充历史细节，拓展考察层面，探幽发微，非常成功，已然形成了一种独特的"杨氏风格"。他在"序言"中表示要继续依此法写作下去。然而，作为一般读者，难免会产生"审美疲劳"，《找寻真实的蒋介石：还原13个历史真相》主题虽然聚焦蒋介石研究，但13篇论文结集后相互之间似乎缺少有机的联系，阅读时缺少一气呵成的愉悦感。衷心期待杨天石教授能不辞辛苦，在专题研究的基础上，整合学界已有成果，早日进入计划中的蒋介石传记写作，写出他多年来找寻到的那个真实、完整的蒋介石。

笔者相信，这应该也是其他史学工作者与读者的企盼。

附 录

追求开放与有公信力的史学研究境界
——陈红民教授访谈录

李卫民（以下简称"李"）：咱们开始吧，您先谈一下在南京大学的经历吧，那是您学术入门的地方。请谈谈您的恩师，还有恩师对您的指导。

陈红民（以下简称"陈"）：我学历史，现在看，像是"历史的误会"。我是"文化大革命"后上的大学，我不是书香门第出身，父亲是位军人，我76年高中毕业，当时没办法升学，77年我进工厂，在工厂里得到了高考的消息。77年参加高考，初试、复试、体检都过了，但最后落榜。78年又考，当时，文学很热，"伤痕文学"流行，哲学的社会影响力也很大，我根本没有想到要学历史。78年那时候，高考是先知道成绩、再选专业，我的总分可以进入南京大学，但是，单科成绩，历史出奇的高，语文、政治的单科分数，达不到南大中文系、哲学系的要求，我想在南大读书，就选择了历史系。有很长一段时间，我都有点不甘心，套用瞿秋白的话说，学历史，是"历史的误会"。当时，为了上南京大学，我也没有更好的选择了。

后来，我还想考现当代文学的研究生，并做了准备。但是，我大学毕业那年，南京大学的中国现当代文学专业偏偏不招生，我想，就考一个自己有把握的专业吧，那一年，全国高校系统第一次招收中华民国史专业研究生。从全国范围内来看，民国史专业的第一个研究生，是汪朝光，是李新先生在中国社科院招的，高校系统，是茅家琦先生在南京大学招的，汪朝光是南大历史系77级的，比我高一级。

我的学习成绩一直很好，本科期间，专业方向也不是很明确，不过，历史学研究的基本功，还是慢慢练出来了，张宪文老师给我们上史料学课，那时，我就养成了泡图书馆的习惯。写本科毕业论文时，就想找一个在南大有丰富资料，比较好开展的题目。我听说，南大图书馆有全套《学衡》杂志，存在书库里，图书馆里的老师都吃惊，怎么这么个本科生，来看这些老杂志。我坚持看了一段时间，学会了做卡片，毕业论文写出来，反响也不错。上了研究生以后，茅先生特别注重史料，他对我们抓得很紧，经常说，学习历史，做历史研究，有两条拐棍，文言文和外语，这让我们既能面对过去，也能面向未来。平时见了面，茅先生也不问其他，就是问我们，古汉语学得怎么样了，外语学得怎么样了，好像他也没有具体指定读什么书。当时，他与我们的年龄差距较大。刚刚恢复招收研究生，老师们很谨慎，我们也有点怕老师，敬畏茅先生。我们都说，我们是茅先生的学生，一定要把茅先生的文章、著作、全都读了，我最早写文章，就是模仿茅先生，形式上也学得挺像的，当时，整个社会都是一种积极向上的气氛，大家都在奋发用功。

跟着茅先生学习，当然就特别重视扎实的材料功夫。茅先生研究太平天国，他的《太平天国对外关系史》，用了很多英国、法国的外交档案，很多人说，太平天国是中国史的内容，不会想到和外国人的关系。茅先生很重视来华传教士、英国政府等方面的资料，这是一本水平很高的著作。我受老师影响，在准备毕业论文的时候就想，在理论上有什么创新，还不好说，但是，在资料上一定要展现水平。那时，我注意到晚年胡汉民的选题，胡是民国史上重要的人物，但是，在"约法之争"之后，他被蒋介石扣留，这个人好像就消失了，民国史著作没有对胡的生平作全面展示。茅先生很支持，他说能把这么一个重要人物的生平理清楚，确实有必要。我到处找资料，当时去广州住了半个多月，在北京也住了一段时间，把胡的生平终于理清楚了。不仅如此，还发现了他晚年抗日、反蒋的很多事情，这样写出来的胡汉民，是比较全面立体的。以前，都是把胡汉民当作国民党"右派"，一无是处。

我很幸运，在学术生涯的关键点上，有贵人相助。我的论文写完之后，因为涉及国民党右派，有人不以为然。正好，李新先生来南京讲学，张宪文老师让我陪同，李先生和师母对我都很好，他听说我研究胡汉民，肯定了这个选题，要求我给他寄一本论文。李先生阅后，大为赞赏，他说，我正在主编《中华民国史》，有一个问题急需解决，就是怎样写国民党右派，让这些人的历史形象多面化起来。看了这篇论文，感到讲那么多道理，不如进行扎实的实证研究，李新先生立即决定，南下南京，就此召开一个专题座谈会。当时在中国第二历史档案馆有一个中华民国史资料委员会，是中国社科院、二史馆、南大与复旦大学等几家建立的。李新先生我这篇论文投到哪里去了。事实上，这篇文章已投一家学术期刊，编辑认为，篇幅太长，只能发表其中的最好的一部分。李新先生知道后对我说，你这篇文章，最大的优点就是全面，选出任何一部分来都不行，因为胡汉民的三民主义，民族主义是抗日，民权主义是反蒋，民生主义是反共，这三个，三位一体，如果光讲其中的一个，可能就太突兀了。李新先生说，这篇文章，我给你推荐到《历史研究》去。结果，我发表的第一篇论文，就是硕士毕业论文，也没有做很多修改，就在《历史研究》发表了。责任编辑就是后来当《历史研究》主编的徐思彦。李新先生还专门写了一篇文章，结合我的论文，谈对民国人物研究的若干思考，说明怎样具体问题具体分析。

由此，我也明白了研究历史，只要掌握了比较多的原始的资料，就可以建构出水平比较高的成果。这是茅先生、张老师一直很鼓励的做法，也慢慢形成了自己的治史特色，很喜欢去档案馆，到哪里都是先去搜集原始资料。我个人比较重视材料、比较重视叙述的风格，一直坚持下来了。我认为，理论分析是很重要的。但是，这么多年来的史学发展表明了史料的推动作用。在民国史研究、蒋介石研究当中，有一些争议很大的问题，光有框架，没有扎实的史料，可能解决不了问题，反而会陷入无休止的争执，还是应该针对具体问题，用扎实的史料来分析研究，这才能把学术向前推一步。在目前的情况下，用史料来推动学术研究的进步，是有其合理性的。在近现代史、民国史研究当中，可能就更有必要了。仅有新奇的观点，完全用观点开路，对这些学科的进步，可能不会有什么积极的作用。我在南大最大的经验，可能是因为靠着二史馆，耳濡目染，习惯了去接触材料，在材料当中寻找问题，然后来建构论证。

李：那您能否回顾一下那时南大历史系的学术氛围，那时的学风，以茅先生为代表的老先生们的情况？

陈：南大，本来就是从"东南学派"发展而来的，就是很重视学问的扎实，刚才提到"学衡派"，"学衡派"的那些人，像梅光迪、郭斌龢这些人，他们反对"五四"新文化运动，反对胡适，他们都是留美的洋学生，是哈佛毕业生的，但是，他们都提倡国学，主张回到传统，反对生吞活剥地对待外来文化，他们形成了一个很有影响力的学派——"学衡派"，影响到了很多后来的人。比如，有一个有争议的问题，"板凳宁坐十年冷，文章不著半句空"，很多人认为这是范文澜先生的名言，也有人说，这句话实际出自南大历史系著名的元史教授韩儒林先生。当然，韩先生在学界的知名度可能不如范老。我想，这也有可能是他们那一辈人的共识，坚持"文章不著半句空"，就是要坚持材料的扎实。所以，南大一直有这个传统。我们是从茅先生这里感受到了这个传统。

20世纪70年代末、80年代初，南大的思想也非常活跃，《实践是检验真理的唯一标准》，就是南大哲学系的胡福明老师撰写的。另外，南大的蒋广学教授对中国社会性质的问题，提出了新的观点，在国内也是冒尖的。但是，从南大历史系来看，应该没有这种风头人物，历史系一直坚持比较稳健、持重的作风，后来西方史学理论、方法进来之后，好像也还是这样。研究英国史的钱乘旦教授用现代化理论来研究历史。南大的英国史本来就比较强，钱乘旦主编了一套"走向现代化之路"丛书，后来他一直做得很好。这是世界史领域里的事情。

我讲一下茅家琦先生是怎样将现代化理论同中国史的实际结合起来的。在20世纪80年代，现代化理论非常盛行，中国近现代史的研究者也不能完全忽视它，否则会招来"落伍"的批评。老师们也在想变革，但又感到，变革的方式应该稳妥，生搬硬套，要闹笑话。当时，茅先生有一个课题，是"长江中下游城市的现代化研究"。我们知道，现代化理论在台湾地区很流行，他们已出了一套沿江沿海省区的现代化研究成果，都是很有名的学者写的，大概有十几本，包括山东、闽浙、两广、湖南、江苏等地区，是在美国福特基金会资助下做的，应该是将现代化理论应用到中国史比较早的实践。外国学者研究上海、青岛、汉口、天津这些通商口岸的也很多。茅先生说，我们要用现代化理论，但要避免与别人重复，我们来研究长江中下游的中小城市，比如无锡、芜湖、南通、常州，这些城市开埠程度不高，传统势力比较大，这些城市更能代表中国自身内部在外界冲击（不是占领）之下是怎样变化的。这是一个很重要的思路，即不是很笼统地研究现代化，又避开了前人的学术实践。这条学术道路，很成功。茅先生主编了一本《横看成岭侧成峰——长江下游城市近代化轨迹》，这些城市即受到现代化的影响，但洋化的程度比起天津、汉口来说，要小得多，更代表中国特色，更是一种处于中国和西方的中间过渡的形态。

我讲这个例子是想说明，茅先生是怎样在一个比较固定的框架之下，找到可以突破的学术点，既学习了西方的新理论，又发现大家过去关注不多的问题，而且这样的研究，也很容易从过去的历史研究中吸取营养,把过去的区域研究的地方史、方志,都可以无缝地嫁接过来,让新的理论和中国传统史学不着痕迹地联系起来。不像有些人用现代化理论框架来研究历史,但是,只有一个框架,和原来传统的东西相去甚远,其他研究者也很难接受。茅先生的这个路子,两方面的知识都要有。有传统知识的人,不太容易接受新的理论,掌握了新的理论的人,又缺乏传统学问的功夫。两者要结合。这一点,对我后来的研究,影响也很大。

还有,茅家琦先生的治学思路非常开阔。他是经济系毕业的,毕业后在南大教务工作。1956年,他来到历史系。当时,近代史所的罗尔纲先生在南京二史馆整理档案,茅先生向罗先生请教,我刚从其他专业进入到历史研究领域,应该做什么?罗先生对他说,南京是原来的天京,洪秀全的天王府在这里,资料也多,你应该研究太平天国,有"天时、地利、人和"之便。茅先生研究太平天国史,也注意发掘与众不同的课题。当时的学者多在研究太平天国自身内部的情形,茅先生则研究清政府是怎样对付太平天国的,写出了很好的文章。之后,他又扩展到外国人是怎样看待太平天国的,这是之前的研究者着力不多的问题。

茅先生虽然在研究太平天国史,但是,他是南京大学中国近代史学科的学科带头人,一直在思考,近代史研究应该怎么走?所以,他本人做太平天国研究,但是他招收了整个高校系统第一位民国史的硕士研究生与国内第一位民国史博士研究生。茅先生觉得,在改革开放之后,如果只是做农民运动研究,即使你把它扩展到对外关系领域,意义也不是太大了,应该开拓新的领域。这是茅先生了不起的地方,他又及时地选择了民国史研究,也是一个"天时、地利、人和"皆备的好领域。南京曾是国民政府的首都,又有二史馆。茅先生本人没有直接从事民国史研究。但是,他高瞻远瞩的目光,引导其他青年教师、学生投身这个领域。我想,如果没有茅先生的倡导,没有张宪文老师等人的探索、实践,南京大学的中华民国史研究,甚至国内的民国史研究,不会有今天的成就与高度。

茅先生后来又开辟了一个新的领域。20世纪80年代初期,他去了一趟美国,当时祖国大陆一般民众对台湾的了解甚少,茅先生在美国看到许多资料,觉得当代台湾很值得研究。回国之后,茅先生动员老师们做台湾史研究,但有老师觉得,做台湾研究,都是宣传工作,哪里有什么学问可做,没什么人响应。我那时刚毕业留校,茅先生要求我来研究,我们带着一批硕士生,开始搜集当代台湾的资料。茅先生提出,大陆现有的台湾研究分为两块:一块是厦门大学,他们做的是1945年前的台湾地方史。另一块是中国社科院台湾研究所,他们主要研究台湾的最新形势,为中央提供政策咨询。面对普通民众的当代台湾研究好像还没有。茅先生确定南京大学的台湾研究,就是要做现有机构没有涉及的:一方面是做当代研究,一方面是面对普通读者。当时,两岸关系在慢慢解冻,茅先生主编的《台湾三十年》《八十年代的台湾》先后出版了。台湾研究,一下子成了很火的课题。茅先生在全国最早招收当代台湾史的博士研究生,现在,从国台办到各地台办,很多干部都是南大的毕业生。这也能看出来茅先生的远大眼光，既避开了宣传，又做了学问。当代台湾研究，是他领着我们这些年轻人在不被看好的情况之下，做起来的。

茅先生能够根据现实的启示，把历史与现实很好地结合起来，拓展新的课题。是他建立起了南大历史系中国近现代史的版图，如果每人一小块做小课题的话，现在肯定还是个小格局。有了茅先生的倡导，南大历史系中国近现代史专业建立了一些三级学科。

当然，茅先生也有一些带有预见性的学术呼吁没有能够得到足够的反响。如他很早就提出来，应该建立"农民学"，这是他做太平天国农民起义研究的自然延伸。奇怪的是，中国是个农业大国，中央也很关注农民问题，每年的一号文件都是关于"三农"问题，现实确实很需要"农民学"。但是，这门学问一直没有做起来，我觉得挺可惜，真不明白是什么原因。

张老师原来是做革命史研究的，他很重视材料，开过一门课"中国现代史史料学"，专门讲解了档案、报刊、文集等各种类型史料的价值，应该如何查阅、利用等。后来，他的讲稿后来整理成专著出版。这说明张老师很注意材料的搜集、运用。他那个时代的老师多是研究中国革命史的，革命史的一个背景是军阀混战，张老师把国民党军阀派系作为专题加以研究，给我们开过这门课，揭示军阀混战的内在规律。张老师转向民国史研究和李新先生主编《中华民国史》是在同一时期。北京学者的影响力当然更大一些，不过，李新先生当时可能在北京也面临些困难，项目进展不是很顺。时任南京二史馆馆长的施宣岑先生对推动民国史研究非常热情，促进相关档案的开放。张老师在南京反而有优势。李新先生有时把事情拿到南京来做。1984年，在南京召开了全国第一次民国史学术研讨会，1987年召开"民国档案与民国史国际学术研讨会"，都是李新先生支持在南京做的。张老师转向全力做民国史研究。李新先生主编的《中华民国史》第一卷出版之后，读者翘首以盼。可是，第二卷迟迟出不来，这时候，民国史研究的气氛已经比较热了，张宪文老师与河南人民出版社合作，出了一本简明的《中华民国史纲》。这部书内容比较全面，把民国史从头到尾到写完了，建立了民国史研究比较完整的叙述体系。这部书发行量很大，各地高校正在开设中华民国史课程，张老师的书成为广泛接受的教材。之后，张老师感觉抗战时期的研究需要加强，国民党正面战场的作用应该重视，他带领我们推出了全国第一部《国民党抗战正面战场》，书中没有什么理论，就是把抗战时期正面战场上的22次会战完整地写清楚。书出来以后，反响很好。之后，张老师开始研究"全面抗战"，后来又研究"南京大屠杀史"。1993年，南京大学建立民国史中心，2000年成为教育部的重点研究基地，研究人员越来越多，经费也越来越多。张老师主要是在一个学科内部发展，但他能够不断找到新的重要研究课题，引导了民国史研究领域内不少研究热点。茅先生的创新是在中国近现代史的领域内，涉及面更大一些。今年，张宪文老师在庆祝茅先生90大寿时曾形象地说，茅先生做研究是打运动战，不断找到新方向，他自己是打阵地战，坚持在民国史里耕耘。

　　茅家琦先生、张宪文老师，都是在不断地探索，不断地前进，他们的探索，有一些项目成功了，也有些可能不算成功。与其他一些研究历史的老先生相比，这两位老师确实能够与时俱进，不断有创新，他们对学术发展的贡献很大。与他们两位相类似的，是章开沅先生，也是一位大家。章先生的研究团队开始做辛亥革命研究，后来延伸到资产阶级研究、商会研究，又从商会进展到近现代中国的行业公会研究，像医师公会等，朱英教授他们正在做这些研究。再后来，他们又感到，行业公会的研究与博览会有直接关系，世博会又在上海召开，马敏教授开始研究世博会问题。章先生的团队也是不断从一个点慢慢发展成面，既切合现实需要，又符合学术发展的内在联系，不断深入，转向很自然，不同学科之间相互促进，像商会研究就促进了辛亥革命的研究。学术研究，要不断探索，学者的眼光、视野，决定了他的作为，也决定了他后来的地位。学者对学术发展的判断、抉择，非常重要。这些学者能成为大家，他们所选的题目，其他人也想到过，然而，不是所有的人都做出了成绩。这其中，很多因素耐人寻味。

李：陈老师，您也是民国史研究的大家。20世纪80年代，您的老师们在不断进步，您作为后学，也得往前走呀，这一路走来，您是怎么取得突破的？

陈：我肯定不是大家。不过，我愿意分享自己走过的研究之路。我的起步是胡汉民研究，并不断摸索向前。我的硕士论文出版后，也发展成了一本书。暨南大学周聿峨教授的硕士论文研究辛亥革命时期的胡汉民，我们俩人的成果做了一些增补之后，形成了《胡汉民评传》，由广东人民出版社出版。这之后，我一度为怎么找到一个新的研究课题而迷茫。我刚留校做教师，授课负担重，时间不是很充裕，除了协助张老师做一些工作之外，也想找到自己研究的突破口。1994年，我开始在职读博士学位，苦思冥想后，找了一个合适的题目，就是"抗战时期的经济复古"现象研究。抗战时期，中国处在走向现代化的关键时期，和日本打仗时，我们处于下风，当时出现了一些经济领域的复古现象，像驿站运输，这在袁世凯时期都废止了，但是，抗战时候没有那么多汽车，没有那么多现代化交通工具，所以又恢复了。还有八路军的"大生产运动"，模仿的是古代的"屯田"。现代军队的任务就是训练、打仗，但是，抗战时期粮食紧张，部队不能不自己开荒生产，又恢复"屯田"了。还有，抗战时期的"田赋征实"也是一种复古。中国在明清时期，就已出现货币地租取代实物地租的趋势。民国时期，基本上是缴货币了。到抗战时期，粮价飞涨，政府用钱买不到粮食，就改直接征收粮食了，这可能是对农民的剥削。当时政府有不得已之处。抗战时期经济上的这些"复古"措施，是充分发挥了中国地大物博、人口众多的特点，以此来与强敌周旋。历史上的某些看似退步的措施，却能换来最后的胜利。我是想把这些综合在一起，做一个专题研究，探讨经济复古在抗战时期的作用。这个思路得到朋友的鼓励，香港中文大学出版社与我签了出版合同。

1996年我获得了哈佛燕京学社的资助，去哈佛大学访学一年，我申请的课题是"抗战时期的经济复古研究"。去之前，我听说哈佛燕京图书馆有一批胡汉民的未刊函电稿，是胡的女儿捐献的，尚未系统整理，只有少数学者零星地看过。我到后一看，数量远超过预想，有两千多件，这部分资料太宝贵了，就决定将在哈佛的时间都用在整理这批资料上。用这些资料，我发了一些文章，完成了博士论文。并且把这些资料整理出来，再补充上胡汉民女儿捐给台湾的部分资料，合编成15册《胡汉民未刊往来函电稿》（哈佛燕京图书馆学术丛刊第四种）由广西师大出版社出版。2005年出版。我的博士论文，也由北京的三联书店出版。对于胡汉民的研究告一段落。

2004年，我有机会去韩国访学一年。坦率地说，去之前，我对韩国没多少了解，学术上处于思考新课题的"空档期"。我到韩国后，四处向韩国学者打听有何珍稀资料，在韩国的国家档案馆（称为"国家记录院"），找到了一批中华民国驻汉城领事馆与朝鲜总督府外事科来往的外交档案，是用中文与日文写成。我大喜过望，每天去抄录复印，复印费相当贵，用去了邀请单位给我生活费的相当一部分。后来，我用这批档案写了几篇论文，在韩国学术界也产生了一定影响。如果没有后来工作的变更，我大概会用较长时间做民国时期的中韩关系研究。

2006年我从南京大学到浙江大学工作，需要有一个适合的团队项目。我根据对学术发展的趋势直觉，询问学界师友，认为在浙江大学开展蒋介石研究，颇有"天时、地利、人和"。民国史研究领域的很多堡垒已被攻破了，而蒋介石研究，还是一个有挑战性、现实性、也有便利条件的项目。方向确定后，我们于2007年建立了浙江大学人文学院蒋介石与近代中国研究中心，得到浙江恒励集团和张克夫董事长的资助。张董事长是杭州大学历史系78级的学生，对母校的历史学研究很关注。有一点要特别强调，我们开展蒋氏研究，主要是觉得这个人物很重要，应该把他的事情搞清楚，我们主要是从史实角度厘清。学校也觉得这是一个好题目，但也担心可能会有一些风险，中心刚建立时先是作为人文学院下属的一个中心。后来，学校领导看到我们做了很多事情，很肯定我们的工作业绩。2011年蒋研中心升格成为学校直属的研究中心。

李：想请您谈一下《函电里的人际关系与政治》，这部书功力很深，文史并茂，我个人感觉是您在盛年时期的一部代表作。

陈：我认为那是迄今最重要的一部作品。那部书出版之后，我也有不少成果，不过，花的时间、投入的精力，都比不上写那本书的时候了。写书的时候，我正值中年，学术敏感性也达到了最佳。我是在哈佛燕京图书馆见到的那批胡汉民资料，和我在硕士研究生期间看的材料，都是属于同一时期，都是形成在"九一八"事变之后。看了以后，我很庆幸，写硕士论文时虽然没有看到这些机密材料，但形成的结论，还是能经得起考验的。最初的想法是，看是不是能够用这批材料再写几篇新作。但是，阅读了一段时间的胡氏函电，觉得这批资料涉及面很广，包括了张学良、杨虎城等人，这些信函大多是研究者未曾知晓的，我如果仅仅从胡汉民研究的角度来判断其价值重要与否，可能就不太合适了。我决定，把这批资料全带回来，与其他研究者共享。我用第一个月的津贴买了台二手的笔记本电脑（那时可是1996年），每天坚持去燕京图书馆的善本书室里录入。

胡汉民的函电稿当时收藏在图书馆的善本书库里，不能复印。每天由善本书室主任沈津先生从保险柜中取出，我被关在里面，进出均需沈先生开门。胡汉民的往来函电稿里面有很多字写得潦草，我不认识，录入时确实费了劲，但这对我辨识字迹是很好的训练。沈津先生的古文献功底很深、识字功夫也很好。我有拿不准的，就向他请教。函电里面胡汉民与朋友用了许多人物的代号，如用"门神""门""庆父""庆""草头"等代指蒋介石。开始完全搞不懂，只能边阅读、边琢磨思量。根据传统典籍的一些知识，揣摩胡汉民的思路，像破案一样，逐一把函电的人物代号搞清楚了。这个过程，既很艰难，也很快乐。我每天准时去哈佛燕京图书馆上班。那一年时间，我哪里也没去，有8个月的时间待在图书馆，终于全部录入完成了。在阅读录入过程中，我就同时构思未来应该怎么写文章。

当时，哈佛燕京学社的社长是杜维明先生，他从图书馆那边了解我的工作情况，在不同场合表扬我的认真努力。我向他请教，作为哲学家他对处理这批胡汉民资料有何建议。他说，现在美国特别流行研究"人际网络"，你发现的这批资料，可以用来构建胡汉民的人际网络，除了从内容上分析，也可以从技术上来做一些分析、总结。我觉得这确实是一个很好的思路，深受启发，用这个思路来开展研究了。我以前主要是运用一些传统的史学研究方法，注重文献、考据，现在，又从哲学家那里受到了方法论的启示。

后来我又得知，胡汉民的女儿没有把所有的材料都捐给哈佛燕京，有一部分材料捐给了台湾国民党党史馆，我又去了一趟台湾，把所有资料看全了。

在发了一些文章之后，开始考虑怎样建构全书，也就是我的博士论文。张老师不同意叫"函电里的人际关系与政治",嫌这题目太花哨,我接受他的意见,加上"哈佛燕京藏胡汉民资料研究"作为书的副标题。全书的正标题,体现了研究的学术灵魂,有了这个理念,研究才成为一个整体,散珍珠成了项链。"人际关系"在这里,已不是个普通词汇,它是一个新的学术理念,说明我的研究不再仅仅关注胡汉民个体的人,而是走向了人际网络,研讨这个网络中的相互关系与互动,视野更开阔,研讨更深入了。

我的研究风格有受茅先生影响较大,不离开传统,但也要往尽量前多走一些,不能局限于传统的罗列材料。先掌握大量的材料,然后根据大的历史背景,从历史发展的角度来解读。关于胡汉民,当然不应该就胡汉民论胡汉民,我是根据民国史的特点,从国民党反对派的角度来展开分析,已超出材料本身,这样研究出的东西,对其他研究者也有帮助。在传统的史学方法上能有些微的提高,这就很不错了,不要想得太多,要求太高。史学研究中最忌的是,从概念到概念,从理论到理论。新时期以来,这方面的尝试不少,"三论""新三论"的运用与炒作,在历史学界没有持续多长时间。史学毕竟还是要靠史料来说话。

学习新的理论和方法很重要,但是,这些新理论,本身不应该成为最终目的。我一直认为,所有的理论,都是方法、工具,从工具论的角度看,传统的方法不能说都不好,新方法也不是就天然好,关键看能否解决问题,哪种方法能够解读这批材料,解读得更透彻、更圆满,更能接近历史的本来面貌。有的时候,传统方法的作用不输于新方法,还可能更有效率呢。可能我的思想偏保守一些。

李：您在20世纪80、90年代都在做胡汉民研究，一直有突破，现在回想，取得这些突破的原因是什么？

陈：在20世纪80年代，大家都在寻求新的突破口，有人从事民国史研究，主要是为"翻案"而做研究。我在做研究的时候，也遇到了问题，怎么处理"反共问题"。胡汉民是典型的国民党右派，在革命史框架之下，没有这些人的地位。然而历史人物是多侧面的复合体，仅仅胶着于一点，肯定不很合适，特别是在民国时期那样复杂的政治环境之下，民国人物的作为是多方面的，我们分析他的政治立场，是有必要的，但是，不应太过简单化。尤其是在九一八事变之后，中国社会主要矛盾变成中国人民和日本帝国主义之间的矛盾的时候，抗日，就变成了一条主要标准，国共都有合作了嘛。还有，蒋介石在国民党内开始搞威权的时候，胡汉民是一种反蒋力量，胡汉民的"三民主义"里面，确有抗日、反蒋的内容。胡汉民是一个复杂的、具体的历史人物，抓住他的某一点，否定他全部的思想与实践，不可取。李新先生强调，对具体人物的具体事情，一定要具体分析，该肯定要肯定，该否定的否定。李新先生当时正在主持多卷本《中华民国史》的编写，他感到如何写民国时期的"反共人物"是一个问题（当然，现在这已不是问题了）。李新先生肯定了我对胡汉民具体问题具体分析的方法。当然，我读研究生时的中国社会，正经历着思想解放运动，为开展民国史研究提供了比较宽松的环境。

后来在哈佛燕京的研究，对胡汉民的认识更加深入了。比如，他与蒋介石的关系,他是怎样处理与国民党内其他派系的关系,他的反蒋行动怎么运作,怎么联合西南的力量,细节更清晰了。关于他的人际关系,就是看他作为一个下野的政治家,怎样运作一个反蒋的局面,甚至他想效法孙中山,从广州起兵打到南京,他为什么又不成功,这其中有很多问题,需要深入探索。从新材料可以看出来,胡汉民与共产党之间没什么深入联系,倒是日本人与胡汉民还有联系,他怎样与蒋介石又合作又斗争,他与其他的反蒋派(比如陈济棠)有合作与斗争。这些问题的研究,不仅使对认识胡汉民更细致深入,在某些方面,也推动了对国民党历史的认识。研究历史,就像探案一样,知道得越多,随之产生的问题也就更多。循环往复,学术研究会不断进步。

李:陈老师,您多年追档案,但是,您的研究成果,没有堆砌材料的弊病,有较多的解析、论证的内容,看起来比较过瘾。有些读者也说,他们不想看只有材料的文章。您这方面的心得,能讲一下么?

陈:这个问题我思考过,所有的材料,包括档案、报刊资料,都要放在大历史的背景之下来看,如果用很大的历史视野来看这个很小的问题,和就事论事地看问题,得出来的结论,确实不一样,要有宏观视野,要把这些小事情的外部影响、意义多做一些探究。我常跟学生说,电影蒙太奇的方法,不同的镜头的叠加、映衬,单个镜头的意蕴,就很明显了。现在材料越来越多,但是,史学观念、史家视野还是要认真思考及与时俱进的。

李:您来到浙大,开办蒋研中心,这也是一项很有挑战性的工作。您是怎么样逐渐打开局面的？

陈：我很愿意回答这个问题。刚建立蒋研中心的时候，也没有什么大的目标，专门研究蒋介石的人员只有我和肖如平两人。我们判断，随着形势的发展，蒋介石研究应该会有发展的机会，也会有比较大的发展空间。一些老先生对成立蒋研中心有顾虑，我们很谨慎，慢慢开始做。我们的目的，绝对不是去"翻案"，只是做学术研究。我的榜样就是张宪文老师。张老师1993年建立民国史中心，我亲历了这个中心的不断发展，我遇到困难时，总是想象张老师会怎么样做，也会得到一些启发。

学术界对学术机构的评价，是有固定的标准的，比如说代表作、召开国际会议以及学科的知名度。我主要是朝这三个方向去努力的。到了2009年，山田辰雄先生来中心办讲座，当时"愿景"这个词开始流行。我就说有三个愿景，要开一次国际会议，出一套研究丛书，要建成一个知名的学术中心。其实我也不知道这些目标何时能实现。到2010年，这些目标都实现了。现在，我们开个国际会议，并不困难，出书，也很容易。现在，我主要想把这里建成一个学术研究中心、人才培养中心、资料中心，在搜集资料的过程中，也有很多朋友帮忙，一些台湾朋友也很热心。我们也想建一个实体的专题图书馆，为那些愿意看纸质书的读者、研究者提供方便。新资料搜集到了，会产生很多新的议题，也会推动蒋研工作。

我现在的工作动力，就是要为自己的学生做一个标杆，给他们搭一个更好的平台。我想，蒋研中心的资料应该是开放的，为广大研究者服务，学术是天下公器。我得到过很多前辈的帮助，现在也创造条件为其他学者尽可能地提供帮助，也是一种回馈吧。我们筹款，绝不是在小团队内部私分乱花，绝对是要为促进学术而努力。我现在也想进一步筹款，建立一些资助制度，帮助一些年轻人查资料、做研究。这个计划还没有实现，但确实是我的理想。

李：蒋研工作，很多学者着力，台湾学者先不说，大陆学者中也有杨天石、汪朝光等名家，您和您学生的研究，是怎样找到自己的突破口的？

陈：我经常在思考这个问题。我是通过梳理学术史，了解前人的贡献。现在，介入蒋介石研究的有很多学者。2007年的时候，一位台湾学者问我，研究中心未来的特色在哪里。我想，先做学术史，以明确今后的发展方向。我原想写一本《蒋介石研究批判》，就是把过去的研究成果，来一番梳理，涉及史料运用、方法以及史论，各有什么优点、什么缺点。这本书到现在也没有做完，只写了两篇文章。但是，现在研究概况是基本梳理清楚了。后来，我决定要做台湾时期的蒋介石研究。前些年的研究，主要集中在大陆时期的蒋介石。蒋介石败退到台湾，到1975年过世，还有20多年么，对这一段，还不是很清晰。所以，我写了《蒋介石的后半生》。

另外，我们作为一个机构，有责任推动蒋介石研究工作深入发展，所以，我们组织了几次国际学术会议，对青年学者的研究工作，起到一些发动和引导的工作。比起个体的学者来说，我们是一个机构，应该完成一些难度比较大、人力较多的工作。我有这样的责任心：今后大陆地区蒋介石研究的好与坏，与我们是有一定关系的。我们建蒋介石特藏和资料数据库，就是想把资料搜集得全一些。

当初成立蒋介石研究中心的时候，我们根本没有想到，能够发展到现在，并且取得了一些成绩。所以，我现在也常对学生们讲，一点小事，慢慢做，积累起来，也能成就些大事。

李：在浙江研究蒋介石，和在其他地方研究蒋介石有什么不一样？

陈：浙江这块土地，它的历史文化、民风民俗，对蒋介石个人的发展还是产生了一些影响的。我们在浙江做蒋氏研究，可能会有某些更深入的理解吧。在浙江，蒋介石的足迹也很多。但是，迄今地方政府，无论是浙江省，还是奉化市，他们都没有给予过我们多少直接的支持，溪口的企业与我们有合作。

李：蒋介石研究，不能回避的是，涉及了学术与政治的关系问题，您对此有什么样的考虑？

陈：这个问题是必须面对的。蒋介石不是一个普通的人，他是一个标志性的人物。我与绝大多数学者的认识相同，即学术归学术，政治归政治，当然，在现实当中，也会有一些困惑。当然，我应该声明，在浙江研究蒋介石，绝不是为了去"翻案"，绝不是出于乡情、乡谊，去为蒋介石多说一些廉价的赞词，我们没有这些想法，也没有这样去做。我们的目的，是要关注这个历史人物，他牵扯的面比较广，我们在研究的时候，也还是坚持严格的学术标准，还是按照历史学的内在要求，怎样研究别的历史人物，就怎样研究蒋介石，史料要扎实，史论要公允，决不去做什么"翻案"的工作。我想，我们也要相信读者，现在的读者是很高明的，把事实说清楚，把前后左右的关系理清楚，读者自会做出判断。蒋介石研究，应该进入纯学术的发展阶段，可能会受到现实政治的影响，但学者一定要保持应有的学术独立性。

我也认为，我们这个中心能够发展至今，能够在海内外有些影响，是不是也多少受益于蒋氏研究的某些独特性呢。蒋氏研究有些敏感，也因此更引人注目，研究对象受到大众关注，研究成果也就会有更高的知名度。学者选题，还是应当选择一个社会更关注的选题，施展学术的才能。选择过于冷僻的题材，做完之后，仅仅是极少数学者了解你的贡献。学者还是应该选择一个大众关注的话题，回应社会关切，提供严格的学术研究成果，既不刻意迎合普通大众，也不是去配合什么，学者的作用就体现得更好。

李：您早已走向世界，经常从事学术交流，在和海外学者交流的时候，您是怎样既坚持与对方有效交流，但又不是简单地迎合对方，而是能够坚持中国学者的学术本位，能谈谈您的心得么？

陈：首先是研究的认真与关注度。你的学术研究质量，你的研究越客观，史料越扎实，你的结论对别人的说服力也越强。其实，在和国外学者交流的过程中，我觉得，求同存异，这个想法也比较重要，不要用恶意去揣摩对方，对方也是学者，他和你的观点不一样，这可能是他的教育背景不一样，他所处的社会历史背景不一样，他接触的史料也有区别，不要过分敏感，要注意从学术的角度来理解。我们也应该相信，学术要靠争鸣的，有不同意见，也是好事，对学者的成熟，也是很有益的。大家都是一个面孔，学术还能发展么？我参加学术会议，我的报告，也经常受到别人质疑，别人对你的质疑、批评，往往对你是很好的帮助，敷衍式的好评，很可能这个评论人没有认真看你的论文。中外学者之间的交流、批评，只要是建立在纯学术的基础之上，应该欢迎。我在台湾也碰到过，台湾军方的人针对我的抗战研究论文，提出了他自己的看法。我理解，他在这样的场合下说这样的话，有他的道理，但是，我也要把我的观点再清楚地说一遍，是材料的问题，我们核对材料，如果他确有预设立场，那也没办法。这种情况下，主要还是应该是不卑不亢，把自己的态度表达清楚，不要想着要把他的观点驳倒，这可能也是做不到的。

我去年九月份写的一篇文章，是讨论毛泽东、蒋介石对于抗战胜利的判断、抉择的问题，论文的一个结论是，毛泽东是想将抗日战争的胜利，转变为人民的胜利。一位台湾学者，也是我的好朋友，在评论环节时提出，他认为抗战的胜利已经是人民的胜利了，毛泽东的主张是有问题的。我就说，你的看法我听到了，我说的是我的看法。我想，再争辩下去，也没有什么意义。其中的史料运用，概念的界定等，还是可以商量的。毕竟是在学者之间，他也不一定有什么恶意。

李：这几年，"公信力"这个词出现频率高了，学术研究也要讲公信力，我们应该让更多的人接受我们的成果。您的学术成果，海内外的接受度很高，公信力很高，您的体会，能跟大家分享一下么？

陈：我先说一件事，一位企业家朋友曾对我说，他的运气好，在一个星期之内遇到的运气，可能超过别人一辈子所遇到的。其实，我在学术生涯中遇到的好运，也很多。夸张一点说，我在研究生涯遇到好运，可能超过是不少学界同行。我是从工厂学徒考上大学的，赶上最后一班车。研究生时遇到了最好的老师，顺利毕业后又留在他们身边工作，近距离感受他们的研究方法与为人处事，可谓得到了言传身教。之后的路也非常顺，总有贵人相助。

举个例子。我刚到浙江大学时，几乎没有朋友。经同事牵线搭桥，我去见恒励集团的张克夫董事长，我没有筹款经验，一时很难张开嘴，我们聊了大概不到半小时吧，张董事长就说，我支持你，先资助你们5年吧。就这样，第一次见面在茶馆里半个钟头，事情就定了。从此，张董事长就成了我的好朋友。第二年遇到东南亚金融风暴，企业资金周转困难，但他坚持资助我们。现在10年过去了，他与他的企业仍然非常支持我们这个团队的事业。我想，公信力和做人有关系，人，还是应该诚恳、老实、肯干，不能总想着利用别人。到今天，我与第一篇论文、第一本书的编辑，第一个学术合作伙伴，都一直是好朋友。

学者，一定要认真。哈佛燕京学社原来有不成文的规定，资助学者仅只一次，但是，我得到了3次资助。因为学社认为，我是在他们那里最认真看资料的，像我这样能8个月坚持在图书馆工作的访问学者，很罕见。我第一次去是研究胡汉民，后来是去研究蒋廷黻。2002年蒋廷黻家属捐赠资料移到图书馆的时候，我在场。这部分资料，国内有学者提出自费整理，但是，哈佛燕京图书馆的郑炯文馆长说，陈教授整理胡汉民资料做得非常好，我只让他来做。但是我比较忙，一直到了2009年才有空闲，哈佛燕京方面又邀请我去做。我很认真投入，整理出24本的蒋廷黻资料，正式出版了。近20年，哈佛燕京学社先后有韩南、杜维明、裴宜理3任社长，燕京图书馆有吴文津、郑炯文两任馆长。他们对我认真的工作态度都是高度认可。

我在韩国也是一样。我找到国家记录院的材料，韩国学者都惊叹，我们在这里这么多年，怎么就没有发现？韩国物价贵，复印很花钱，我不管这些，复印了很多。我用了他们的资料，研究课题涉及了他们的历史，研究的成果自然受到他们的重视，影响力也就大了不少。这样，我和韩国学者之间也有了对话基础。

公信力，包括做人、做学问，要多思考。进行中外学术交流的时候，也要适当多考虑对方的情况，多用一些对方的资料，研究一些他们熟悉的课题，对方好接受，不然，交流的平台也建不起来。不能光是埋怨外国学者不理解我们，应该多做一些努力。有了这些，外国学者也能感受到我们的学术真诚，大家都是学者，将心比心，也好交流。公信力建立后，也不全是对你一个人的看法，也会对你的团队、单位有益处。

现在，我在学术界，有很多朋友，能够进行很好的交流。当然，学术上的争论也难免，但是，这不影响公信力。举个例子，台湾的张力教授是我最好的朋友，给过我许多的帮助，但在学术会议上我们时常互相批评。

李：您对新世纪的史学研究还有什么期盼？

陈：我还想多说几句。现在，新的社会形势，新的信息传播方式，人们的生活方式也有了很大改变。过去的史学成果传播方式，正史，二十四史，体现统治者的意志，统治者掌握了解释历史的权力，他们在塑造历史，他们掌握了书写、解释历史的特权。后来，学者的权力更大了，在历史的建构上，专家也有很大的权威。很多学者都有一种莫名其妙的优越感，他们既看不起官方史学，又看不起民间史学。但是，在今天的互联网时代，老百姓的发声机会比以前大多了。现在都快没有摄影家了，大家都可以拍照；也快没有作家了，大家都可以写作，随时发表。历史学家也是这样。在我看，每个人都是自己的历史学家，从自己的经验中获得历史感，每个人都会形成能自圆其说的历史论述。职业历史学家，应该尊重民间的声音。应该看到，历史学已经进入了文化消费的领域，很多历史题材影视剧，可能是其中有不少歪曲真相的地方，但是，这好像是一种更有效地传播历史知识的方式。历史的书写与传播，已经变成一个非常重要的问题。历史学家，应该考虑自己的责任，应该考虑怎样引导普通读者，历史学家一定要用社会乐于接受的方式来传播正确的历史知识。我们不能缺席社会历史的这一重要转折过程。历史学家应该具备胜过评书艺人的传播能力，历史学家不能在与杂牌军的对抗战败下阵来。对于历史题材的文化快餐，我们也要关注，它轻松好读，读者愿意亲近，我们也应该介入，推出更可靠的文化快餐，一味地去鄙夷、指责、冷嘲热讽，也不对。

去年，我花了半年时间做"浙大蒋研中心"的公众微信号，这个微信，传播力还很大。看微信的人，多是在40岁以下，他们对蒋介石已经没有什么感觉了，也不大感兴趣了。以前，我们批评过形式主义，但是，形式也能改变内容，智能手机的出现，就已经改变了我们的生活。我们必须重视这个形式的变化。我们把严肃的学术成果，用手机微信来传播，效果很好。

历史走向大众，不能忽视文学的作用。历史通俗化，最关键的，还是要有细节，要会讲故事，历史的细节，往往非常动人。人的悲欢离合、生死离别、喜怒哀乐，都是很能打动读者的。好的历史叙事作品，能够引读者思考，促使读者得出创造性的结论。要有这种代入感，让读者和你一起前进，要激发读者的这种热情。

历史本身是多方面合力的结果，本身很奇异，历史往往具有很多的发展可能性，但是，很多历史书都写成了"宿命论"。比如，西安事变发生前与过程中，蒋介石能想到结局是这个样子的吗，张学良能想到是这个样子的吗，毛泽东能想到吗？但是，这个事件改变了中国的命运。抓住蒋介石的时候，张学良等人也不知下一步该怎么办。这种细节，决定国家的命运、社会的发展，实在是不能小视。把这种细节写出来，肯定会比任何一部小说都动人。

历史和文学的结合，不应该只是历史与文学笔法的结合，而主要应该是历史学家去关注人，去表现人的命运与生活，以此来揭示社会的变迁。

（刊于2017年第1期《晋阳学刊》，系李卫民先生2016年5月8日对陈红民教授的访谈。）

后　记

笔者曾是个文学青年，考大学时，考研究生时，都梦想进入中文系。后来"文学梦"破灭了，但文学的情愫一直在。拿到一本书，往往先看人家的前言、后记。自己写正经的史学研究论文与著作时，常是憋着劲写不出来，拖沓再四，但写些不算成果的随笔札记什么的，倒是挺麻利，开夜车也能赶出来。这样的文字，陆续积累了一些。

浙江古籍出版社愿意帮学者出"学术随笔"，此意甚佳。我整理了一下电脑里杂七杂八的文字，好像可以出两小薄本。但真的编起来，觉得太杂了，最后归纳主题，只出这本《为学跬步集》。

"为学跬步"，取荀子《劝学篇》中的"不积跬步，无以至千里"之意，为学路上，进步虽小且慢，但一直前行不敢懈怠。

全书分四个专题，从不同侧面反映自己的求学习史的经历与心得："问学之路"，主要是回顾求学之路，一些重要的学术经历与学术思考；"情谊绵长"，主要是一些回忆导师、前辈、朋友的教诲与学术友谊；"敝帚自珍"，集中了自撰（编辑）著作的前言、后记，侧面反映自己相对集中研究的课题、成果与点滴进步；"他山之玉"，主要是为其他学者著作写的序言与评论，是一种特殊方式的"学术对话"，与其他学者交流探索，向其学习，也引发出自己的一些学术灵感。各专题内，大致上按时间为序。

这些文字大多在各种刊物或书上发表过的，现在有机会重新结集出版，只做了简单的体例统一、文字修订与编辑工作，基本结构与观点均未做修改，既保持原貌，也可看出为学之路小小的进步痕迹。需要说明的是，文章因是在不同的场合，用不同体裁写成的，所以有些事情可能有重复，但其实在各自独立的叙述中，侧重点是不同的，有时正呈现出事情的多面性。

东翻西找，把文章汇编成册的过程，也是自我审视与检讨的过程。在年逾花甲之时，回望40年走过的路，感慨良多。

有位在史学研究领域成就卓越的同辈朋友，曾半认真半揶揄地说："我总记得参加学术会议时，自己都是最年轻的学者之一，怎么转眼就变成年高德劭了呢，开会坐主席台，大会主旨发言？！"语气中多有不甘。确实，他意气风发，事业蒸蒸日上，全然没有老态。然而，人终敌不过自然规律的。"无可奈何花落去，似曾相识燕归来"。在能把握的未来，唯有继续跬步前行……

感谢浙江古籍出版社赐此良机。感谢编校人员的辛勤工作。

陈红民
2021 年 3 月 13 日